KB117125

나는
스리랑카주의자
입니다

* 스리랑카 인명과 지명은 최대한 현지 발음에 가깝게 표기하였으며, 그외 표기법은
  국립국어원 표기를 따릅니다.

나는 스리랑카주의자입니다

1판 1쇄 인쇄 2020. 4. 14
1판 1쇄 발행 2020. 4. 20

지은이 고선정

발행인 고세규
편집 강지혜 디자인 홍세연 마케팅 김새로미 홍보 김하은

발행처 김영사
등록 1979년 5월 17일(제406-2003-036호)
주소 경기도 파주시 문발로 197(문발동) 우편번호 10881
전화 마케팅부 031)955-3100, 편집부 031)955-3200 | 팩스 031)955-3111

값은 뒤표지에 있습니다.
ISBN 978-89-349-9113-7 03810

홈페이지 www.gimmyoung.com   블로그 blog.naver.com/gybook
페이스북 facebook.com/gybooks   이메일 bestbook@gimmyoung.com

좋은 독자가 좋은 책을 만듭니다.
김영사는 독자 여러분의 의견에 항상 귀 기울이고 있습니다.

이 도서의 국립중앙도서관 출판예정도서목록(CIP)은 서지정보유통지원시스템 홈페이지
(http://seoji.nl.go.kr)와 국가자료공동목록시스템(http://www.nl.go.kr/kolisnet)에서
이용하실 수 있습니다.(CIP제어번호 : CIP2020014732)

고선정 지음

나는
스리랑카주의자
입니다

다른 여행은
시시해져버렸거든요

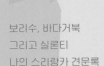

보리수, 바다거북
그리고 실론티
나의 스리랑카 견문록

김영사

프롤로그

스리랑카에 첫발을 내디딘 것은 2017년 1월이었다. 한 항공사 여행안내 책자에서 스리랑카를 소개하는 사진 한 장을 보고 반해 숨도 안 쉬고 비행기 표를 샀다. 세부 일정은 짜지 않았다. 그때만 해도 국내에 스리랑카 여행안내서가 없었기 때문에 인터넷을 참고하여 대강의 동선만 정한 뒤 나머지는 현지에서 부딪히는 대로 다녀볼 요량이었다.

무작정 스리랑카로 건너갔다. 그때 아누라다푸라와 시기리야, 캔디를 방문했고 하푸탈레를 지나 미리사와 갈레에 갔는데, 도시 하나하나가 모두 다른 풍토와 환경으로 가지각색의 느낌을 품고 있었다. 한반도 남쪽의 3분의 2 크기밖에 되지 않는 나라가 어떻게 그럴 수 있는지 몹시 놀라웠다. 스리랑카에 흠뻑 빠져든 나는 '스리랑카, 도대체 뭐지?'라는 의문을 풀기 위해 두 달 뒤 다시 콜롬보로 가는 비행기를 탔고, 그 후에는 아예 스리랑카 여행기를 써보겠다 작정하기에 이르렀다.

하지만 꼼꼼쟁이로 살아온 나로서는 대강 여행하고 그 경험을 글로 쓴다는 것이 도무지 불편했다. 결국 1년 만에 오랜 시간 깊은 애정을 가지고 몸담아온 학원 일마저 정리하고 본격적으로 스리랑카를 구석구석 돌아다니기 시작했다. 단지 물리적인 공간을 방문하는 데 그치지 않고 사람들과 어울리며 현지 문화를 온전히 느끼고, 스리랑카의 역사와 종교에 대해서도 깊이 다가가려고 노력했다.

어쩌다보니 첫 시작에서 3년이 흘렀다. 그동안 스리랑카의 상황은 다소 변했고, 나는 글을 부분부분 수정해야 했다. 그래도 그 나름대로 글이 책의 꼴을 갖추게 되었고, 그러는 사이 스리랑카와 떼려야 뗄 수 없는 사람이 되어서 얼마 전에는 아예 스리랑카에서 살아야겠다는 생각으로 히카두와 강변에 작은 땅을 매입했다. 그리고 지금은 그 땅 위에 요가 수련을 위한 그리고 어쩌면 나와 함께하고 싶어할지도 모를 사람들과 더불어 살 집을 짓고 있다.

한때는 산을 몹시 사랑했다. 산이 지닌 묵직함과 단단함을 동경했다. 더 진실한 이유는 물과 친하지 않아서였다. 내가 붙인 이름인 '물의 나라' 스리랑카에 익숙해진 지금은 바다를 더 좋아하게 되었다. 여전히 혼자서는 물에 뜰 수 없고, 바닷가의 뜨거운 태양은 두렵지만 늘 출렁이는 물결과 그 물결에 몸을 맡기면 어디로든 데려다줄 것 같은 바다에 무한 신뢰를 느낀다. 물속에서 만나는 생명체에 대한 신비로움도 그런 변화에 한몫했다.

스리랑카에 가기 전, 내 삶은 꽤 경직되어 있었다. 대학원 공부까지 하면서 늘 절제와 극기의 마음으로 살아왔을 뿐 한 번도 삶을 흐르는 대로 두어본 적이 없었다. 그런데 십수 회 스리랑카를 오가면서 나의 몸과 마음이 노곤노곤 녹아내렸다. 게다가 스리랑카 비자 연장을 핑계로 방문하는 인도에서 요가 수련과 함께 명상과 호흡법을 배우면서 가빴던 숨도 한결 편안해졌다.

평범하고 규칙적인 모습으로 살아가던 나였지만, 그 깊은 곳에는 물처럼 자유롭게 흐르고 싶고 공기처럼 가볍게 떠돌고 싶은 욕망이 강하게 내재되어 있었다. 평생 모르고 살았을지도 모를 나의 본성을 알아채게 한 스리랑카. 가끔은 스리랑카에 가지 말았어야 했다는 생각도 했을 만큼 스리랑카는 나의 모든 것을 흔들어놓았다. 누군가는 말한다. 그렇게 힘을 빼고 내려놓기까지 엄청난 용기가 필요했겠다고. 스리랑카가 아니었다면 그런 용기를 품어볼 생각도 못했을 것이다.

이 책 《나는 스리랑카주의자입니다》에는 스리랑카에 이제 막 관심을 가진 사람들에게 길라잡이가 되어줄 기초 정보를 담았다. 스리랑카를 여행하고 싶은 사람들이 미리 알고 있으면 좋을 법한 중요한 팁도 다방면으로 담았다. 그리고 스리 랑카에 징글징글한 애정을 가진 사람들이 '그래서 스리랑카를 사랑할 수밖에 없지'라고 공감할 만한 현지 경험들을 조곤조 곤 풀어놓았다. 개인적으로는 그간의 삶과 열정, 변화되는 과 정에서 겪었던 은근한 담금질과 자유롭게 숨 쉬는 오늘날의 느리고 평화로운 삶에 대해서도 언급했다.

스리랑카어로 된 이름을 가지고, 스리랑카어를 배우며, 스 리랑카의 국가를 흥얼거리는 나는 어느새 스리랑카에 깊이 동 화되었다. 그런 나와 함께 스리랑카를 사랑하고 싶은 사람에 게 이 책을 권한다. 실론티의 나라, 바다거북이 캐스바의 나라 로 함께 걸어들어가 보자고.

2020년 봄
스리랑카 히카두와에서
고선정

목차

4. 중남부 고산 지대

5. 남부 해안과 콜롬보

스리랑카
Sri-Lanka

1. 북부 지역

●

만나르에는
왜 가는
거야?

Mannar

만나르

"만나르에는 왜 가는 거야?"

새벽 5시. 반다라이커 국제공항에 한국 국적기가 도착했다. 공항에 마중을 나온 나빈이 내게 던진 첫 질문이었다. 나빈은 '고나가마'라는 중부 지역에서 와 내 스리랑카 북부 여행을 도와준 친구이다. 온라인으로 알게 되어 직접 얼굴을 본 건 그때가 처음이었다.

"너는 만나르에 가본 적이 있니?"

"나는 고나가마를 떠나본 적이 없어. 그리고 북부 주에는 타밀족이 주로 살아. 나 같은 싱할라인들이 북부로 가는 일은 흔하지 않지. 기온도 중부보다 훨씬 높고 건조하대. 너가 아니었다면 내 평생 만나르에는 가지 않았을 거야."

나를 따라나서면서도 왜 하필 북부 지역에 가려고 하는지 도무지 이해할 수 없다는 말투였다.

스리랑카는 작은 섬나라이지만 그 안에 다양한 종교가 공존하고 대체로 종교에 따라 종족이 구분된다. 크게는 불교도이자 스리랑카 토착 세력인 싱할라족과 인도에서 이주해 와 정착한 힌두교도 위주의 타밀족, 두 개의 집단으로 나뉘며 그들이 쓰는 언어도 각각 싱할라어와 타밀어로 구분된다. 그러면서도 국교인 불교와 힌두교는 경계를 명확히 나누지 않고, 표준어인 싱할라어를 반드시 사용해야 하는 의무도 없다.

그런데 그들이 사는 지역만큼은 무 자르듯 분리되어 있다. 스리랑카 북부 주를 중심으로 동서 해안과 고산지대에 있는

- 만나르 여행에 동행한 나빈

차 농장 주변에는 타밀족이 모여 살고, 벼농사를 짓는 내륙 지역, 즉 고대와 중세의 역사 도시들 그리고 남부 해안에는 싱할라인이 터전을 잡고 살아간다. 사정이 그러니 남부에도 가보지 않은 싱할라인 나빈이 만나르 같은 북부 지역에 가보았을리 만무했고, 따라는 나섰으나 그렇게나 먼 곳으로 향하는 내행로에 의문을 갖는 것은 당연했다.

나야 여행의 기획자이니 어떤 고생도 기꺼이 감내해야 할입장이었지만, 장거리 여행을 해본 적 없다던 나빈에게는 혹여 그 시간이 고문 같지 않았느까. 공항에 마중을 나오느라 한숨도 못 갔다던 그의 말이 생각나서 버스 안에서 잠시 눈을 붙이기를 권했다. 그랬더니 나빈은 한쪽에 세워놓은 내 여행 가방과 내가 대각선으로 매고 있던 카메라를 수줍게 가리켰다. 그러고는 짐을 지키고 목적지를 확인하느라 끝내 긴장을 내려놓지 않았다.

'콜롬보 포트'(콜롬보에 위치한 스리랑카 최대의 버스터미널)에서 버스에 오른 지 여덟 시간이 지났다. 비로소 스리랑카 북서부 끝에 위치한 만나르 섬에 도착했다. 섬은 마치 선남선녀의 애틋한 전설이라도 품은 듯 인도의 라메스와람 섬을 하염없이 바라보고 있었다. 만나르 해안가에 두 발을 딛고 서자 유럽 대륙의 서쪽 끝, 기나긴 수평선을 새빨간 노을로 물들이며 대서양으로 거칠게 뛰어들던 카보다로카의 붉은 태양이 오버랩되었다. 때는 한낮이라 붉은 기운이라고는 실오라기만큼도 찾아볼 수 없었지만, 포크 해협의 기나긴 수평선이 인도양의 바닷물 속으로 내리꽂힌 모습이 그 안에 이미 석양을 품은 듯 비장해 보였다.

오른쪽 검지손가락을 들고 살짝 굽혀서 옆으로 뻗은 모양처럼 생긴 만나르 섬의 서쪽에는 얕은 여울을 따라 산호초와 모래톱이 라메스와람 섬까지 징검다리처럼 이어져 있다. 포크 해협이라 불리는 그곳은 수심이 1미터에서 10미터 정도밖에 되지 않아 과거에는 선박이 지나다닐 수 없었고, 15세기까지는 육로로 이어져 있어서 바닷길을 도보로 건너다녔다고 한다. 스리랑카인은 그곳을 '아담스브리지'라고 불렀다.

아담스브리지는 분명 인도와 스리랑카, 두 나라 간 문화 교류의 중심 통로였을 것이다. 그래서 그곳에는 인도와 얽힌 신화가 많다. 인도의 대서사시 〈라마야나〉에 등장하는 용맹무쌍한 장군 하누만에 대한 이야기가 많이 알려져 있다. 그의 활약상에 아담스브리지가 중대한 역할을 했으니 그 이야기를 잠깐 소개한다.

비슈누의 화신이자 코살라의 국왕이던 라마와 스리랑카의 영웅신인 라와나가 벌인 대대적인 전투에서 라마의 부인 시타가 스리랑카로 납치되었다. 인도 신화 속에서는 무시무시한 악신으로 묘사되었던 라와나는 어떤 신에게도 지지 않는 불패의 존재이다. 오직 인간과 동물만이 그를 무릎 꿇릴 수 있었기에 라마는 신과 원숭이 사이에서 탄생한 하누만 장군을 앞세워 스리랑카로 진격했다. 용감하고 헌신적인 하누만은 자신의 장기인 다리 벌려 멀리뛰기로 포크 해협의 모래톱을 몇 걸음 만에 뛰어넘어 라와나를 무찌르고 시타를 구출했다.

요가에서는 앞뒤로 다리를 쭉 벌린 자세를 '하누만아사나'라 하는데, 하누만 신의 이 같은 활약상을 기려 붙인 이름이라 한다.

아담스브리지는 석가모니와 관련해서도 매우 중요한 장소이다. 부처님은 설법을 위해 스리랑카를 세 차례 방문했다고 하는데 그때마다 길이 되어준 것 또한 아담스브리지이다. 그러나 안타깝게도 지금은 포크 해협의 수심이 깊어져 아담스브리지는 위성사진으로만 흔적이 남아 있다.

해변을 따라 짧지 않은 거리를 걸었다. 아담스브리지의 입구는 끝내 찾지 못했다. 다리였던 그 앞에 한 번 서보고 싶다는 기대를 했을 뿐인데 이미 물속으로 가라앉은 모래톱은 기어이 모습을 드러내지 않았다. 결국 등대 쪽으로 방향을 바꾸었다. 등대가 있는 해안까지 철로가 뻗어 있었다. 콜롬보에서 출발하는 기차의 종착지인 탈라이만나르 역의 허름한 역사를 지나쳤지만, 그곳 역시 승객은커녕 역무원도 자리를 비워 휑했다.

말없이 동행하던 나빈이 마침내 입을 열었다.

"만나르에는 유명한 관광지도 없는데…… 설마 있지도 않은 아담스브리지를 찾으러 여기까지 온 건 아니지?"

사실 만나르를 찾은 진짜 이유는 '만나르'라는 지명 때문이었다. 스리랑카 지도 위에서 '만나르'를 본 순간, 천주교 미사 중 영성체 때 자주 부르는 177번 성가의 "이스라엘 모든 백성들은 만나를 먹으며"라는 구절이 떠올랐다. 구약의 시편에도 등장하는 '이스라엘 백성의 양식'인 '만나'를 연상시키는 만나르. 그 이름이 인상적이었다. 만나르에 가면 하늘의 기적인 만나가 내게도 내려올 것 같았다. 그래서였다. 소낙비처럼 내리꽂히는 태양도, 엄청난 지열을 뿜어내던 황톳빛 땅도 마다하지 않았다. 나빈이 물줄기처럼 쏟아내던 땀도 모른 척하며 보물찾기를 하듯 소금기 머금은 바닷가 들풀을 유심히 내려다보고 해변에 버려진 낡은 보트 주변을 한참 서성였다. 그러다 철길 옆 칼로트로피스를 보았다.

▪ 칼로트로피스

　　보라색 꽃잎을 왕관처럼 머리에 얹고 사막 같은 황토 위를
장악한 무리들. 칼로트로피스가 만나르 섬에 활기를 불어넣고
있었다. 하늘에서 내려온 하얀 눈송이 같은 만나는 아니었지
만, 만나르의 바닷가 메마른 땅 위를 화사하게 수놓은 칼로트
로피스를 보자 마음이 평온해졌다. 성체를 받아 모시고 영혼
의 배가 부르는 느낌이었다. 다소 충동적이었고 그래서 준비
가 미흡했던 만나르행이 우연히 만난 칼로트로피스로 인해 이
유가 충족되던 순간이었다.

　　만나르 섬을 돌아나오는 길에 '팔리무나이'라는 작은 마을
에 들렀다. 수령이 740년, 둘레만도 20미터가 넘는 영물급 바
오밥나무를 보기 위해서였다. 바오밥나무의 원산지는 아프리
카의 마다가스카르인데, 무역으로 오가던 아랍 상인이 바오밥
나무가 자생하지 않던 스리랑카에 묘목을 들여왔다. 팔리무나

▪ 만나르 섬 서쪽 해안

이의 바오밥나무가 그 기원이다. 세계 각지를 돌아다니며 눈을 높인 아랍 상인들이 스리랑카를 칭송하던 별칭이 '보물섬'이었다. 당연히 《아라비안나이트》에 등장하는 신드바드의 보물섬도 스리랑카였다. 스리랑카를 유독 사랑한 아랍인들이 보기에 바오밥나무 또한 스리랑카에 없어서는 안 될 보물 중 하나로 여겨졌을 게 분명하다. 그러니 아랍인들의 발길이 잦았던 스리랑카에 바오밥나무가 유입된 것은 필연이 아니었을까.

한국에서는 바오밥나무를 볼 수 없는데도 그 이름이 익숙한 이유는 순전히 《어린 왕자》 때문이다. 작품에서 생텍쥐페리는 바오밥나무를 "어린 왕자가 사는 별의 무서운 씨앗"이라거나 "조금만 싹을 늦게 뽑아도 금세 별 전체를 뒤덮어 소행성 B612를 산산조각낼" 수 있는 위험한 존재로 묘사했다. 하지만 정작 삽화 속 바오밥나무는 신비하고 아름다워서 우리는 바오밥나무를 몹시 친근하고 특별한 존재로 기억하고 있다.

팔리무나이의 바오밥나무도 예외는 아니었다. 마다가스카르의 키 큰 나무들과 달리 팔리무나이의 바오밥나무는 수형이 넓고 펑퍼짐했지만 《어린 왕자》의 삽화만큼 충분히 아름다웠다. 한껏 멋을 낸 귀부인처럼 짙푸른 잎으로 풍성하게 머리를 틀어 올리고, 우람한 몸통은 굳건히 땅을 디뎌 뿌리가 얼마나 길고 굵게 땅속으로 뻗어갔는지 가늠케 했다.

힘세고 강한 것은 자신을 스스로 지켜내지만 약하고 작은 것은 보호받아야 한다. 바오밥나무는 거대하고 영원불멸할 듯

팔리무나이의 바오밥나무

했지만 인간 앞에 선 자연이기에 어떤 면에서는 매우 무력하다. 요즘은 바오밥나무의 운명이 위태로워졌다. 바오밥나무가 슈퍼푸드로 알려지면서 바오밥나무의 열매부터 묘목까지 시중에 공공연히 유통되고 있기 때문이다. 언제 다시 팔리무나이를 방문하게 될지는 알 수 없지만, 때 묻지 않은 스리랑카의 순수함과 더불어 팔리무나이의 바오밥나무도 오래오래 그 자리를 지키고 있었으면 좋겠다.

내전을 넘어
화해의
양지로

Jaffna

자프나

'자프나'는 스리랑카 최북단에 있는 도시이다. 자프나까지는 만나르에서도 북쪽으로 120킬로미터를 더 올라가야 했다. 북쪽으로 갈수록 만나는 사람들의 옷차림과 표정이 낯설었다. 주민 대부분이 타밀족과 무슬림이니 차림새가 남부 지역과 다른 것은 그렇다 치고 표정은 왜 그리 어둡고 무거웠던 걸까. 미소를 짓지 않는 사람들 틈에서 자프나 일정을 수월하게 마칠 수 있을지 은근히 걱정이 되었다.

북부행은 처음부터 고민이었다. 스리랑카를 27년간 죽음의 땅으로 몰아넣었던 내전의 중심지가 모두 북부에 위치하였다. 특히 꼭 가보고 싶던 자프나는 북동부 킬리놋치 지구와 더불어 스리랑카 반군인 LTTELiberation Tigers of Tamil Eelam('타밀 해방군'으로 해석)의 본거지였다. 전쟁이 끝난 이후에도 잠재적 위험 지역이라 하여 한동안은 외국인의 출입도 금지하던 곳이다.

'그 일'만 아니었어도 자프나는 평화롭고 고요한 도시로 내게 기억되었을지도 모른다. 자프나 여행 사흘 차, 도심 한복판에서 싱할라인 두 명이 타밀인에게 살해당했다. 종전 이후에 민간인끼리 반목하는 일은 드물다면서도 소식을 전해 듣자 나빈의 얼굴이 흙빛으로 변했다. 결국 자프나 일정은 이틀 만에 끝이 났고, 우리는 그날 부랴부랴 자프나 역으로 가 남쪽으로 가는 급행열차를 탔다. 그리고 나는 기차 안에서 싱할라인 나빈과 함께 무사히 자프나를 떠나온 것에 거듭 가슴을 쓸어내려야 했다.

휴전선으로 두 동강이 난 우리나라의 상황이 차라리 더 낫다고 해야 하나. 그곳은 경계도 없는 땅 위에서 언제, 어느 누가 적으로 돌변할지 모른 채 일상의 삶을 이어나가야 하는 곳이었다. 싱할라 정부군에 의해 타밀 해방군 LTTE의 지도부가 무너지면서 내전은 막을 내렸고 전쟁이 끝난 지 10년이 흘렀으나 북부는 여전히 핏빛 긴장으로 물들어 있었다. 그러니 사람들의 숨에 웃음기가 섞여 있지 않을 만도 했다.

'그래도 삶은 지속된다'라는 말처럼 사람들의 어두웠던 표정과 달리 자프나 도심은 여느 곳과 마찬가지로 활기찼다. 전통 시장은 수많은 사람으로 북적였고 냉방시설이 잘 갖추어진 대형마트도 군데군데 눈에 띌 만큼 거리는 번화했다.

중심 도로를 벗어나 자프나 성채 쪽으로 가다보면 인도 사라세닉 양식으로 지어진 정갈한 흰색 건물을 만나게 된다. 1933년에 문을 연 자프나 공공도서관이다. 타밀인들의 자부심이던 자프나 도서관에는 9만 7천 권이 넘는 장서와 자료가 있었고, 1950년대부터 약 30여 년간 아시아 최대 규모의 도서관으로 명성을 떨쳤다. 하지만 1981년에 있었던 화재로 도서관 건물이 전소되었고 장서도 모두 소실되었다. 지금 있는 건물은 정부의 지원과 시민들의 기부로 2001년에 재건된 것이다.

화재는 인재였다. 싱할라인 몇 명이 도서관에 불을 질렀다. 그 몰지각한 행동은 금전적, 문화적으로 막대한 손실을 입혔고

- 자프나 공공도서관

싱할라인과 타밀인 간의 갈등에 불을 놓았다. 급기야 1983년 '검은 7월'이라 불리는 총격전이 일어났고, 그 사건을 기점으로 장마처럼 길고 지루했던 싱할라 정부군과 타밀 해방군 사이의 내전이 시작되었다.

　하지만 내가 찾을 당시 도서관은 더할 나위 없이 평화로웠다. 정문 앞 정원 안쪽에는 사라스와티(인도 신화 속 학문과 예술의 여신)의 조각상이 거대한 오르골처럼 놓여 있었다. 힌두교의 여신이 공공도서관 입구를 지키는 모습을 보며 자프나가 타밀인 중심의 힌두 문화권임을 실감했다.

　신발을 벗고 도서관 안으로 들어갔지만 정숙한 공간을 휘젓고 다닐 수가 없었다. 외부인의 서가 출입이 금지되어 있어

도서관 내부의 장서를 살펴보기는 불가능할 것 같았다. 아쉬운 마음에 복도를 잠시 서성이다가 타나발라알라신삼 씨를 만났다. 그는 자프나 도서관에서 20년도 넘게 근무를 하다 몇년 전 은퇴를 하였고, 지금은 서가 한쪽에 책상을 두고 일하고 있다고 자신을 소개했다. 나 같은 사람을 안내하는 것이 그의 역할인 듯했다. 그는 복도 중앙 유리장 안에 보관된 악기의 이름이 '얄'(자프나의 옛 이름이었던 '얄빠남'의 유래가 된 타밀의 현악기)이라고 알려주었다. 1층 복도에 걸린 도서관 역사를 기록한 액자를 둘러보며 내전으로 인해 망가진 자프나 도서관의 운명에 대해서도 잠시 이야기를 나누었다. 한때 아시아 학자들이 자프나 도서관을 빈번히 찾곤 했다니 도서관의 장서를 모두 잃은 것이야말로 내전으로 입은 가장 큰 문화적 피해였으리란 생각이 들었다.

스리랑카 전통 악기인 '얄'

착잡한 마음으로 도서관 밖으로 나섰다. 해가 뉘엿뉘엿 지고 있었다. 타나발라알라신삼 씨가 일러준 대로 석양을 보기 위해 부지런히 자프나 성채 쪽으로 이동했다. 성채의 하늘에는 이미 노을이 부드럽게 흐르고 있었다. 구름이 거대한 황금 띠를 두르고 우리를 반겼다.

번화한 거리와 달리 성채는 한적했다. 그런데도 아이스크림을 파는 작은 트럭 한 대와 몇 가지 과일을 실은 수레가 손님을 부르고 있었다. 알록달록한 토핑을 얹은 아이스크림 두 개와 망고스틴 한 봉지를 사 들고 성채에 걸터앉았다. 아이스크림은 혀가 얼얼해질 만큼 달았지만 성채를 감싸던 노을이 있어 참고 먹을 만했다.

해가 저물자 무자비하게 내리쬐던 태양도 조금씩 관대해지고 한 자락 바람이 머리카락을 쓸고 지나갔다. 부드럽고 포근했다. 긴장이 풀리자 폭주하는 기관차처럼 하늘길을 날고 또 버스 길을 덜컹이며 머나먼 곳까지 쉬지 않고 달려오느라 모른 체했던 피로가 한꺼번에 몰려왔다. 성벽에 슬며시 등을 기대었다. 그렇게 머나먼 곳까지 달려가서야 매일 똑같이 반복되는 일상, 벗어나야지, 내려놓아야지 하면서도 벗어나지지도 내려놓아지지도 않던 일상에서 멀찌감치 놓여난 것이 우스웠다.

버스에서 만났던 사람들의 표정을 떠올려봤지만 잘 생각나지 않았다. 어차피 무표정했으니까. 어쩌면 사람들은 일부러 표정을 짓지 않으려 노력했는지도 모른다. 과거에 겪은 죽음의 공포, 현재를 살아가는 긴장과 두려움, 그런 것들을 직접 마주하기 싫었을 수도 있다. 가끔은 알면서도 무심한 척, 무관한 척하며 살아가는 것이 좋을 때도 있다. 아픈 것을 굳이 아프냐며 후벼파지 않아도 아픈 건 아픈 거니까.

숙소에서 푹 쉬고 나니 몸이 한결 가벼워졌다. 나빈의 말대로 북부는 스리랑카의 다른 지역보다 훨씬 더웠다. 가만히 서 있어도 땀이 흘러내렸지만 여정을 멈출 수는 없었다. 힌두교 사원인 코빌('힌두교 사원'을 뜻하는 타밀어)은 다음 날 방문하기로 했으니 그날은 시외버스를 타고 '포인트 페드로'라는 마을에 가보기로 했다.

스리랑카의 만나르와 북동부 지역에는 여러 군데의 체크포인트가 있다. 내전이 한창일 때는 수도인 콜롬보에서 자프나까지 육로 이동은 엄두도 낼 수 없었다고 한다. 그래서 배를 타고 해안을 통해 북부 도시로 진입하곤 했으니 해안 곳곳에 줄지어 선 검문소는 당연했다. 그중에서도 스리랑카의 최북단 검문소가 있던 곳이 포인트 페드로이다.

포인트 페드로의 마을 어귀에 들어서자마자 총격과 포격으로 무너지고 부서진 건물들이 보였다. 하지만 그런 상처를 아랑곳하지 않는 듯 포인트 페드로는 몹시 평화롭고 한적했다. 파란색 페인트칠이 된 소박한 건물들이 하늘, 바다와 어우러져

■ 포격으로 부서진 포인트 페드로

스페인 남부의 하얀 마을 프리힐리아나를 떠오르게 했다.

한 무리의 사람들이 그물에서 물고기를 떼어내 손질하느라 분주했는데 햇볕의 뜨거운 열기에도 불구하고 노동의 결과물을 기대하는 눈빛이 달떠 보였다. 웃통을 벗어젖히고 물고기를 옮기던 두 명의 어부가 카메라를 만지작거리는 나를 보고 포즈를 취해주었다. 물고기 바구니를 든 장정 두 사람의 걸음걸이가 휘청거릴 정도였으니 그들의 수확은 만족할 만했으리라. 다른 쪽에는 이미 염장을 끝낸 엄청난 양의 물고기들이 은빛의 물결로 넘실대고 있었다. 자세히 보기 전에는 그것이 물고기 비늘과 햇살이 만나 만들어낸 장관임을 짐작할 수도 없을 만큼 눈이 부셨다. 잘 마른 물고기를 호시탐탐 노리며 그 위를 맴돌고 있는 바다갈매기조차 얄밉지 않은 풍경이었다.

- 바닷가에 물고기를 널어 말리는 모습

　해안을 따라 걸은 지 30여 분만에 옷이 땀으로 범벅이 되
었고, 물통은 바닥을 드러냈다. 목마른 사슴처럼 구석구석을
헤매고 다니는 나를 따라 말없이 동행하던 나빈도 더는 움직
일 기력이 없어 보였다. 잠시 그늘에라도 들어가 쉬어야 할 것
같아 동네 어귀의 작은 가게에 들어섰다. 그곳에서 진저비어
(TGB로 통용되는 무알콜 음료)를 사고 있던 한 여인을 만났다. 타
밀나두 지방에서 내려와 정착한 인도계 타밀인이었다. 그는
영어가 능숙했고 생김새도 싱할라인과 달랐다. 묻지도 않은
가족 소개를 해서 엉겁결에 곁에 있던 엄마와 동생 그리고 조
카와도 인사를 나누었다. 그러고서 그들은 한 치의 망설임도
없이 우리를 자기 집으로 초대했다. 눈짓으로 나빈의 의견을

묻고는 나도 선뜻 호의를 받아들였다.

  페리야탐피 쿤쿠맘이 그녀의 이름이었다. 나이는 열아홉, 다른 여자들과 달리 수줍어하기보다 적극적으로 친밀감을 표현했다. 40도를 웃도는 무더위 속에 해안을 걸은 뒤라 그녀의 집 마당 그늘이 무척 반가웠다. 수돗가에는 초등학교 등굣길에 보곤 하던 무궁화가 피어 있었고, 커다란 킹코코넛나무에는 코코넛 열매가 손을 뻗으면 닿을 거리에 주렁주렁 달려 있었다. 의자를 내어주며 앉으라고 하더니 가게에서 산 진저비어를 내왔다. 하지만 내가 코코넛 열매에서 눈을 떼지 못하자 그의 엄마가 코코넛 열매 두 개를 따서 건네주었다. 아무래도 모녀는 사심으로 가득 찬 나의 눈빛을 읽었던 것 같다.

  그들은 그 지역을 찾은 나도 신기해했지만 싱할라인인 나빈의 방문을 더 의아해했다. 어떻게 스리랑카 최북단인 자기네 마을까지 오게 되었냐는 질문을 시작으로 쿤쿠맘의 엄마로

ᆞ코코넛 열매를 따주는 쿤쿠맘의 엄마

부터 자연스럽게 포인트 페드로라는 작은 도시에 대한 이야기를 들을 수 있었다. 지리적으로 가까운 거리에 있는 스리랑카 북부 사람들과 인도 남부의 타밀나두 사람들은 밀접하게 교류하였다. 쿤쿠맘의 식구들이 모두 인도인이란 사실을 보면, 스리랑카 북부 타밀인들은 스리랑카에 삶의 터전을 잡고 있을 뿐 인도에 소속감을 더 가지고 있음이 분명했다. 인도에서도 스리랑카에 정착한 타밀인을 공식적으로든 비공식적으로든 지원한다는 뉘앙스였다.

내전에 대한 생각이 머리를 스쳤다. 아무리 1970년대까지 스리랑카 경제가 우리나라 경제보다 우위에 있었다 하더라도, 누군가의 경제적인 지원이 없었다면 반군이었던 LTTE가 27년이라는 긴 시간을 어떻게 정부군과 대치할 수 있었겠는가. 당시에 타밀 해방군 LTTE에 연간 2억 달러가 넘는 군비가 조달되었다고 하니 그들을 도운 것은 쿠웨이트 같은 나라만은 아니었을 것이다. 그런데 그것이 얼마나 무서운 결과를 낳았는가. 엄청난 살상무기가 작은 섬나라에 상륙했고, 상상치도 못할 공포가 스리랑카를 뒤덮었다. 전쟁의 어둠이 온 나라에 깔린 채 곳곳에서 암살, 납치, 자살 폭탄 테러와 인간을 방패로 삼는 사건 등 반인륜적인 사건이 연달아 일어났다. 그 결과 27년간의 내전에서 10만 명이 넘는 사상자와 1백만 명 이상의 난민이 발생했다.

인도와 노르웨이, 덴마크 등의 국제사회가 개입하고 유엔의 제재가 뒤따랐으며 휴전의 시도도 있었지만 무력했다. 2004년, 전쟁에 회의를 느낀 타밀군의 지도자 한 명이 핵심 군사기밀을 가지고 6천여 명 LTTE 반군과 함께 정부군으로 귀순하지 않았다면 내전은 훨씬 더 오래 지속되어 더 많은 희생자가 생겼을 것이다. 다행히 그 덕분에 LTTE 반군과의 내전은 2009년 5월 18일 종지부를 찍었다.

한때는 전쟁의 소용돌이 한가운데였던 체크 포인트 주변에서 한가롭게 시간을 보내고 있다는 사실이 실감나지 않았다. 10년이면 강산이 변한다고 했던가. 종전 후 딱 10년이 흘렀다. 싱할라인 나빈과 타밀인 쿤쿠맘이 여유로운 표정으로 웃고 떠들며 함께 음료를 마시고 있었다. 그들 사이에 검문, 검색해야 할 것은 없었다. 다만 설탕을 진하게 탄 진저비어를 좋아하는 쿤쿠맘이 단것을 지독히 싫어하는 나빈의 취향만 배려해 줄 수 있으면 그만이었다.

처음 보는 사람을 경계하지 않는 강아지와 그늘을 찾아 몰려다니는 오리들의 뒤뚱거리는 걸음을 바라보며, 인생의 쉼표를 찍듯 멍하니 앉아 있던 그 시간이 얼마나 소중했는지 그때는 잘 몰랐다. 다음 날 쫓기듯 자프나를 떠나야 하는 불상사만 아니었어도 쿤쿠맘의 집 우물가에 피어 있던 새하얀 무궁화의 꽃잎이 더 선명히 기억되었으리라.

●

코네스와람
사원의
추억

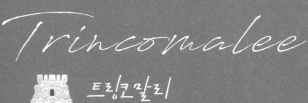

트링코말리

'트링코말리'는 스리랑카와 오랜 역사를 함께해온 대표 항구도시이다. 벵골만에 인접해 일찍이 서남아시아 무역의 중심지로 주목받았고, 세계에서 다섯 손가락 안에 꼽히는 규모이다. 아름답기로도 리우데자네이루나 시드니에 뒤지지 않는다. 트링코말리의 남단 코디야르 베이에서, 동쪽을 향해 입을 크게 벌린 만 안으로 아침 햇살이 비추는 모습은 죽기 전에 꼭 한번 봐야 할 명장면으로 알려져 있다.

하지만 트링코말리는 항구로서의 탁월한 입지 조건 때문에 혹독한 대가를 치르기도 했다. 고대부터 인도 타밀 지방 사람들의 침략이 그치지 않았고, 제국주의 시대에는 서구 열강이 눈독을 들이며 트링코말리에서 각축전을 벌였다. 2차 세계대전 때 영국이 건설한 대규모 해군 조선소 탓에 스리랑카 내전에서 타밀 반군 LTTE의 거점이 되기도 했다. 그렇게 온갖 군사 갈등의 최전방이었던 트링코말리는 스리랑카 독립 이후에는 영국군이 주둔하고 있다가 1957년에야 스리랑카의 온전한 소유가 되었다.

또한 트링코말리는 2004년 12월에 발생한 인도양의 쓰나미로도 적지 않은 피해를 입었다. 해안을 따라 즐비한 리조트와 고급 호텔은 모두 문을 닫았다가 최근에야 다시 자리를 잡았다. 하지만 그런 사연쯤은 짐작조차 할 수 없을 만큼 모두가 자연스럽게 자리를 지키고 있고 해변 또한 매우 평화로웠다.

▪ 트링코말리 해변

버스터미널에서 프레드릭 성채로 가는 길은 흥미로웠다. 힌두교 사원과 힌두 신을 빽빽하게 조각해 넣은 화려한 고푸람(힌두교 사원 입구에 세운 탑 형식의 문)이 보이는가 싶더니 커다란 공동묘지가 나타났다. 심지어 도심 한가운데에 웬일인가 싶은 거대한 감옥, 그곳을 지나자 바로크 양식으로 지은 눈에 띄게 아름다운 성당 건물과도 마주쳤다. 트링코말리에는 삶과 죽음 혹은 천국과 지옥이 어깨동무하고 맞닿아 있는 것 같았다.

도심을 벗어나 해안으로 향했다. 멀찌감치 보이는 커다란 성벽이 프레드릭 성채였다. 1505년부터 세력을 뻗치기 시작한 포르투갈은 네덜란드, 프랑스, 영국 등의 세력을 견제하기 위해 스리랑카 해안 곳곳에 요새를 세웠다. 노을을 바라보았던 자프나의 성채도, 갈레와 바티칼로아의 더치 성채도 애초에 포르투갈이 지은 것이다. 그중에서도 프레드릭 성채는 열강의 세력 다툼을 가시적으로 확인할 수 있는 대표적인 장소이다.

성채 입구에는 몇 미터 간격으로 군인들의 초소가 있었다. 초소병은 하나같이 웃음기 지운 눈빛으로 행인들에게서 시선을 떼지 않았다. 잘못이 없는데도 그들 앞을 지날 때마다 움찔해서 애써 어색한 미소를 지어야 했다. 성채 안에도 군인의 초소가 있기는 매한가지였지만, 수령이 5백 년도 더 되어 보이는 여러 그루의 나무들이 비밀의 화원처럼 그곳을 지키고 있어 분위기는 한결 부드러웠다. 여기저기에 사슴의 무리가 새끼들과 함께 풀을 뜯고 있어서 신비롭기까지 했다. 밝은 푸른 바다가

트링코말리 힌두교 사원의 고푸람

▪ 바로크 양식으로 지어진 성 마리아 성당

멀리 보이는 프레드릭 성채(위)
프레드릭 성채를 지키는 초소병(아래)

둘러싸고, 안은 초록의 생명체가 가득한 프레드릭 성채는 군사적 목적으로 만들어졌다기보다 한적한 수목원 같았다.

안에 유명한 힌두교 사원이 있다고 하여 프레드릭 성채를 방문하였는데, 힌두교 사원으로 오르는 길에 '고코나라자마하 위하라'라고 불리는 불교 사원을 만났다. 절의 규모는 밖에서 보기보다 컸고, 보리수가 중앙에 자리하고 있는 뜰을 지나 안으로 들어가니 키가 큰 불상이 나타났다. 백제의 미륵불처럼 미끈하게 생긴 불상 앞에서 그 얼굴을 잠시 올려다보았다. 근엄하지만 자애로운 표정에, 긴장했던 마음이 완전히 누그러졌다.

프레드릭 성채의 하이라이트는 '코네스와람 코빌'이다. 트링코말리에는 코빌이 많은데, 그곳이 한때 스리랑카 힌두 문화의 중심지였기 때문이다. 이미 2천5백 년 전부터 인도의 타밀족이 들어와 정착해 살면서 북쪽으로는 자프나, 동쪽으로는 트링코말리가 타밀인의 터전이 되었다. 기원전 4세기경 트링코말리 해안의 가장 높은 절벽인 '스와미 록' 위에 스리랑카 최초이자 최대 규모의 힌두교 사원 코네스와람 코빌이 세워졌고, 지금까지도 트링코말리는 힌두교의 주요 성지 순례지 중 하나로 주목받고 있다.

사원으로 진입하기 위해서는 반드시 신발을 벗어야 한다. 스리랑카나 인도 문화권에서는 힌두교 사원뿐만 아니라 불교 사원, 천주교 성당에 들어갈 때도 신발을 벗고 입장하는 것이

고코나라자마하 위하라의 불상

최소한의 예의로 여겨진다.

계단에 올라서자마자 푸른 하늘빛의 거대한 시바 신상이 보였다. 눈을 부릅뜬 모습에 압도당해 저절로 경외심이 우러났다. 시바의 좌우로는 두 개의 고푸람이 설치되어 있었다. 크지는 않았지만 사다리꼴 모양의 탑 위에 적지 않은 수의 신의 모양을 한 조형물을 올려놓아 그 위용을 드러냈다. 문이 굳게 닫힌 왼쪽의 고푸람은 사원의 사적인 공간으로 연결된 듯했고, 문이 활짝 열린 오른쪽 고푸람은 바다로 향한 암자로 이어졌다.

마침 공물을 두 손에 받쳐 들고 사원 안으로 들어선 세 남자가 보였다. 푸자(신께 바치는 제물 또는 예배)를 위해 사원을 찾

▪ 코네스와람 코빌의 하늘빛 시바 신상

은 신도들이었다. 바다 쪽으로 난 고푸람으로 들어서는 그들을 따라 나도 문 안으로 들어갔다. 절벽 아래로 깊고 푸른 인도양이 내려다보였고, 바다를 등지고 스리랑카의 고대 국가 아누라다푸라의 영웅, 데와남피야 팃사 왕의 석상이 서 있었다. 다소곳이 손을 모아 신을 경배하는 모습인 왕의 입상은 신도들에게 모범을 보이려는 종교적인 의도로 세워졌겠지만, 위대한 왕을 추모하고 기억하려는 의미이기도 한지 세 남자는 신께 나서기에 앞서 왕 앞에 예의를 갖추었다.

시바 신의 가족 앞에 푸자하는 신도들을 뒤로하고 나는 코네스와람 코빌의 본당을 찾았다. 천장과 네 면의 벽이 부조나 회화로 빈틈없이 채워져 있었다. 장식의 화려함에 비해 본당의 내부가 그리 크지는 않았는데, 그것은 1622년 트링코말리에 상륙한 포르투갈 군대가 코빌의 상당 부분을 훼손하여 현재는 원래 규모의 3분의 1만 남았기 때문이다. 그 상태로 식민 시기의 기나긴 시간 동안 방치되었다가 1963년에서야 현재 상태로 재건되었다고 하니, 뒤늦은 조치나마 다행이지만 화려했던 본래 모습을 볼 수 없어 못내 아쉬웠다.

더 안타까운 것은 포르투갈 군대가 사원 내부를 채우고 있던 수많은 힌두교 성물을 깨부숴 파묻거나 낭떠러지 아래 깊은 바다로 던져버린 사실이다. 심지어 사원을 떠받치고 있던 수천 개의 기둥과 석벽을 뽑아다가 프레드릭 성채의 자재로 사용했다고 하니, 그것은 침략자들의 야만적인 행각으로 소중

한 것들이 한순간에 사라져버린 믿을 수 없는 사건이었다.

외부인에게 스리랑카는 빛나는 보물섬 '인도양의 진주'였다. 후추나 계피 같은 향신료의 천국이자 루비, 사파이어 같은 보석들이 지천에 넘치고, 농산물이나 열대 과일뿐만 아니라 해양자원까지 풍부해 누구나 탐내던 나라. 그래서 스리랑카는 16세기 초부터 440여 년에 걸쳐 포르투갈, 네덜란드에 이어 영국에게까지 식민 지배를 받으며 수많은 자연자원과 문화유산을 빼앗겼다. 코네스와람 코빌은 외부 세력이 짓밟아 엉망으로 만들어버린 문화유산 중 하나이다.

스리랑카는 1948년 2월 4일에 제국주의의 지배에서 독립했으나 그 이후에도 오랫동안 정치적 혼란을 겪어야 했다. 게다가 영국은 스리랑카를 떠난 이후에도 타밀인과 싱할라인 간의 묵은 감정을 조장하여 싱할라 정부를 견제했는데, 두 종족 간에 심화된 갈등은 내전이라는 끔찍한 결과로 이어졌다. 결국 1983년 시작된 내전은 칠흑처럼 어두운 가난과 공포 속으로 스리랑카를 몰아넣었고, 2009년 5월 18일 마침내 내전은 멈췄지만, 스리랑카는 속수무책으로 망가지고 말았다. 모두가 식민 통치에서 비롯된 부작용이었다. 36년간의 식민 지배와 3년의 전쟁으로도 부서지고 사라진 것들을 복구하는 데 막대한 시간과 자본을 들여야 했던 우리와 비교했을 때, 스리랑카의 재건에는 더 많은 노력과 희생이 뒤따라야 함은 의심의 여지가 없다.

▪ 시바 신을 태우고 다니는 신성한 소, 난디 신상

트링코말리의 싱할라어 이름은 '트리코나말라이'이다. '삼각형의 신성한 언덕'이라는 뜻이라고 하며, 그것은 세 개의 모서리를 가진 '스와미 록'의 모양에서 기원했다. 그 모양 때문에 트링코말리를 '고카르나'(힌두어로 소의 귀. 소는 힌두교에서 시바신을 태우고 다니는 신성한 존재로 여겨짐)라 부르기도 하는데 그 정상에 코빌을 지어 올린 이유가 짐작되는 부분이다. 기원전 4세기의 코빌은 웅대하고 화려했으며 지금 규모의 세 배나 되었다고 한다. 남겨진 부분조차 시간과 함께 퇴색되고 안타까운 사연들로 얼룩졌지만, 코네스와람 사원의 추억은 영원히 신성하게 남을 것이다.

●

그 섬에
가고
싶다

Nilaveli

닐라웰리

트링코말리에서 북쪽으로 20킬로미터쯤 거슬러 올라가면 '닐라웰리'라고 불리는 아름다운 해변을 만나게 된다. 여행객들이 닐라웰리를 사랑하는 이유는 맑고 깨끗한 모래사장과 수정처럼 투명한 바다 때문이지만, 그곳이 핫플레이스가 된 결정적인 이유는 해안에서 1킬로미터 거리에 있는 '피전 아일랜드' 때문이다.

피전 아일랜드의 현지 이름은 '파라위두파타.' 여행책자에서는 파라위두파타라는 이름 대신 영어로 해석한 피전 아일랜드라는 이름을 쓰지만 아무래도 이 이름은 싱겁게 느껴진다. 피전 대신 '파라위', 아일랜드 대신 '두파타'라는 싱할라어로 불러야 비로소 입 안 가득 짭조름하게 바다 향이 밀려오고, 비둘기들이 날갯죽지를 접고 쉬어가는 섬의 평화로운 모습이 머릿속에 생생히 그려진다.

파라위두파타의 존재를 알게 된 것은 트링코말리에 처음 방문했을 때였다. 숙소에서 닐라웰리가 그리 멀지 않으니 닐라웰리로만 가면 섬에는 쉽게 들어갈 수 있으리라 생각하고 무작정 닐라웰리행 버스를 탔다. 하지만 막상 닐라웰리에 도착하니 해변은 텅 비어 있었고, 그날 바로 섬으로 들어가기는 불가능했다. 결국 당시엔 어쩔 수 없이 그곳을 떠나야 했지만 이후 파라위두파타에 대한 갈망은 집착에 가까워졌다. 세 번이나 허탕을 치면서도 그 섬을 포기하지 않았으니 말이다.

섬에 대한 집착은 어려서 제주도에 살면서 생긴 듯하다. 제

▪ 닐라웰리 해변

주에서는 감귤밭 사이에 있는 집에 살며 귤꽃이 피는 것으로 봄을 느꼈고, 손이 노래지도록 밤새 귤을 까먹으면서 겨울이 오는 것을 알았다. 아버지가 만들어주신 그네 위에 앉아 세계 명작을 읽었고, 여름밤에는 평상 위에서 모깃불을 태우며 카시오페이아와 북두칠성을 바라보다 잠들었다. 먹잇감을 찾아 하루에도 몇 바퀴씩 귤나무 그늘을 탐험하던 수십 마리의 닭들과 학교 가는 길에 버스정류장까지 따라나서던 몇 대를 걸친 강아지들과 함께 자랐고, 철쭉과 억새를 찾아 망아지처럼 오름을 뛰어다니며 철이 들었다.

이런 기억들로 인해 어디를 가든 '섬'이라는 단어만 들으면 귀가 쫑긋해졌다. 미리 섬의 존재를 알았든 몰랐든 간에 최종 목적지는 바다 위에 떠 있는 작은 동그라미가 되곤 했다. 그렇게 해서 발을 들여놓았던 숱한 섬들, 파라위두파타도 그런 섬들 가운데 하나였다. 하지만 만약 그곳으로 가는 길이 쉽기만 했다면 처음부터 파라위두파타는 집착의 대상이 되지도 않았을 것이다.

처음 파라위두파타로 가려던 시도는 기후 때문에 엉망이 되었다. 그때는 스리랑카가 지역에 따라 기후가 다르다는 사실을 미처 몰랐다. 열대 몬순 기후의 스리랑카는 두 개 계절풍의 영향을 받는다. 바다에서 육지로 향하는 남서 계절풍이 부는 여름 몬순기에는 남서부 해안이, 육지에서 바다로 향하는 북동 계절풍이 부는 겨울 몬순기에는 북동부 해안이 우기가 된다.

그래서 10월부터 3월까지는 남서부의 해안 도시들로, 4월부터 9월에는 북동부의 트링코말리와 닐라웰리로 관광객이 몰린다. 그러니 내가 처음 찾았던 3월의 닐라웰리가 썰렁한 것은 당연한 일이었다.

첫 번째 방문이야 그렇다 치고 1년 뒤 닐라웰리를 다시 찾았을 때, 나는 또 해변에서 파라위두파타를 그림의 떡처럼 바라보아야만 했다. 배 때문이었다. 섬으로 가는 배편은 무조건 이른 아침 시간에만 있었다. 오후에는 섬을 방문하려는 사람도 없었지만 특별히 배가 준비된다 하더라도 가격이 만만치 않았다. 차라리 닐라웰리 해변이 아니라 처음 방문했을 때처럼 트링코말리 시내에 묵었더라면, 싼 빌라형 숙소에 머물며 가격 조정이 가능한 배편을 미리 준비했을 수도 있었다. 하지만 그때는 또 그런 사정에 어두웠다.

세 번째 방문은 1월이었다. 겨울 몬순의 영향으로 파라위두파타행이 불가능할지도 모른다는 짐작은 했다. 그러면서도 동부 해안은 마지막이라는 생각으로 강행한 길이었다. 비싸더라도 섬으로 가는 배편만 찾으면 될 것 같았는데 겨울 몬순기인 1월은 3월보다 상황이 더 나빴다. 밤새 철썩대는 파도 소리에 몇 번이나 잠에서 깼다. 한국에서 스리랑카까지 나를 찾아온 두 제자까지 데리고 갔다가 허탕을 치고 돌아서며 '대자연 앞에 요행이란 없구나'라고 생각할 따름이었다. 별 탈 없이 무사히 떠나온 것으로 만족해야 했다. 파라위두파타로 가려던 시도는 그렇게 세 번이나 무산되었다.

이렇게 써놓고 보니 섬에 애착을 가진 여행자라고 하기에 나는 참으로 대책이 없어 보인다. 하지만 섬은 왠지 그렇게 갑자기, 지나가다가 우연히 들른 것처럼 가닿아야만 할 것 같았다. 사전 준비 없이 무턱대고 찾아들려는 태도를 못마땅하게 여긴 섬들이 나를 또 한두 번쯤 뭍으로 돌려보낸다 할지라도.

스리랑카에는 두 개의 해상국립공원이 있다. 하나는 남부의 히카두와 해변이고, 다른 하나가 바로 파라위두파타, 즉 피전 아일랜드이다. 두 군데 모두 에메랄드빛 바닷물과 보석 같은 산호로 유명하고 그 안에 깃들어 사는 수많은 해양생물로도 명성이 자자하다. 히카두와는 겨울 여행지로, 피전 아일랜드를 품은 닐라웰리와 트링코말리는 여름 여행지로 적합해서 1년 내내 두 곳을 오가며 여행하는 사람들을 만난 적도 있다.

마침내 피전 아일랜드에 입성하는 날이 되었다. 닐라웰리의 아닐라나 호텔에서 일하던 나빈의 도움을 받아 겨우 섬으로 들어간 그 날은 독립기념일만큼이나 흥분되었다. 닐라웰리에 숙소를 잡는 바람에 쓸데없이 시간과 돈을 낭비하며 트링코말리 근방까지 왔다 갔다 하는 수고를 하긴 했지만, 나빈 덕분에 스노클링 장비 대여료를 포함해 입장료와 뱃삯을 4천 루피(한화 3만 2천 원 정도)에 협상할 수 있었으니 지금 생각해 봐도 꽤 괜찮은 조건이었지 싶다. 섬으로 들어가기 위해 외국인들은 보통 1인당 6천 루피 정도를 지불하기 때문이다.

보트가 새파란 바닷물을 가르며 출발했다. 바다 위로 내리 쬐는 태양은 뜨거웠지만 문제될 것이 없었다. 잘 맞춰지지 않던 큐브의 마지막 조각을 맞춘 듯 홀가분하게 섬으로 들어가는 길이지 않았던가. 겨울 몬순도 피했고, 비와 바람도 피했고, 이른 아침 시간에도 맞췄고, 수영복과 스노클링 장비까지 모든 준비가 완벽했다. 너무 들뜬 나머지 그때 막 이글대며 떠오르기 시작한 태양보다 나의 심장이 더 뜨거웠을지도 모른다.

섬을 향해 가는 내내 파라위두파타가 있는 방향에 시선을 맞추었다. '도대체 그 섬에 무엇이 있을지'만이 유일한 관심사였다. 반짝이는 물결 위를 가로지르며 지나던 보트, 어느새 멀어진 닐라웰리 해변. 피전 아일랜드가 조금씩 윤곽을 드러내기 시작했다. 수영도 할 줄 모르고 물과 인연이 가깝다고도 할 수 없는 내가 바다 한가운데에 떠서 섬으로 향하고 있었다.

섬의 해안에는 일찍부터 서두른 보트들이 줄지어 정박해 있었다. 4월 말이라 본격적인 성수기는 아니었지만 보트에서 쏟아져 나온 사람들은 이미 스노클링 삼매경이었다. 방문객들은 새해 연휴를 즐기러 콜롬보나 캔디 같은 도시에서 온 가족 단위의 현지인들이었지만, 극성수기에 파라위두파타는 해외여행객들의 천국이 된다.

해상국립공원임을 알리는 표지판과 산호 보호를 위해 입장이 금지된 구역임을 언급한 안내판을 바라보며 보트에서 내

▪ 피전 아일랜드(파라위두파타) 바닷가 풍경

*피전 아일랜드의 죽은 산호밭

렸다. 발바닥에 닿는 단단한 촉감. 바닥이 모래사장 대신 죽은
산호로 온통 뒤덮여 있었다. 비둘기의 섬이 아니라 산호의 무
덤으로 불리는 편이 더 나을 뻔했다. 산호의 주검 대부분은 자
연스럽게 생장과 사멸을 반복하는 과정에서 만들어진 것이겠
지만, 그 아래에는 2004년의 쓰나미로 인해 떼죽음을 당한 산
호들의 잔해도 대량으로 묻혀 있을 것이다. 작은 물살의 변화
와 햇빛의 양에도 쉽게 영향을 받는다는 산호들이 바닷속에는
얼마나 살아 있을지 궁금했다.

스노클링 장비를 꺼냈다. 인도양의 푸른 물속으로 뛰어들
준비가 되었다. 물론 세 번이나 거듭된 실패를 극복하고 섬에
발을 들여놓았다는 사실만으로도 이미 충분히 만족한 나머지
물속 풍경에 욕심을 내지는 않았다. 게다가 산호로 유명하다
던 하와이의 하나우마 베이에서조차 산호와 바위를 구별하지
못한 낮은 안목으로, 물속에서 산호를 만난다 하더라도 제대

로 알아보겠나 싶어 작은 기대조차 내려놓았던 터였다.

그런데 웬걸, 바다에 몸을 띄우고 물속으로 얼굴을 들이밀
자마자 영락없는 산호의 무리와 마주쳤다. 그때 알았다. 산호
를 바위와 헷갈리기도 어렵다는 것을. 형형색색의 빛깔을 뿜
어내 그것으로 수중 비단길을 만들어내는 산호초는 아무리 까
막눈이라 한들 무심결에 지나칠 수 없는 존재였다. 심지어 2백
미터 길이에, 너비가 1백 미터나 되는 거대한 띠로 섬을 둘러
싸지 않았던가.

검은 상어와 갖가지 색을 지닌 열대어들이 산호 주변을 맴
돌았다. 물속 생명체들이 지나가며 일으킨 물결에 응답하듯
산호초들이 미세하게 움직이며 파도를 탔다. 메말라버린 산호
의 주검뿐인 물 밖과 달리 파라위두파타 주변의 물속 세상은
부드럽게 살아 숨 쉬고 있었다.

아름다움에 취한 것도 잠시, 한갓진 섬의 분위기를 깨는 시
끌벅적한 소리에 놀라 물 위로 올라왔다. 현지인들이 한 남자
를 향해 다급하게 소리치고 있었다. 그는 무법자처럼 배를 쑥
내밀고 물 한가운데에 서서 요지부동이었다. 산호초를 발받침
대로 삼고 그 위에 서 있다는 것을 자각하지 못하는 것 같았다.

하나우마 베이에서는 관광객들이 하나같이 주의를 기울이
며 물속에 들어간다. 얕은 물에는 산호가 있지도 않지만 실수
로라도 바위 하나 건드리게 될까 노심초사한다. 그도 하와이
에서였다면 그렇게 했을지 모른다. 파라위두파타의 몰지각한

이방인에게 화가 났다. 한 번의 실수였을 거라 생각하면서도 혹시나 스리랑카의 자연과 문화의 값어치를 나라의 경제력으로 평가해 그런 것은 아닐지 의구심이 생겼다.

피전 아일랜드는 1963년에 자연보호구역으로 지정되었지만, 2003년부터는 해상국립공원으로 공개되기 시작했다. 비교적 최근 일이라, 섬은 아직까지 어느 곳과도 비교할 수 없을 만큼 깨끗하고 청정했다. 물속의 산호초도 기대 이상으로 잘 보존되어 있었다. 하지만 이제 사람들의 발길이 잦아지기 시작했으니 섬과 주변이 훼손되는 것은 시간 문제이다. 파라위두파타가 나를 세 번씩이나 내친 이유를 알 것 같았다. 섬은 간격을 유지하고 싶었던 것이 아니었을지. 눈치도 없이 삼전사기, 세 번을 거절당하고도 또 도전해서 섬 안에 기어이 두 발을 들여놓고 말다니…… 아름다운 장소를 만난 감격에도 불구하고 뒤늦은 회한이 일었다.

오후 1시쯤 되자 보트가 사람들을 태우기 시작했다. 파라위두파타의 여정이 끝나가고 있었다. 뭍으로 향하는 마음은 가벼웠으나, 수영 초심자로 물에서 시간을 보내느라 긴장했던 탓인지 유난히 피곤했다. 게다가 기필코 섬에 들어가고 말겠다는 생각으로 갈레부터 콜롬보를 거쳐 밤새 달려온 길이지 않았던가. 이른 저녁부터 잠에 곯아떨어져 꿈에 새하얗게 쌓인 산호의 주검을 보았다. 소스라쳐 깨니 새벽녘 닐라웰리는 파도 소리로 소란스러웠다.

아누라다푸라로
가는
타임머신

Anuradhapura

아누라다푸라 I

'아누라다푸라.' 만나르 이후 스리랑카의 고대 역사가 기틀을 잡은 곳이다. 스리랑카의 역사는 약 2천5백 년 전부터 시작되었다. 기원전 3세기에는 인도에서 불교가 전해지면서 스리랑카에는 일찍이 불교 문화가 찬란히 꽃을 피웠다. 인더스 문명의 발상지와 멀지 않은 곳에 자리했다는 지리적 이점을 저력으로 삼아, 수많은 외침에도 무너지지 않을 튼튼한 역사를 만들어낸 스리랑카 최초의 도시가 바로 아누라다푸라이다.

아누라다푸라는 스리랑카의 생소하고 어려운 지명 중 하나인데, 아누라다푸라를 '아누라다'와 '푸라'로 나누어 이해하면 쉽다. '아누라다'는 '빛난다'는 의미의 싱할라어이고, '푸라'는 '도시'를 가리키는 말이다. 그 두 말의 합성어인 아누라다푸라는 고대 왕국이 있던 곳에 걸맞게 '찬란히 빛나는 도시'라는 멋진 뜻으로 해석된다.

고대 도시인 아누라다푸라는 우리나라의 경주와 비슷한 점이 많다. 고대 국가의 수도로 천 년 이상의 시간을 지켜온 점, 불교 중심으로 문화가 융성한 점, 역사적 가치를 인정받아 각각 1982년과 2000년에 유네스코 세계문화유산으로 등재된 점, '다게바'라고 부르는 탑 사원들이 경주 대릉원의 능처럼 우아한 곡선미를 뽐내며 유적지 곳곳을 차지하고 있는 점, 여름이면 경주의 월지에 연꽃이 만발하듯 아누라다푸라의 팃사 웨와('웨와'는 싱할라어로 '호수'를 뜻함)가 연꽃으로 뒤덮이는 점. 심지어 그늘이 거의 없는 두 도시에서 연꽃이 만발한 장관을 보려면 푹푹 찌는 한여름의 더위를 감수해야 한다는 것조차 꼭 닮았다.

하지만 경주가 섬세하고 화려한 귀족 여인의 모습을 연상시킨다면, 아누라다푸라는 질박하면서도 흠잡을 데 없이 단아한 촌부의 모습을 떠오르게 했다. 건축 양식상의 차이 외에도 아누라다푸라 구시가지의 유적들 대부분이 경주보다 더 오랜 세월을 견뎌온 것들이어서 그리 보인 듯하다. 경주의 곳곳은 관광지로 잘 정비되었지만, 아누라다푸라 유적군은 거의 날것 그대로여서 그런 느낌이 더했으리라.

아누라다푸라는 자프나나 트링코말리보다는 공항에서 가까운 편이지만, 국영 기차로는 여섯 시간이나 걸렸다. 중북부주의 중심에 위치하고 있어서 북쪽으로 한참 올라가야 하니 니곰보와 쿠루네갈라 터미널을 거쳐 아누라다푸라로 가는 버스를 타는 편이 나을 뻔했다. 그랬다면 갈아타는 수고를 하더라도 네 시간 남짓이면 목적지에 도착할 수 있었다. 하지만 그때는 버스 노선도, 도로 상황도 잘 몰라서 무조건 콜롬보 중앙역으로 향할 수밖에 없었다.

콜롬보 중앙역에서 인터시티(스리랑카의 사설 교통수단, 버스와 기차 모두에 해당)를 타려는 목적이었다. 그런데 상행이든 하행이든 하루에 한두 번만 운행하는 인터시티 기차는 이미 꼭두새벽에 출발해 버려 국영 기차밖에 선택의 여지가 없었다.

그래도 소문과 달리 기차 객실은 기대 이상으로 쾌적했고,

아누라다푸라 기차역

달리는 내내 열어놓은 차창으로 바람이 들어와 통풍도 잘 되었다. 철길이 곡선을 그리며 방향을 틀 때마다 기차가 심하게 기울어서 몸이 이리저리 쏠렸지만 그것도 참을 만했다. 하지만 불편한 의자 때문에 동행했던 후배가 허리 통증을 호소해서 나는 조금이라도 빨리 기차를 탈출하고 싶은 마음뿐이었다.

멀고 험한 여정을 거쳐 목적지에 도착한 시각은 오후 서너 시 무렵이었다. 군데군데 칠이 벗겨진 낡은 역사는 고대 도시로 진입하는 관문답게 고색창연했다. 전광판 대신 역사 전면에 걸린 기차의 출발 시간과 플랫폼의 번호를 알려주는 아날로그식 안내판이 신기했다.

50대로 보이는 남자가 우리에게 다가와 자신의 밴을 가리키며 2백 루피에 숙소까지 데려다주겠다 했다. 툭툭이었다면 1백 루피(한화로 8백 원 정도)로도 충분했지만 짐도 있었고 빗방울이 떨어지기 시작해서 그의 차를 탔다. 그는 '사라스 실와'라고 자기를 소개하고는 숙소로 가는 내내 우리의 일정을 물었다. 그의 목적은 2백 루피에 있지 않았다. 그의 끈질긴 설득에 넘어가 우리는 결국 80달러에 아누라다푸라와 미힌탈레의 안내를 그에게 맡기고 말았다.

긴 시간을 이동해 겨우 아누라다푸라에 도착했던 데다 날씨까지 우중충하니 스리랑카로 출발하기 전의 기백은 온데간데없어지고 편하고 쉬운 방법을 택하게 되었다. 그때는 하루 가이드 비용으로 80달러가 꽤 많은 금액이라고 생각했는데,

▪ 아누라다푸라 기차역의 아날로그식 기차 시간표

돌아보니 아누라다푸라 입장료 25달러씩을 제외하면 아누라다푸라 전체와 미힌탈레를 운전해 데리고 다닌 대가로 그다지 비싼 것도 아니었다.

숙소에 짐을 부리고 '이수루무니야 사원'을 찾았다. 이수루무니야는 스리랑카 최초의 불교 사원이다. '아타마스타나 유적군'(아누라다푸라를 대표하는 여덟 개의 주요 사원)에는 포함되지 않으나, 데와남피야 팃사 왕으로부터 하사된 '랑마수우야나'(싱할라어로 '금빛 물고기의 정원'이란 뜻)이란 정원과 함께 아누라다푸라의 중요한 유적지 중 하나로 꼽힌다.

이수루무니야 사원은 아름답고 운치 있었다. 규모는 작았지만 전면과 측면에 법당 두 개가 자리하고 있었다. 전면에 보이는 작은 법당의 벽 한 면은 본래 있던 바위를 그대로 사용하여 법당이 지면에서 붕 떠 있는 모습이었다. 그래서 법당으로 오르는 계단을 가리고 보면 하늘에 걸쳐 있는 듯 보이기도 했다. 법당 내부는 텅 비어 있었다. 스리랑카에는 그처럼 동굴이나 바위 홈을 그대로 법당이나 승방으로 사용한 예가 많은데 내부를 화려하게 꾸미진 않는다.

사원 오른쪽에는 마당 한쪽을 차지한 커다란 연못이 있고, 사원에서 연못까지 길게 흘러내린 바위의 아랫면에는 코끼리 세 마리가, 윗면에는 남자 귀족의 모습이 말의 두상과 함께 새겨져 있었다. 코끼리는 부처님의 가르침에 귀 기울이는 민중을, 말과 귀족은 각각 물과 불의 신이라 하는데, 해석이 분분하

스리랑카 최초의 불교 사원인 이수루무니야 사원

° 이수루무니야 사원 안에 새겨진 남자 귀족의 모습

다. 이 조각들은 사원 박물관에 있는 부조 〈사랑의 연인〉상과 더
불어 기원전 3세기를 대표하는 정교하고 아름다운 작품이다.

붉은색 위주로 화려하게 채색된 측면의 법당 안에는 와불
뿐만 아니라 시바와 비슈누 신상까지 모셔져 있어 우리나라
사찰의 산신각을 보는 듯했다. 바닥과 천장 곳곳에 그려진 화
려한 색채의 문양도 눈길을 사로잡았다.

다게바(싱할라어인 다게바는 불탑 사원을 가리킴. 우리에게는 '스투
파'라는 단어로 더 익숙함)가 안 보인다 했는데 뒤쪽 계단을 통해
바위 위로 올라서니 거기에 다게바가 있었다. 감실을 두고 부
처님을 모셔둔 형상의 다게바였다. 바위의 정상에서는 이수루
무니야 사원의 전경과 후면의 텃사 웨와의 풍경까지 한눈에

법당 안의 와불과 바닥의 문양

내려다보였다.

이수루무니야는 아누라다푸라 고대 왕국의 영웅 데와남피야 텃사 왕이 스리랑카에 불교를 전한 마힌다 스님에게 봉헌한 사원이다. 데와남피야 텃사 왕은 아누라다푸라의 두 번째 왕으로서 불교를 국교로 공인하고 귀족의 자녀들을 승려로 양성해 나라의 기틀을 확립했는데, 이는 신라 법흥왕의 업적과도 매우 유사하다. 하지만 법흥왕이 신라에 불교를 공인하고 화랑을 나라의 동량으로 양성하자고 제안한 것이 5세기이니, 데와남피야 텃사 왕의 행보는 법흥왕보다 무려 8세기나 앞선다. 그의 혜안이 놀라울 따름이다.

사원 박물관에는 '랑마수우야나' 정원에서 발굴한 유물들이 다수 전시되어 있다. 사람들이 박물관을 찾는 이유는 〈사랑의 연인〉상 때문이다. 조각의 두 남녀는 도투게무누 왕의 세자였던 살리야와 집시 여인 아소카이다. 모든 것을 내려놓고 사랑하는 여인을 지켜낸 살리야 왕자의 열정이 부조 속 치켜든 그의 턱 끝에서 느껴졌다.

그들 사랑의 감정이 자라났을 정원의 모습이 궁금했다. 이수루무니야 사원에서 2백 미터쯤 이동하여 '랑마수우야나'로 갔다. '로얄 파크'라고 적힌 녹슨 간판이 보였으나 정원이라고 하기에는 너무 황량했다. 안내자를 자청했던 사라스 씨는 우리를 입구까지 데려다주고는, 자기는 밖에서 기다리겠으니 돌아보고 오라며 밴을 향해 저벅저벅 걸어가 버렸다. 황당했지

⁻〈사랑의 연인〉 부조

만 별수 없이 여자 둘이 정원 안으로 들어섰다. 풀과 나무와 돌을 깎아 만든 수조…… 그뿐이었다. 정원을 찾은 사람도 우리뿐이어서 만약 둘이 함께 있지 않았다면 그 길로 돌아나와야 했을지도 모른다.

열대 기후의 나라도 1월의 정원은 썰렁했다. 베르사유처럼 장미꽃이 만발한 정원을 기대하진 않았지만, 그렇다고 해도 유일하게 볼 수 있는 꽃이 발끝에 닿은 미모사뿐이라니 조금 허망했다. 두 사람의 흔적을 찾아보겠다는 소망이 이루어지지 않을 줄은 진즉에 알았지만, 비까지 부슬부슬 내리니 처음부터 잘못된 길을 들어선 것이 아닌가 싶어졌다.

정원을 급히 빠져나와 사라스 씨를 찾았다. 주차장도 텅 비어 있었다. 이수루무니야 사원 안에 있던 사람들도 모두 떠나고 없었다. 정말 둘이 아닌 것은 상상하기도 싫었고, 다만 사라스 씨에게 숙소로 빨리 돌아가자는 재촉을 했을 뿐이다.

아누라다푸라 구시가지에는 밥 짓는 연기가 나는 마을도 없었고, 커피 향 진동하는 카페테리아도 없었다. 심지어 관광객이 거의 끊기는 5시 무렵에는 물을 파는 상점조차 문을 닫았다. 스리랑카 정부에서 문화재 보호를 위해 주민을 신시가지로 이주시켰기 때문에 구시가지에는 사람이 살지 않는다. 그러니 아누라다푸라 옛 도시의 정취에 젖어 너무 늦게까지 주변을 배회하는 것은 금기사항이다. 자칫하다 해가 저물면 무슨 일이 생길지 아무도 알 수 없을 만큼 구시가지의 밤은 지나치게 고즈넉하니 말이다.

- '랑마수우야나'에 핀 미모사

●

보리수 그늘 아래
단꿈을
꾸었네

Anuradhapura

아누라다푸라 II

다음 날 아침에도 하늘이 흐렸다. 아침식사를 하기 위해 식당으로 가서 정원이 내다보이는 자리에 앉았다. 스리랑카식 볶음밥이 접시에 한가득 담겨 나왔다. 또 다른 접시에는 적당히 구운 식빵이 스크램블드에그, 베이컨과 함께 수북이 쌓여 있었고, 갓 갈아낸 파파야주스에 과일까지 곁들여졌다. 푸짐한 음식을 보니 유적지 방문은 조금 미루고 식사나 양껏 하며 한두 시간쯤 후배와 수다를 떨어도 좋을 것 같았다. 어차피 밖에는 비가 내리고 있었으니……

하지만 그것은 바람이었을 뿐, 약속 시간에 딱 맞춰 사라스 씨가 식당 안으로 얼굴을 들이밀었다. 해가 뜨겁게 달아오르기 전에 부지런히 '아타마스타나'를 돌아야 한다고 했다. 과연 비가 그치기는 할지 미심쩍었지만 어차피 아누라다푸라에 오래 머물 여유도 없었기에 순순히 그를 따라나섰다. 수다는커녕 음식도 제대로 음미하지 못한 채였다.

아타마스타나에 대한 기대는 컸다. '위대한 사원'이란 뜻의 싱할라어, '마하 위하라야'라고도 불리는 아타마스타나는 아누라다푸라에서 꼭 방문해야 할 8대 성지의 집합체를 가리키는 말이다. 보리수 사원으로 더 잘 알려진 '스리마하보디'와 '로와마하파야'(아누라다푸라의 고대 왕궁터) 그리고 '루완웰리마하세야 다게바' '제타와나라마 다게바' '투파라마 다게바' '미리세와티야 다게바' '아바야기리 다게바' '랑카라마야 다게바' 여섯 개 불탑 사원들이 마하 위하라야에 포함된다. '아타'는 싱할라어로 '8'에 해당하는 수사이다.

사원 대부분은 인접해 있지만, 아바야기리와 랑카라마야 다게바는 중심지에서 북쪽으로 조금 떨어져 있다. 왼쪽에는 두 개의 인공 저수지가 있고, 아누라다푸라의 넓은 평야 위에 아타마스타나 외에도 10여 개의 유적들이 드문드문 위치하고 있어 하루 동안 전체를 다 둘러보려면 체력과 인내심이 뒷받침되어야 한다.

결국 배경지식도 없이 무턱대고 아누라다푸라를 찾은 첫 번째 방문에서는 아타마스타나의 여덟 개 성지도 다 돌아보지 못했다. 비가 오락가락하는 데다 사이사이 불볕 같은 태양이 내리쬐어 사라스 씨의 밴을 타고 다녔는데도, 엇비슷하게 생긴 다게바를 몇 기 보고 나니 더 이상 불탑에 흥미를 가질 수가 없었다. 또 밴을 오르내리며 메뚜기처럼 이곳저곳을 이동해 다니는 것도 금세 지쳤다.

1. 아바야기리 다게바: 왈라감바후 왕(기원전 1세기) 때 조성. 높이 75미터의 벽돌탑으로 현재 아누라다푸라에서 가장 높다. 조성 당시는 1백 미터 높이였으며, 5천 명의 스님이 정진하던 승원이었다. 다게바 주변에 넓은 승원 터가 보존되어 있다.

2. 랑카라마야 다게바: 왈라감바후 왕 때 조성. 아타마스타나 여섯 개의 다게바 중 가장 작다. 다게바 주변에 세워진 돌기둥들은 다게바를 천막처럼 둘러쌌던 원형 구조물인 와타다게의 흔적이다.

3. 투파라마 다게바: 데와남피야 팃사 왕(기원전 4세기) 때 조성. 스리랑카에서 가장 오래된 불탑으로 석가모니의 오른쪽 쇄골 사리가 모셔져 있다는 설이 있다. 랑카라마야 다게바와 유사하나, 두 단의 높은 기단 위에 세워졌다. 높이는 19미터쯤 된다. 주변에 승원 터 유적이 남아 있다.

4. 제타와나라마 다게바: 마하세나 왕(3세기) 때 조성. 조성 당시 높이가 122미터였으나 현재는 70미터로 재건되었다. 부처님이 머물며 설법했다고 하여 '기원정사'로 불린다. 아타마스타나의 여섯 개 불탑 사원 중 가장 나중에 지어진 다게바이다. 아바야기리와 같이 벽돌탑인데다가 크기도 비슷

하여 두 다게바의 구별이 쉽지 않은데, 탑의 정상부가 훼손되었다면 제타와나라마 다게바이다.

5. 루완웰리마하세야 다게바: 도투게무누 왕(기원전 2세기) 때 조성. 인도 타밀로부터 아누라다푸라를 탈환한 것을 기념하여 지은 탑이다. 역시 조성 당시에는 높이가 103미터였으나 타밀과의 전투에서 훼손되어 지금 것은 55미터의 높이로 축소, 재건되었다.

6. 미리세와티야 다게바: 도투게무누 왕 때 조성. 역시 인도 타밀의 침입을 물리친 기념으

로 세워진 탑이다. 잃었던 신물이 담긴 주머니를 되찾은 왕이, 그 위에서 부처님의 사리를 발견한 것을 기려 그 자리에 탑을 건립하게 했다는 전설이 있다. 규모를 언급한 자료를 찾을 수 없었으나, 높이는 대략 40미터쯤으로 추정된다.

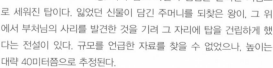

▪ 아바야기리 다게바

랑카라마야 다게바

아누라다푸라의 다게바가 특히 더 아름답다고 생각하게 된 것은 그로부터 1년이 지나 아타마스타나를 다시 찾아서였다. 그때는 다게바의 이름과 지어진 연도와 내력, 간단한 특징 정도를 미리 공부하고 갔다. 그리고 밴 대신 승하차가 쉬운 툭툭을 선택해 기사에게 내가 가기를 원하는 곳을 차례로 짚어 주며 주도적으로 사원을 관람했다. 약간의 배경지식을 쌓고 갔을 뿐이었는데도 아타마스타나를 돌아보기가 훨씬 수월하고 재미있었다. 그날은 날씨도 좋아서 파란 하늘을 배경으로, 하얗게 또는 벽돌색으로 포물선을 그리는 다게바의 모습을 사진 속에 또렷이 담는 행운까지 얻었다.

스리랑카의 불탑들은 대체로 커다란 반원형의 종 모양으로 생겼으며, 우리나라의 탑이 사찰에 속한 부속 건축물인 데 비해 스리랑카의 다게바는 그 자체로 독립적인 승원 역할을 했다. 탑을 중심으로 주변에 남아 있는 돌무더기들이 스님들이 거처하던 승방이나 강당 자리의 흔적이다.

안타깝게도 원형을 유지한 불탑 사원은 한 군데도 없었다. 아바야기리나 제타와나라마, 루완웰리마하세야 다게바는 원래 높이가 1백 미터 이상이었으나 외침에 의해 훼손되어 현재는 규모가 축소되었으며, 작은 불탑들도 주변의 와타다게(다게바를 천막처럼 둘러쌌던 원형 구조물)가 모두 무너져 있다. 하지만 대부분이 2천 년도 넘게 그 자리를 지켜온 것들로, 유네스코 세계문화유산으로 등재될 만큼 충분히 가치 있어 보였다.

그중 루완웰리마하세야 다게바는 스리마하보디와 매우 가까워 아누라다푸라에서 가장 많은 순례객이 방문하는 곳이다. 운 좋게도 나는 이 불탑 앞에서 신성한 푸자의 행렬을 구경하게 되었다. 신도들은 하나같이 표백제에 종일 담가놓은 듯한 새하얀 옷을 입고 있었다. 부처님께 진상할 공양물을 든 사람들 머리 위로 오렌지빛(스리랑카의 불교를 상징, 스님들의 가사와 같은 색)과 흰색의 휘장이 펼쳐지자 모두들 표정이 진지해졌다. 주변에는 방생의식을 위해 손에 새장을 들고 옹기종기 서 있는 사람들도 있었는데, 부처님께 정성을 바쳐 소망을 이루려는 간절한 마음이 공물을 든 사람에게서나 새장을 든 사람에게서 똑같이 느껴졌다.

　루완웰리마하세야 다게바에서 스리마하보디를 향해 가는 길에 일곱 번째 아타마스타나의 유적인 로와마하파야('로하 프

▪ 루완웰리마하세야 다게바 앞에서 푸자하는 사람들

라사다' 내지 '브레이즌 궁전'으로도 불림)를 만났다. 지금은 기둥 무덤에 불과해 보이는 그곳이 기원전 2세기에는 1천6백 개 기둥이 떠받친 9층 높이의 건물이었다니 믿기지 않았다. 그 쓰임은 아타마스타나에 걸맞게 역시나 승원이었는데 1천 명의 스님과 제자를 수용할 수 있는 시설이었다고 한다. 그 시대에 이런 위대한 유적을 만들었다는 것도 놀라웠지만 모든 것을 집어삼키는 세월의 위력도 새삼 경이로웠다.

스리마하보디로 들어가는 입구에 허름해 보이는 건물 하나가 덩그러니 서 있었다. 지나가던 스님과 우연히 대화를 나누다가 그 건물이 고대 아누라다푸라 스님들의 학습 경연장이자 현재 아누라다푸라의 불교도서관이라는 것을 알게 되었다. 아누라다푸라에는 그냥 지나칠 만한 곳이 하나도 없었다. 무엇이든지 아는 만큼밖에 볼 수 없으므로, 아누라다푸라는 사전 정보를 꼼꼼히 챙겨서 방문하는 것이 좋겠다.

이제 아타마스타나 최고의 명소, 스리마하보디 사원만 남았다. '보디'는 싱할라어로 '보리수'를 뜻한다. 보리수는 석가모니의 탄생부터 득도, 열반의 순간을 항상 함께했기에 불자에게는 경외의 대상이다. '보리수 사원'이란 뜻의 스리마하보디는 그 이름에서 짐작되는 것처럼 특정의 보리수와 깊은 인연을 가진다.

사원 안으로 들어서기 위해서는 간단한 검문 과정을 거쳐야 했다. 입구는 남녀가 나뉘어 있었다. 여자 직원에게 주머니와 가방 등을 열어 보이고 신발을 벗었다. 직원 옆에 서 있던 다섯 살쯤 되어 보이는 여자아이에게 인사를 건넸더니 부끄러운지 엄마 곁에 바짝 다가섰다. 비록 딱딱한 제복을 입기는 했지만, 엄마의 품이 포근해 보였다. 워킹맘에게 아이와 함께 일할 기회를 열어준 스리마하보디의 첫인상은 부처님의 자비 그 자체였다.

사원 안은 현지인으로 북적였다. 흰옷을 정갈하게 갖춰 입고는 구석구석 자리를 잡고 앉아 기도에 몰입하는가 하면, 스님을 둘러싸고 모여 설법을 듣기도 했다. 그런 현지인 사이에서 청바지를 입고 배낭을 짊어진 내 모습이 어색했다. 누가 봐도 이방인으로 보이는 내가 그들의 신앙생활에 방해가 될까봐 몸가짐을 조심했다.

하지만 푸자를 하는 사람들이 가져온 쟁반 안에 무엇이 들었는지에 대한 호기심은 참을 수가 없었다. 결국 무엇을 진상하는지 넌지시 물었다. 한 여인이 미소를 지으며 쟁반을 덮은 천을 슬며시 들어올렸다. 그 안에는 밥 한 공기가 올려져 있었다. 그것을 '키리바스'라고 한다고 일러주고는 '밀크라이스'라고도 한다고 덧붙이기에 왜 우유를 넣어 밥을 짓는지 물었고, 이른 아침이라 부처님께 부드러운 밥을 진상한다는 대답을 들었다. 그래서 이때는 키리바스가 조선 시대에 임금님께 올리던 죽조반 같은 것인가 생각했다.

나중에 알고 보니 그 밀크는 코코넛에서 짜낸 과즙이었다.

스리마하보디 보리수 아래에서 기도하는 사람들

싱할라어로 우유 또는 우유처럼 하얀 것을 '키리'라 한다. '바스'가 밥이니, '키리바스'는 '하얀 코코넛 과즙을 넣어 지은 밥'을 가리키는 말이었다. 이렇게 밥을 지을 때도 코코넛을 사용하는 스리랑카에서는 카레가 안 들어간 음식이라면 모를까 코코넛이 안 들어간 음식은 찾아볼 수 없다.

사원 안에는 사람 수만큼이나 보리수도 많았다. 보리수 사원이라는 이름에 걸맞게 사원 안은 보리수로 빽빽했다. 가지들이 뻗을 대로 뻗어 땅에 닿도록 흐드러져 있었는데 늘어진 가지에 쇠막대를 받쳐 무게를 지탱하게 했다. 나무들 사이의 간격이 좁은 것도 아닌데 무성하게 자란 가지들이 건너편 나뭇가지에까지 닿아 그 모습이 흡사 손에 손을 맞잡고 부처님의 설법을 기다리는 거대한 불자의 무리처럼 보였다.

보리수는 씨앗으로도 번식하지만, 줄기가 뻗어 땅에 닿으면 그것이 땅속으로 뿌리를 내리며 개체수를 늘리기도 한다. 애초에 석가모니는 무한 반복하는 보리수의 생장 특징을 통찰했던 것인가. 자신의 가르침이 전 세계로 뻗어 나갈 것을 미리 인지라도 한 듯 하필 번식력 탁월한 보리수 아래에서 성불했으니 말이다.

스리랑카로 보리수를 전하도록 명한 인물은 인도 마우리아 왕조의 아쇼카 왕이다. 그는 아흔아홉 명의 형제를 몰살하는 만행을 저지르고 왕좌를 차지한 폭군이었다. 왕이 되기 전 같이 살던 부인과 두 자녀를 비정하게 버렸으며 불교 탄압에

앞장선 것으로도 악명이 높다. 하지만 죄책감으로 갈등하다 결국 불교에 귀의하였고 인도에서는 살아남을 토대를 상실한 불교를 스리랑카로 전했다. 그의 소망을 대신해 기꺼이 아누라다푸라에 불법을 전한 이가 마힌다 스님이었고, 보드가야의 잿더미에서 부활한 보리수 가지 두 개를 들고 아누라다푸라로 입성한 것이 상가미타 스님이었다. 두 스님은 아쇼카 왕에게 버림받았던 자녀들이다.

한 나라의 공주가 스스로 비구니가 되어 전해온 보리수 묘목. 그것이 현재 보리수 사원에 보존된 가장 오래된 보리수이다. 수령이 무려 2천3백 살쯤 된다. 오늘날 인도의 보리수는 다 아누라다푸라로부터 역으로 보내진 것들이라는 사연이 의미하듯, 불교의 발원지가 인도이긴 하지만 현대 불교의 본산은 스

리랑카임이 명백하다. 그러니 아누라다푸라의 스리마하보디를
전 세계 불교 역사상 중요한 사원으로 꼽을 수밖에 없다.

"성문 앞 우물가에 서 있는 보리수,
　나는 그 그늘 아래 단꿈을 꾸었네."

　스리마하보디를 돌아 나오는데 슈베르트의 연가곡 〈겨울나
그네〉의 '보리수'가 입가에 맴돌았다. 테레즈를 생각하며 보리
수 밑동에 수없이 많은 사랑의 말을 새겼을 그의 설렘, 실연의
아픔을 이기지 못해 눈 덮인 벌판으로 방랑의 길을 나섰을 그
의 쓸쓸함이 보리수에 오버랩되었다. 성스러운 스리마하보디
에서 세속적인 사랑 이야기를 떠올린 것은 어쭙잖은 감상에 젖
어서였겠지만, 그래도 부처님의 설법 끝자락 어디쯤에는 아름
다운 사랑일수록 춘몽처럼 쉽게 잡히지 않는다는, 사랑에 대한
단상 하나 덧붙어 있지 않을까.

당신을
만난 건
행운입니다

Mihintale

미힌탈레

스리랑카 달력에는 흥미로운 점이 있다. 국정 공휴일과 일요일 외에도 한 달에 한 번씩 의문의 공휴일이 생긴다. 직장인이라면 누구나 부러워할 일이다. 스리랑카어로 '포야 데이'라고 불리는 그 공휴일은 바로 음력 보름날이다. 그래서 28일밖에 없는 양력 2월에는 음력과 날수가 맞지 않아 보름날이 없기도 하다.

보름날에는 휘영청 둥근 달이 뜨는데도 불구하고, 옛이야기 속에서는 차오른 달의 기운을 못 이긴 늑대인간이 세상을 집어삼킬 듯 하울링을 하고 구미호나 드라큘라의 피가 끓어오르는 으스스한 날로 묘사되곤 한다. 한편으로는 하늘에서 선녀가 내려오고 숲속 정령들이 일제히 깨어나 한바탕 축제라도 벌일 것처럼 신비화되기도 하는 것이 보름날에 대한 일반적인 인식이다. 하지만 스리랑카에서 보름날은 오직 불교적인 의미로 신성시되고 있다.

01 JANUARY 2018

MON	TUE	WED	THU	FRI	SAT	SUN
1*	2	3	4	5	6	7
8	9	10	11	12	13	14*
15	16	17	(18)	19	20	21
22	23	24	25	26	27	28
29	30	31*				

▸ 보름날을 공휴일로 정한 스리랑카의 달력(2018년 1월은 1일과 31일, 포야 데이가 두 번 들었다)

매달마다 '○○포야 데이'라는 이름이 붙어 있고, 달력에는 어김없이 그날이 공휴일로 지정되어 있다. 현지인들에게는 그중 5월의 '웨삭 포야', 6월의 '포손 포야', 7월의 '에살라 포야'가 중요한 의미를 갖는다. 웨삭 포야는 우리나라의 석가탄신일에 해당하는 날이고, 포손 포야는 마힌다 스님에 의해 스리랑카에 불교가 전해진 날이며, 에살라 포야는 스리랑카의 가장 큰 불교 축제인 에살라 페라헤라(음력 7월 보름인 에살라 포야에 행해지는 스리랑카 최대의 축제)가 정점을 찍는 날이기 때문이다. 결국 포야는 불교적으로 중요한 의미를 갖는 날이고, 스리랑카의 중요한 불교 행사는 양력 5월부터 7월 사이에 집중되어 있다.

아누라다푸라 동쪽에 위치한 '미힌탈레'는 5월 보름, 즉 포손 포야와 역사적으로 긴밀한 관련이 있다. 스리랑카에서는 마힌다 스님이 불법을 전하러 스리랑카로 처음 온 날인 포손 포야를 성대하게 기념하며, 매년 미힌탈레에서 포손 포야의 거룩한 설법을 행한다. 포손 포야가 돌아오면 미힌탈레는 전 세계에서 몰려든 수만 명의 순례객들로 열띤 기세를 품는다.

미힌탈레 탐방은 산 중턱에서 시작되었다. 몇 개의 계단을 오르자 거기서부터 신발을 벗어야 했다. 정상까지는 한참 더 가야 하는데 맨발로 산을 오르라니 당황스러웠다. 햇빛으로 데워진 바닥에서 전해지는 감촉은 따뜻했지만, 어적어적 밟히

- 아랄리야 꽃나무

는 작은 돌멩이에 발바닥이 따끔거렸다. 게다가 모자까지 벗고 그늘 하나 없는 산길을 오르는 것은 웬만한 수행자도 쉽지 않을 것 같은 고행이었다.

올라가는 계단 양옆으로 무성하게 늘어선 아랄리야 꽃나무들이 아니었다면 미힌탈레의 계단은 최악의 장소로 기억되었을지도 모른다. '프랜지파니' 또는 '플루메리아'로 더 잘 알려진 아랄리야는 주로 사원 근처에서 볼 수 있다. 산 하나가 통째로 승원인 미힌탈레에는 산으로 오르는 1,840개의 계단길은 물론이고 눈길 닿는 곳마다 아랄리야가 만발했다.

산 정상에 오르기 전, 작은 평지에 이르렀다. '암바스텔라'라 불리는 다게바와 그것을 둘러쌌던 와타다게의 흔적인 기둥

 암바스텔라 다게바 앞에 있는
데와남피야 팃사 왕의 석상

들 그리고 그 앞에 두 손을 합장하고 선 데와남피야 팃사 왕의
석상이 나타났다. 다게바 안에는 마힌다 스님의 유골이 모셔
져 있다. 그곳은 데와남피야 팃사 왕과 마힌다 스님의 만남을
기리는 장소이다.

　마힌다 스님과 데와남피야 팃사 왕이 만난 순간에 관한 유
명한 설화가 있다. 마힌다 스님이 하늘 위에서 스리랑카를 내
려다보다가 미힌탈레를 발견했을 때, 그 바위산에는 데와남피
야 팃사 왕의 사슴 사냥이 한창이었다.

　마힌다 스님이 왕 앞 나타나 앞에 있던 망고나무(싱할라어로
망고를 '암바'라 하니, 마힌다 스님이 모셔진 다게바를 '암바스텔라'라고 부르
는 것은 이 설화와 관련됨)를 가리키며 그것이 무엇인지 물었고, 이
어 다른 망고나무를 가리키며 다시 같은 질문을 던졌다고 한다.

마힌다 스님의 유골이 모셔진 암바스텔라 다게바

툇사 왕은 의문이 생겼지만 스님의 질문에 성실히 "망고나무"라
고 대답했다. 그러고는 선문답 같은 엉뚱한 대화 끝에 툇사 왕
은 1만 명의 백성과 함께 불도에 귀의했다. 과연 툇사 왕은 마
힌다 스님과의 대화에서 무엇을 느꼈을까. 모양이 제각각일지
라도 본질이 동일한 망고나무들처럼, 그의 화살촉 앞에 떨고 있
는 사슴도 왕과 외형만 다를 뿐 같은 중생이 아니냐는 스님의
엄한 가르침을 그 자리에서 알아차린 것은 아니었을지.

다게바 뒤에는 삐딱하게 올라앉은 거대한 바윗덩어리가
있었다. '아라다나갈라'라 불리는 그곳을, 사람들은 마힌다 스
님이 하늘에서 내려와 맨 처음 발을 디딘 장소로 신성하게 여

▪ 마힌다 스님이 맨 처음 발을 디뎠다고 여겨지는 아라다나갈라

- 멀리서 본 아라다나갈라의 모습

긴다. 바위 꼭대기까지 올라가기가 힘들지는 않았지만 종일
햇볕에 데워진 바위에 발바닥이 닿자 너무 뜨거워 훈제가 되
어버릴 것만 같았다. 기어이 그곳으로 올라가 두 손 모아 허공
을 향해 기도하는 사람들이 참으로 대단해 보였다.

　맞은편의 또 다른 바위 꼭대기에 서면 아누라다푸라 시내
가 한눈에 내려다보인다. 그곳에는 높이가 44미터쯤 되는 '마
하세야'라는 불탑이 있었는데 최근에 재단장했다는 선입견 때
문인지 왠지 모를 이질감이 느껴졌다. 탑 안에 부처님의 머리
카락이 봉인되어 있다고 하지만 머리카락이 지금까지 그대로
있을 리 만무하고, 그렇게나 큰 탑 안에 머리카락이 정말로 봉
인되어 있는지 여부를 증명할 방법은 더더욱 없을 것 같았다.

▪ 부처님의 머리카락이 봉인되어 있다는 마하세야 다게바

어디까지나 신화에 가까운 이야기였다.

산중턱으로 다시 내려와 '다나살라와'라는 이름의 수도원 식당 유적을 살펴보았다. 남은 흔적이라고는 건물의 기둥이 세워져 있었을 법한 곳의 주춧돌과 건물의 기단으로 보이는 판판한 돌바닥뿐이었다. 하지만 저장고, 부엌, 식당 등으로 장소가 세분되어 있었고, 5백 인분이나 되는 밥을 한꺼번에 배식할 수 있었다던 '칸더오루와'라 불리는 커다란 돌그릇으로 미루어 규모는 상상 이상이었을 것 같았다. 심지어 수도관으로 추정되는 시설물까지 남아 있어 당시 미힌탈레 단지가 최첨단 관개 기술을 가지고 있었을 것으로 짐작된다.

산문에서도 산중턱에서 마주친 수도원 식당이나 회의장처

럼 주춧돌과 돌바닥으로 흔적이 확인되는 커다란 규모의 유적
이 있었다. 그곳이 바로 미힌탈레 병원 유적이었다. 미힌탈레
를 두 번 방문하지 않았다면 하마터면 병원 유적지를 보지 못
할 뻔했다.

눈에 띈 것은 '배토루와'라 불리는 돌그릇이었다. 배토루와
는 사람의 전신을 본뜬 형상으로 생겼다. 병자가 그 안에 들어
가 누우면 증상에 맞춰 제조된 아유르베다 오일을 부어 환자
를 치료하는 용도로 사용된 용기였다.

병원 유적지 입구의 박물관 안에는 그라인드 스톤이나 약
을 보관하던 용기, 약장 등 여러 가지가 구색을 맞춰 전시되어
있었다. 문득 하이델베르크 성안에서 보았던 약국이 떠올랐다.

- 병자를 치료하던 돌그릇 배토루와

- 미힌탈레 산문의 병원 유적

– 병원 유적지 앞 망고나무 숲

한 독일인 학자는 미힌탈레를 인류 최초의 병원이라고 언급했
다는데, 당시에 어떻게 그런 도구와 시설을 만드는 것이 가능
했는지 궁금했다.

미힌탈레는 마힌다 스님을 따르는 수천의 신도를 위해 조
성된 대규모 수도원 단지였다. 그들을 수용하기 위해 다양한
시설과 병원까지 필요했다. 예수님을 따르던 사람들처럼 부처
님을 따르던 신도들 중에도 부처님의 자비와 치유의 기적을
소망하던 사람들이 숱하지 않았겠는가. 그러니 미힌탈레에서
수행하던 스님들은 자연스럽게 건강에 이로운 것과 약이 되는
것을 연구하게 되었을 테고, 그것이 스리랑카의 아유르베다
치료법으로 자리 잡았다.

'미힌탈레'라는 지명은 마힌다 스님의 이름에서 유래했다고 한다. 당시 아누라다푸라 왕조에서 마힌다 스님의 인기가 참으로 대단했던가 보다. 그 명성 덕분에 무명의 바위산이 전 세계 불교계의 셀럽이 되었으니 미힌탈레의 아랄리야가 마힌다 스님에게 이렇게 말했을 법하지 않은가. '당신을 만난 건 행운이에요'라고.

여행 끝에는 아쉬움이 남게 마련이다. 매 순간 최선을 다했을지라도 인생의 과정 하나하나를 1백 퍼센트로 만들기는 어렵다. 그것을 몰라서는 아니었으나, 결벽증이 있는 사람처럼 완벽의 잣대를 들이대며 살아온 내가 스리랑카를 오가면서 비로소 많은 것을 새롭게 깨달았다. 인생은 한결 명쾌하고 여유로워졌다. 이제는 여행지에서 아쉬움이 남아도 남는 대로 두

고 그냥 떠날 수도 있게 되었다. 빌미를 남겨놓으면 언젠가 다시 찾게 될 테고 그때 그곳이 전혀 다른 미지의 여행지로 탈바꿈해 있을지도 모른다고 생각하면서…… 마치 그날의 미힌탈레처럼 말이다.

2. 동부 내륙 지역

하바라나

민네리야국립공원

피두랑갈라

담불라

시기리야

폴론나루와

불심으로 물들인
다섯 개
동굴

Dambulla

담불라

스리랑카에는 '문화 삼각지대'라 불리는 지역이 있다. 고대 아누라다푸라와 중세 폴론나루와 그리고 스리랑카의 마지막 왕조가 자리했던 캔디를 세 꼭짓점으로 하여 넓게 분포된 중부 내력의 역사, 문화 특구가 그곳이다. 문화 삼각지대는 미힌탈레, 담불라, 시기리야, 마탈레 등의 지역을 포함하고 있어 스리랑카의 '문화 보물창고'라고도 불린다.

놀랍게도 유네스코에 등재된 스리랑카의 여섯 개 세계문화유산 중 무려 다섯 군데가 문화 삼각지대에 몰려 있다. 그중 '담불라'의 '랑기리 위하라'는 가장 최근인 1991년에 세계문화유산으로 지정되었다. 정식 명칭은 '랑기리라자마하 위하라'이다. 외국인들은 '담불라 석굴사원'이라고 풀어 부르지만, 사원의 본래 이름에는 '황금 바위'라는 뜻인 '랑기리'라는 단어가 들어 있다. 입구 반대편에 있는 불교박물관 위의 커다란 금불상 때문에 이곳을 '황금 바위 사원'이라고 부르는 것은 아니다. '랑기리'라는 이름이 붙은 진짜 내력은 석굴과 관련 있다.

기원전 1세기에는 왈라감바후 1세가 아누라다푸라를 다스리고 있었다. 그런데 타밀족이 침공해 와 왈라감바후는 즉위한 지 5개월 만에 수도를 떠나야 했다. 왕은 담불라로 피신했는데, 당시 담불라 바위산의 석굴 안에는 수천 명의 스님들이 은둔 수행을 하고 있었다. 그들의 도움으로 15년간의 피난기를 무사히 보낸 왈라감바후 왕은 아누라다푸라를 탈환 후 담불라에 사원을 조성해 스님들에게 보시했다. 그것을 폴론나루와 시대의

불교박물관 위의 황금 불상과 황금 다게바

닛상카말라 왕이 조금 더 확장하고 프레스코화와 황금색으로 치장하면서 담불라 석굴사원은 '랑기리 위하라'가 되었다.

스리랑카 사원의 입장료는 보통 무료이거나 5백 루피 정도이다. 하지만 세계문화유산으로 등재된 곳의 입장료는 조금 비싸다. 문화재 보존에 들어가는 비용 때문이다. 아누라다푸라나 폴론나루와는 25달러, 시기리야는 30달러이다. 그나마 담불라의 '랑기리 위하라'는 10달러에 조금 못 미치는 1천5백루피를 내면 입장할 수 있다.

사원이 있는 정상까지는 매표소에서 20분쯤 돌계단을 걸어 올라가야 한다. 계단이 높지는 않지만 가팔라서 관광버스 기사들은 주로 황금 불상과 불교박물관이 있는 주차장 쪽에 관광객들을 내려놓는다. 원래 그곳은 출구였는데 요즘은 그쪽에도 매표소가 마련되었다. 멀리서도 시선을 장악하는 황금 불상 때문이다.

▪ 랑기리 위하라 입장권

하지만 나는 돌계단 길에 더 만족했다. 발품을 파느라 찌는 듯한 더위에 땀을 흘리면서도 계단을 오르며 올려다 보이고 내려다 보이는 풍경들에 마음이 갔다. 특히 언덕 아래로 보이던 울창한 숲과, 나무들 사이로 빼꼼히 드러난 오렌지빛 지붕들 그리고 뭉게구름이 동동 떠 있던 파란 하늘이 어우러진 풍경이 아직도 선명하게 기억난다. 돌계단 쪽 입구의 별명인 '탐빌리'(싱할라어로 '오렌지색'이란 뜻)라는 말도 아주 사랑스러웠다.

담불라 바위산의 정상에 오른 사람들은 신발과 모자를 벗고, 드러난 어깨와 무릎을 긴 옷이나 스카프로 가리느라 분주했다. 꿋꿋이 민소매에 핫팬츠 차림으로 사원으로 들어서는 사람들도 있었지만, 관리인들에게도 그런 사람을 적극적으로 제지할 뾰족한 수는 없어보였다. 간혹 햇볕에 뜨겁게 달구어진 돌바닥을 견디기 힘들어 양말을 신고 입장하는 사람도 있었는데, 차라리 그렇게 어느 정도 복장을 갖추고 사원을 찾는 것이 오히려 더위를 피하는 현명한 방법이 아닐는지. 타문화를 방문할 기회를 얻었으니 예의도 갖춘다면 멋지지 않을까.

드디어 나타난 랑기리 위하라의 앞모습. 하지만 겉모습만으로는 황금빛을 상상하기 어려웠다. 복도를 따라 하얗게 회벽을 두른 건물은 화려한 황금 사원의 이미지보다 시골 귀족의 여름별장처럼 소박한 분위기를 풍겼다. 회벽에 나란히 나 있는 스무 개 남짓의 창문 어디쯤에서 참하고 우아한 시골 귀족 아가씨의 실루엣을 본 듯한 것도 회벽의 그 소쇄한 분위기

- 랑기리 위하라의 앞모습과 복도

- 랑가리 위하라 앞마당의 연못

에 감화되어서였을 것이다.

하지만 첫 번째 석굴에 들어서자마자 사원의 인상은 완전히 바뀌었다. 소박했던 모습은 아예 자취를 감추고 사원은 말 그대로 황금 사원, 즉 '랑기리 위하라'로 변신했다. 석굴 내부의 불상들이 모두 황금색인 것은 물론이고 동굴 내벽과 천장에 그려진 프레스코화까지 황금빛 일색이었다. 열반한 석가모니의 발 끄트머리에 앉아 있는 아난다가 걸친 가사와 와불의 발바닥 등 몇몇 곳에만 붉은색이 다소 사용되었을 뿐이다. 가로로 놓인 첫 번째 동굴은 14.3미터 길이의 와불이 겨우 들어가 누웠을 정도로 규모가 작았지만, 두 번째 석굴과 더불어 왈라감바후 1세 때 조성된 랑기리 위하라 최초의 사원이라는 점

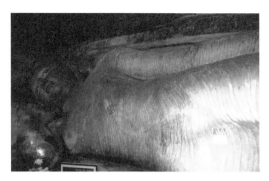

ᴾ 첫 번째 동굴의 부처님 열반상과 발치의 아난다 존자

에서 중요한 장소이다.

사원은 다섯 개의 석굴로 이루어졌다. 밖에서 보면 하나의 거대한 동굴처럼 보이지만 사실 내부로 들어가면 각각의 석굴은 자연적인 암벽으로 분리되어 있다. 다섯 개 석굴의 입구를 복도로 연결해 외벽을 세워놓았기 때문에 밖에서 보면 하나의 석굴처럼 보인다. 따라서 첫 번째에서 두 번째, 두 번째에서 세 번째의 석굴로 옮겨가기 위해서는 들어갔던 입구로 다시 나와 복도를 따라 다음 석굴로 이동해야 한다.

복도를 따라 조금 더 안쪽으로 들어갔다. 두 번째 석굴은 처음 것과 규모부터 크게 차이가 났다. 입구와 그 맞은편 벽에 놓인 두 기의 와불을 비롯하여 수십 기의 좌상, 입상, 관세음보살상에 왈라감바후 1세와 닛상카말라 왕의 입상까지 들어찬 두 번째 석굴은 과연 랑기리 위하라의 대표 사원이라 할 만했다. 랑기리 위하라에 모셔진 153기의 불상 중 60기의 불상이 두 번째 석굴에 집중되어 있다.

내벽과 천장은 프레스코화로 빼곡히 채워져 있었다. 석가모니의 일생과 그의 가르침을 그린 천장화는 감히 똑바로 올려다볼 수 없을 만큼 신비롭고 아름다웠지만, 오랜 시간의 흐름을 감당하지 못한 채 원형이 많이 훼손되었다.

중앙에는 여섯 개의 불상으로 둘러싸인 다게바도 한 기 있었다. 동굴 내부에 다게바라니 신기했다. 아누라다푸라에서 보았던 것처럼 다게바 주변에 원형의 와타다게를 얹어 그 안을

▪ 두 번째 석굴의 불상들

승방으로 만드는 것이 스리랑카 불탑의 일반적 건축 양식이다. 담불라 석굴사원에서는 별도의 조형물 대신 천장이 자연스럽게 와타다게의 역할을 했다.

다게바의 오른편에는 철망으로 둘러친 한 평 남짓한 공간이 있었다. 동굴 천장에서 떨어진 물방울이 그 안에 놓인 항아리로 모였다. 이름하여 감로수였다. 어떤 가뭄에도 마르지 않고 폭우에도 넘치지 않으며 늘 같은 양을 유지한다고 믿어지는 신비로운 물이다. 1년 내내 물이 부족하지도 넘쳐나지도 않기를 바라는 스리랑카 사람들의 오랜 소망이 반영된 것이다.

세 번째 석굴은 두 번째 석굴의 반 크기였지만, 내부에 배치된 석상의 숫자와 규모는 거의 비슷했다. 와불을 비롯한 59기의

- 세 번째 석굴의 불상들

불상과 세 번째 석굴사원을 조성하도록 지시한 캔디 왕조의 키르티 스리라자싱허 왕의 석상까지 위치해 동굴 안은 황금빛으로 번쩍거렸다. 천장에서는 역시 프레스코화로 채워진 천불상에서 붉은빛이 쏟아져 내렸다.

　네 번째 석굴에도 작은 다게바 하나와 와불 한 기, 다섯 번째 석굴에도 마찬가지로 와불 한 기가 모셔져 있었다. 각 석굴마다 와불이 한 기씩 위치한 것을 보자 괜히 웃음이 났다. 엉뚱하게도 아흔아홉 칸 기와집 방 하나하나마다 어르신 한 분씩을 모시고 버선발로 분주히 오가며 쩔쩔매는 손아랫사람이 상상되어서였다. 한국에서는 운주사나 청계사같이 몇몇 절에서만 와불을 볼 수 있는데, 동네 작은 사원에서까지 와불을 만날 수

담불라　　　　　　　　　　　　　　　　　　　　　　——119

있는 것이 스리랑카 불교 사원의 독특한 점이었다.

　아누라다푸라의 왈라감바후 1세가 첫 번째와 두 번째 석굴을 조성하여 담불라 바위산에 사원의 기초를 세웠다면, 내부를 황금빛으로 물들여 랑기리 위하라의 위엄을 부여한 것은 폴론나루와의 닛상카말라 왕이었다. 거기에 캔디 시대의 키르티 스리라자싱허 왕이 세 개의 석굴사원을 마저 조성하여 랑기리 위하라를 오늘날의 모습으로 완성했으니, 기원전 1세기부터 시작된 사업이 2천 년 만에 끝을 본 것이다. 그럼에도 다섯 개 석굴은 불상이나 프레스코화의 채색 면에서 모두 일관되었고, 완성 후에도 끊임없이 보수하고 있지만 무언가를 덧댄 듯 부자연스럽지 않았다.

■ 다섯 번째 석굴의 좌불

　　다섯 개 석굴을 모두 돌아보았다. 입장할 때마다 가장 먼저 와불에 눈길이 갔다. 크기가 크고 황금으로 채색되어 있으니 눈에 띄는 것이 당연했다. 하지만 랑기리 위하라를 방문하고 1년이 지난 지금도 깊이 여운이 남는 것은 석굴의 천장을 가득 채우고 있던 프레스코화이다. 붉은빛으로 채색된 프레스코화는 아랍 상인의 양탄자 같기도 했고, 여러 개의 패턴을 이어 놓은 퀼트 이불 같기도 해서 다채롭고 아름다웠다.

　　도대체 화공들은 어떻게 그 많은 그림을 벽과 천장에 꼼꼼히 그려넣을 수 있었을까? 빈틈없이 한 붓 한 붓 채워내기 위해 화공들이 쏟았을 정성을 떠올려 보았다. 바티칸 성당에 천장 벽화를 그린 미켈란젤로가 그랬던 것처럼 사다리 위에서 고개를 하늘로 쳐들고 붓질을 하다 목과 팔에 마비가 왔을지도 모른다. 기름 섞인 염료에 눈을 뜨지 못하는 고통을 겪었을 수도 있다. 그럼에도 화공들의 붓끝은 멈추지 않았다. 그 원동력은 오직 부처님을 향한 견고한 신앙심이었을 것이다. 인간의 의지로만 랑기리 위하라의 위대한 프레스코화를 완성하기는 아무래도 불가능해 보였다.

시기리야 정상의
외로운
나무

Sigiriya 
시기리야

스리랑카의 이곳저곳을 방문하며 좋은 인연을 많이 만났다. 한국인을 좋아하는 스리랑카 사람들과 함께 있으면 어디서든 안전했고 한국인이어서 자랑스럽다는 생각도 들었다. 시기리야에서는 20일간 머문 게스트하우스의 매니키 언니네와 유적지 안에서 만난 사누키네는 특별한 인연이었다.

사누키는 콜롬보 근교의 카데와터에서 온 아홉 살 소녀였다. 수줍음도 없이 다가와 "하이." 하며 인사를 건네더니 야무지게 "유어 컨트리?"라고 물었다. 그 모습이 귀여워서 슬쩍 싱할라어로 "마게 라터 사우스코리아(나는 한국 사람이야)"라고 대답했다. 내 말이 끝나기가 무섭게 사누키는 "에야 싱할라 티카티카 플루완너(이 사람이 싱할라어를 할 줄 알아)"라며 온 가족을 향해 호들갑스럽게 소리쳤다. 순식간에 할머니, 외할머니, 고모할머니, 삼촌, 사촌오빠에 부모님과 동생들이 모여들었다. 혼자서 터덜터덜 시기리야 유적지에 들어간 나와 달리 사누키

▪ 사누키와 동생 미네우

─ 멀리서 본 시기리야의 모습

네는 대가족이 함께 그곳을 찾은 듯했다.

사실 그 당시에 내가 아는 싱할라어는 고작해야 '아유보완(처음 뵙겠습니다)' '코호마더(안녕하세요)' '오야게 나머 모칵더(이름이 뭐에요)' 정도의 간단한 인사말과 몇 마디 단어뿐이었다. 하지만 재미 삼아 꺼낸 한 문장 때문에 나는 싱할라어를 좀 할 줄 아는 사람이 되어버렸고, 사누키 가족은 물론 주변에 있던 스리랑카인의 관심까지 한몸에 받게 되었다. 스리랑카에서는 어디를 가나 그랬다. 그렇게 인연을 맺은 친구들 때문에 한국에 다녀갈 때면 내 가방은 꼬맹이들에게 줄 선물로 가득 찬다. 그리고 산타처럼 선물을 짊어지고는 불편한 교통을 감수하고 꼬맹이 친구들의 집을 찾아가곤 한다. 그렇게 사누키의 집에도 네다섯 번은 방문했고, 사누키의 동생들 미네우, 사데우와도 절친한 사이가 되었다. 시기리야를 떠올리니 사누키가 새삼 그리워진다.

시기리야로 올라가는 길은 화창했다. 시기리야 성까지는 게스트하우스에서 도보로 30분가량 걸렸다. 매표소 양옆으로 1.5킬로미터쯤 뻗어 있는 해자 안에는 물이 가득했다. 수영을 금한다는 표지와 악어를 조심하라는 팻말이 심심치 않게 보였다. 의구심이 들었다. 성이 유효하고 방어가 필요하던 시대에야 해자 안에 악어를 키웠을 수 있다. 하지만 지금이야 수많은 인파가 오가는 유적지에, 그것도 울타리도 없는 곳에 '발밑으로 악어가 나타날지도 모르니 주의하라'고 경고하는 팻말이 있다니 이해가 가지 않았다.

표를 끊고 성문을 들어서서 물의 정원을 막 지났을 때였다. 2미터쯤 떨어진 측면에서 움직임이 느껴졌다. 머리가 쭈뼛 서는 기분, 고개를 돌려보니 뒤뚱거리며 풀숲을 향하는 이구아나가 보였다. 악어인 줄 알고 놀랐던 가슴을 쓸어내리고 고개를 든 순간, 웬걸, 여름 궁전의 연못 위 둔치에서 풍겨 나오는 강렬한 포스. 진짜 악어가 나타났다.

멀리 있었지만 꽤 덩치가 큰 놈이 나를 노려보고 있다는 생각에 심장이 두근거리고 발이 얼어붙었다. 그때 마침 사누키네 가족이 내쪽으로 걸어왔다. 어벤져스처럼 나타난 그들

▪ 시기리야를 둘러싼 해자(위)와 악어를 조심하라는 표지판(아래)

- 시기리야 박물관 앞 매표소

을 보자 나도 모르게 수다스러워졌다. "저기 악어가 있다." "악
어를 주의하라는 팻말을 보았지만, 어떻게 이런 관광지에 정
말로 악어가 있을 수 있냐"부터 시작해서 "시기리야 관리소
는 여기에 악어가 있는 줄을 알고 있기는 한 거냐." 등 쉬지 않
고 말을 토해냈다. 그렇게 해야만 콩닥거리는 심장이 가라앉
을 것 같아서였지만, 물론 사누키네도 명확한 답을 알지 못했
다. 그래도 악어를 계기로 우리는 동행이 되었고 내 손을 꼭 잡
은 사누키는 시기리야 정상에 오를 때까지 연신 방긋방긋 웃으
며 싱할라어를 종알거렸다. 옆에서 삼촌 이로샤나가 통역해 주
지 않았다면 90퍼센트는 못 알아들었을 말이다. 가파른 계단을
오르는데도 전혀 힘들어하는 기색 없이 사누키는 빠른 걸음으

나는 스리랑카주의자입니다 — 128

로 나를 따라왔고, 식구들은 멀리서 뒤따라올 뿐 나를 전혀 경계하지 않았다.

시기리야는 1898년 영국의 고고학자에 의해서 세상에 드러났다. 그 전까지는 밀림에 묻혀 있어 아무도 시기리야의 존재를 몰랐다. 해발 377미터 높이의 바위산 꼭대기에 그와 같은 왕궁터가 존재하리라고 누가 상상이나 했겠는가. 세계 8대 불가사의라는 명성에 걸맞은 수수께끼 같은 유적지이다.

이 귀한 보물은 1988년 유네스코 세계문화유산으로 등재되었고, 이후로 세계적인 관광지가 되었다. 파리에 가서 에펠탑을 찾지 않는 여행자가 없듯, 스리랑카를 방문한 여행객이라면 누구나 주목하는 곳이 시기리야이다. 최근에는 시기리야 근처의 칸달라마 호텔에서 기구를 탈 수도 있다는데, 한 번쯤 시기리야 왕궁터를 하늘 위에서 내려다보는 호사를 누려보고 싶다.

시기리야 바위산에 왕궁이 세워진 것은 아누라다푸라에서 시작한 왕권 다툼 때문이었다. 역사는 아누라다푸라 고대 왕국의 기틀을 확고히 한 인물로 5세기 중엽의 다투세나 왕을 꼽는다. 실제로 그의 업적으로 아누라다푸라가 11세기 초까지 안정적으로 번영할 수 있었다. 하지만 안타깝게도 그가 제대로 해결하지 못한 후계자 문제는 비극의 씨앗이 되었다. 그에게는 두 명의 부인이 있었는데, 왕이 되기 전에 만난 부인에게서 '카샤파'라는 아들을 얻었고, 왕이 된 이후 혼인한 귀족 여인에게서는 '목갈라냐'를 얻었다. 사연은 짐작될 만하다. 큰아들이었던 카샤파에게 왕위가 계승되어야 했지만, 당시 여론에 밀려 세자의 자리가 목갈라냐에게 돌아갔다. 그에 분노한 카샤파는 아버지를 참수하고 스스로 왕위를 계승해 버렸다. 조선 왕조의 선조와 광해군이 떠오르는 장면이다. 카샤파는 왕위에 오르기 위해 아버지를 죽였고, 광해군은 자신의 어린 동생인 영창대군을 죽였으니, 두 이야기는 왕권 계승이 화근이 된 같은 맥락의 비극이다.

겨우 목숨을 부지하고 남인도로 쫓겨난 목갈라냐. 아누라다푸라에서 절대권력을 가진 자는 카샤파뿐이었다. 하지만 아이러니하게도 카샤파는 목갈라냐의 귀환을 두려워했고, 시기리야에 철의 요새를 세운 것도 그 때문이었다. 그리고 마침내 힘을 기른 목갈라냐가 시기리야로 진격해 오자 카샤파는 결국 벼랑 아래로 몸을 던져 생을 마감했다. 왕이 된 지 18년 만이었다.

시기리야 정상에 있는 왕궁터로 가기 위해서는 8백 미터 길이의 진입로를 지나야 한다. 진입로 양쪽으로는 물의 정원, 돌의 정원, 여름 궁전, 테라스 정원 등이 펼쳐진다. 궁전이니 정원이니 하는 말들이 무색할 만큼 지금은 석축만 남은 허허벌판이지만, 카샤파 전성기에는 그런 궁전과 정원이 진입로 좌우로 대칭을 이루며 서로 아름다움을 다투던 장소였을 것이다.

▪ 시기리야로 들어가는 진입로

진입로 끝에 도달하면 왕궁으로 오르는 계단과 그 양쪽에 배치된 크고 작은 바위들이 나타난다. 거기서부터는 본격적으로 바위산 입구로 향하는 길이다. 바위 아래로 작은 동굴이 여럿 있었는데, 그곳은 카샤파의 차지가 되기 전에는 시기리야도 승려들의 수행처였음을 말해 준다.

계단을 따라 시기리야 바위산을 오르기 시작했다. 정상에서 펼쳐질 장면이 기대되었다. 계단을 오르다가 사누키가 걱정이 되어 손을 더욱 꼭 잡았다. 철로 보조한 계단 틈으로 절벽 아래가 내려다보이는 데도 사누키는 겁을 내지 않았다. 누군가를 보호해야 한다는 생각에 발걸음이 더 조심스러워졌다. 다행히 계단은 올려다볼 때만큼 가파르지 않았다. 스리랑카를 소개하는 텔레비전 프로그램에서 시기리야 계단을 오르는 길이 대단히 힘들다고 해서 걱정했는데 그것은 좀 과장인 듯했다.

계단을 따라 조금 올라가니 당대 최고의 예술품이라고 하는 〈미인도〉가 나타났다. 〈미인도〉는 계란과 꿀을 섞은 석회 반죽으로 그린 프레스코화이다. 담불라의 랑기리 위하라의 석굴 프레스코화와 더불어 고대 미술의 정수를 보여준다. 하지만 아무리 〈미인도〉의 예술사적 가치를 높이 평가한다 하더라도, 개인적 취향으로는 〈미인도〉를 랑기리 위하라의 신성한 종교 벽화와 비교하고 싶진 않았다.

오늘날 〈미인도〉에는 20여 명 여인들의 모습만 빛바랜 채 희미하게 남아 있다. 온갖 보석과 꽃으로 장식한 의상을 입고

▪ 시기리야 박물관 벽에 그려진 〈미인도〉 모조품

가늘게 뜬 눈으로 관능적 분위기를 풍기는 여인들의 모습은 카샤파가 누렸을 영화를 대변했다. 그 여인들은 누구일까? 하늘나라의 선녀라고도 하고, 카샤파의 5백 명 하렘(왕의 여자 또는 왕의 여자들의 거처)이었다고도 하여 의견이 분분했지만, 그들을 하렘으로 보는 견해가 조금 더 일반적이었다. 〈미인도〉가 그려진 벽면은 촬영 금지이다.

〈미인도〉 위쪽으로는 '거울벽'이라고 불리는 장소가 있다. 이름이 왜 그렇게 지어졌는지 여러 사람에게 물었지만 명쾌한 답을 얻지는 못했다. 반듯하고 매끈한 벽면의 상태로 미루어 아마도 한때는 그곳이 햇빛을 받아 반짝였기 때문이라 짐작했을 뿐이다.

길목을 돌아 나서니 드디어 '라이언 플랫폼'이 있는 평지가 나타났다. 비로소 시기리야 왕궁 문 앞에 섰다. '사자의 목구멍'이라 불리는 입구 양쪽에는 사자의 거대한 두 앞발이 버티고 있었다. 누구든 그곳을 통과하려고 하면 당장 죽음의 나락으로 쳐내버리겠다는 기세로 발톱을 세우고 으름장을 놓았다. 하지만 그렇게 무시무시한 형상은 오히려 카샤파의 두려움을 역설적으로 표현한 결과물처럼 보였다.

'사자의 목구멍'을 통과해 나머지 계단을 모두 오르고 나면 정상이다. 진입로 끝에서 정상까지 이어진 계단은 1천5백 개. 미힌탈레나 담불라와 마찬가지로 시기리야 왕궁터를 보기 위해서는 수많은 계단을 올라야 했는데, 그것은 스리랑카의

라이언 플랫폼의 `사자의 목구멍`

대부분 유적지가 바위산을 끼고 자리하기 때문이다.

누군가는 시기리야를 '아시아의 마추픽추'라 부르기도 했다. 면적은 마추픽추의 3백 분의 1밖에 되지 않지만, 평지에 짓기도 쉽지 않았을 규모의 왕궁을 바위산 정상에 성냥갑처럼 들어다 옮기듯 건설했다는 게 아무리 생각해도 미스터리이다. 3층 높이로 왕궁을 쌓기 위해서는 엄청난 양의 벽돌과 목재가 필요했을 테고, 그 안에 목욕탕까지 만들었다면 상당한 양의 물을 바위산 아래 호수에서 끌어올렸어야 했을 것이다. 고대 스리랑카가 지녔던 건축 기술이나 관개술에 불가능이란 없어 보였다.

정상은 여러 개의 계단으로 다랭이논 같은 층을 이루며 오르막과 내리막을 반복했다. 하지만 왕궁은커녕 건물 벽 하나 남아 있지 않아 과거 왕궁의 모습을 전혀 상상할 수가 없었다. 다만 곳곳에 남아 있는 석축과 계단의 흔적으로 1천5백 년 전 건물의 규모를 떠올려볼 따름이었다.

정상의 어디쯤이었을까. 해가 저물어가는 풍경 속, 덩그러니 홀로 선 나무를 보았다. 무소불위의 권력을 누리면서도 복수의 칼을 들고 올 아우의 군대를 끝끝내 두려워했던 카샤파의 현신처럼 나무는 밀림을 내려다보며 길게 목을 빼고 있다. 권력 쟁취에 영혼을 판 카샤파가 치러야 했던 대가는 비참한 죽음이 아니었을지도 모른다. 살아서 시달렸을 칠흑 같던 두려움과 외로움의 시간이 그에게는 더 큰 고통이지 않았을까.

˘ 시기리야의 정상(위)과 시기리야의 왕궁 목욕탕(아래)

▪ 시기리야 정상의 나무 한 그루

땅거미가 젖어들 무렵 시기리야를 내려왔다. 큰길로 나섰
지만 해가 지고 난 시기리야는 너무 캄캄했다. 엎친 데 덮친
격으로 휴대폰도 방전되었다. 사누키의 가족과 함께하지 않았
다면 밀림 속 게스트하우스로 돌아가기 위해 한동안 마음을
졸였을 것이다.

멀리서 봐야
잘 보입니다

Pidurangala

피두랑갈라

싱할라어로 된 스리랑카 지명은 어렵기는 해도 참 아름답다. 아누라다푸라가 그렇고 트리코나말라이가 그렇다. '찬란하게 빛나는'이라는 뜻의 '아누라다'와 '도시'란 뜻의 '푸라', '삼각형'이라는 뜻의 '트리코나'와 '신성한 언덕'이라는 뜻의 '말라이'가 합쳐진 지명들이다. 어원을 알고 가만히 되뇌어보면 어느새 싱할라어의 매력에 풍덩 빠지게 된다.

'바위산'이라는 의미의 '갈라'도 듣기 좋아서, ○○갈라로 불리는 지명에는 늘 관심이 갔다. 최초로 만난 갈라는 리티갈라. 가볍게 산책이나 할까 해서 들렀다가 그곳에서 미힌탈레나 담불라 같은 승원의 흔적을 발견했다. 명당은 누구의 눈에나 띄게 마련인지, 내려오다 보니 정상으로 올라가면서 점찍어 둔 바위 위에 스님 한 분이 가부좌하고 어느새 수련 삼매에 들어 있었다. 리티갈라는 여전히 스님들의 수행처였다. 그때 생각했다. 리티갈라 근처에 살면서 매일 아침 바위에 올라 명상하고

요가 수련을 하며 살면 좋겠다고.

가장 사랑하는 갈라는 '피두랑갈라'이다. 시기리야 근처에 머무는 관광객에게는 필수 코스로 알려져 있다. 일출이나 일몰이 아름답기로 유명하지만, 사실 피두랑갈라에 오르는 사람들에게는 특별한 목적이 있다. 피두랑갈라에 오르면 볼 수 있는 '무엇' 때문이다. 피두랑갈라가 시기리야에서 1킬로미터 거리에 있다는 것이 힌트이다.

'시기리야'는 싱할라어로 '사자'를 뜻하는 '싱허'와 '언덕'을 의미하는 '기리야'의 합성어이다. 이것은 시기리야가 사자 형상으로 보인다고 해서 붙은 지명인데, 정작 시기리야 유적지 안에서는 사자의 형상을 찾아볼 길이 없다. 물론 라이언 플랫폼에서 무시무시한 발톱을 세우고 있는 사자의 두 앞발을 보기는 했다. 하지만 황금빛 갈기를 흩날리는 사자의 머리는 대체 어디에 있단 말인가.

피두랑갈라 정상에 올라서야만 비로소 시기리야를 왜 '사자 언덕'이라고 부르는지 그 이유를 알게 된다. 그와 같은 맥락에서 최근에는 입장료가 30달러나 되는 시기리야 대신 금액이 단 5백 루피밖에 되지 않는 피두랑갈라에 가는 것으로 시기리야 관람을 대신하려는 배낭여행자도 눈에 띄게 늘었다. 그래도 스리랑카까지 가서 시기리야를 놓치기는 매우 아쉽다. 시기리야는 시기리야만의 매력이 있기 때문이다.

리티갈라 근처의 하바라나 숙소에 머물던 때였다. 그곳 숙

- 마치 사자의 옆모습처럼 보이는 시기리야

소를 알선한 '데자'라는 친구가 피두랑갈라로 일출을 보러 가자고 권했다. 현지인의 소개라면 분명 가볼 만한 곳일 테니 귀가 솔깃해졌다.

피두랑갈라에 오르기로 한 날 아침, 4시 반부터 일어나 준비를 마치고 숙소 밖으로 나섰다. 피두랑갈라는 하바라나에서 15킬로미터 떨어져 있어 툭툭으로 30분가량 이동해야 해서 서둘러야 했다. 그런데 동행을 약속한 데자가 5시가 지나도 나타나지 않았다. 늦잠을 잔 모양이었다. 발을 동동 구르고 있는데 다행히 툭툭 기사인 마이야가 도착해 데자를 깨워서 데리고 나왔다. 자기들도 늦었다고 생각했는지 툭툭이 정신없이 달렸다. 그렇게 15분쯤 지났을까. 허름한 가게 앞에 툭툭이 섰다. 두 친구가 가게 안으로 들어가 일하는 사람들과 인사를 주고받는가 싶더니 나보고도 들어오라고 손짓을 했다. 차 한잔 마시고 가자는 것이다. 뭘 믿고 그리 여유만만인지 이해가 되지 않았지만 '에라 모르겠다, 현지인들이 알아서 하겠지.' 하는 생각에 나도 의자에 주저앉았다.

기온이 그다지 낮지도 않았는데 데자는 심하게 추위를 타며 뜨거운 차를 단숨에 들이켰다. 더운 지방 사람들이라 아침저녁으로 쌀쌀한 날씨를 못 견뎌서이기도 했겠지만 잠이 덜 깨서였던 것 같다. 나도 따뜻한 밀크티 한 잔을 주문했다. 주인장이 자기를 보라고 손짓을 하더니 화려한 손기술로 홍차와 우유를 섞어 밀크티를 만들어주었다. 손기술만큼이나 놀라운

- 화려한 손기술로 밀크티를 만드는 가게 주인장

맛이었다.

출발하며 차값을 내려고 하자 자기들이 이미 지불했다고
했다. "왜?"라고 물었더니 "아 유 해피?"라는 뜬금없는 질문을
던지고는 내가 대답도 하기 전에 그럼 자기도 해피하니 되었
단다. 이후에도 두 친구는 가는 곳마다 와데(밀가루를 코코넛 밀
크로 반죽해서 튀긴 것)나 사모사(밀가루 반죽 안에 카레 가루를 묻힌 달
걀이나 생선 등을 넣어 만든 튀김 만두) 같은 간식을 사들고 와서 내
게 끝없이 내밀었고, '아 유 해피?'라는 질문을 잊지 않았다.
내가 못 먹고 다니는 애처럼 불쌍해 보이나 싶기도 하고 그렇
게 넙죽넙죽 받아먹어도 되나 싶기도 했지만, 함께 나누고 싶
은 것이 그 친구들의 진심이라 생각하여 그냥 맛있게 먹었다.

15분쯤 더 달려 마침내 피두랑갈라 입구에 도착했다. 입구
는 허술해 보였지만 이른 시간부터 매표소 직원이 자리를 지
키고 있었다. 현지인은 무료, 외국인은 5백 루피. 시기리야 입

장료의 9분의 1밖에 되지 않는 금액이었다. 가볍게 입장료를 지불하고 산을 오르기 시작했다. 슬슬 동이 트는가 싶더니 서둘러야 한다며 데자가 재촉했다. 여유는 자기들이 다 부리고는 그건 또 무슨 상황인지…… 그래도 나는 일출을 봐야 했으니 왕년에 관악산 다람쥐이던 시절을 떠올리며 거침없이 뛰어올라갔다. 중턱에 이르렀는데 난데없이 와불이 나타났다. 역시 스리랑카였다. 떠오르는 태양빛에 우아한 자태를 드러낸 와불 앞에서 잠시 머뭇거리자, 와불은 내려올 때도 그대로 있을 것이니 그때 감상하라며 데자가 재차 재촉했다. 덩치가 커서 헉헉대며 멀찌감치 뒤처져 따라오는 마이야와 달리 날렵하게 앞장서는 데자만 믿고 따라가는 수밖에 선택의 여지가 없었다.

▪ 피두랑갈라 산중턱에 있는 와불

그렇게 있는 힘껏 달려 20여 분만에 오른 피두랑갈라. 다행히 해가 막 떠오르는 중이었다. 보랏빛 하늘. 저 멀리 시기리야가 어깨에 초록색 숄을 두른 듯 밀림에 둘러싸여 장엄하게 머리를 드러냈다. 한 마리 사자가 먼 곳을 고요히 응시하고 있었다. 위엄 있는 모습이었다. 나도 모르게 경건해졌다. 광대한 밀림 속 우뚝 솟은 산 위에서 그와 같이 특별한 장면을 목도할 수 있다는 사실에 세상 모두를 얻은 것 같은 성취감이 일었다.

세계 각지를 돌아다니다 보면 어디에나 꼭 일출이나 일몰의 명소가 있다. 지구 위 어디든 태양이 다를 리 없겠지만 여행지 어딘가에서 만난 일출이나 일몰은 유독 의미심장하게 기억되곤 한다. 아마도 모처럼 긴장된 일상에서 벗어나 여행지에서 말랑말랑해진 마음이 주변의 또 다른 말랑말랑해진 영혼들과 만나서 빚어진 감정 때문일 것이다. 그래서 집에서도 늘 보는 일출과 일몰에도 쉽게 감동하게 되는 것이리라. 그것이 아니라면 그게 뭐라고 해가 뜨고 지는 잠깐의 순간을 위해 가파른 언덕길을 마다하지 않고 옹기종기 모여들겠는가.

가끔은 일상에서 벗어날 필요가 있다. 아이러니하지만 멀리 가야만 보이는 것이 있으니 꼭 특별한 이유를 찾지 못했을지라도 어쨌든 지금, 여기에서 떠남을 시도해 보자. 시기리야에서는 보지 못했던 사자의 모습이 피두랑갈라에 올라서야 보인 것처럼, 살아가면서 보이지 않던 삶의 해답들이 멀리서 보면 더 잘 보이는 혜안이 생길지도 모를 일이니까.

피두랑갈라 정상에서 바라본 일출

●

열흘
예쁜 꽃은
없지

Polonnaruwa

폴론나루와

피두랑갈라의 일출을 보고 돌아오는 길에 데자와 마이야에게 아침을 사고 싶다고 했다. 그들은 나를 뷔페식 식당으로 데리고 갔다. 그 식당은 1인당 2백 루피에 밥과 두세 가지 커리, 삼볼라(코코넛 과육을 간 것에 갖은 양념을 넣은 무침. 김치처럼 밥상 위에 항상 오름) 등을 양껏 먹을 수 있는 곳이었고, 더 가져다 먹어도 추가 요금을 받지 않았다. 관광객이 잘 다니지 않는 시골길의 현지인 식당이어서 인심이 후한 듯했다.

야채볶음밥 조금에 닭고기 세 조각을 포함한 치킨커리와 달커리를 넉넉하게 올린 내 접시와 달리, 덩치 큰 마이야의 접시에는 수북이 쌓인 흰밥 위에 닭고기 한 조각, 달커리 조금, 코코넛 삼볼라만 잔뜩 얹혔다. 데자의 접시도 마찬가지였다. 현지인과 식사를 같이 한 것은 처음이어서 다소 당황스러웠다. 그때는 뷔페식당인 줄 모르고 내가 밥을 사기로 한 것이 부담스러워서 그러나 했다. 내가 의아해하자 그것이 스리랑카 스타일이라 하면서, 밥을 손으로 주물주물해서 먹기 시작했다. 나도 손으로 먹기를 시도했는데 입으로 들어가는 밥알보다 사방 천지로 떨어지는 밥알들이 더 많아 어설픈 현지인 흉내는 포기하기로 했다.

식사 후 둘은 다시 하바라나로 돌아가고, 나는 폴론나루와 중세 유적지로 갔다. 폴론나루와 버스정류장에 내리자 민트색 시계탑이 보였다. 폴론나루와 구도심의 랜드마크 앞에 잘 내린 것 같다고 생각하면서도 길가에 죽 늘어선 상점의 수에 비

- 플론나루와 버스 정류장 앞 시계탑

해 오가는 사람들이 많지 않아 이상했다.

여기서도 툭툭 기사 한 명이 따라붙었다. 처음 계획으로는 걸어서 폴론나루와 유적을 다 돌아볼 생각이었는데 매표소까지 가기도 전에 포기하고 말았다. 도저히 폭염을 감당할 자신이 없었다. 결국 그 툭툭 기사의 제안을 받아들여 네 시간 동안 1천5백 루피를 주는 것으로 흥정을 끝내고 매표소로 출발했다.

폴론나루와도 1982년에 유네스코 세계문화유산으로 등재되었다. 당연히 입장료는 비쌌다. 지역발전기금을 포함하여 25달러. 하지만 표 한 장으로 폴론나루와 유적군 전체와 고고학 박물관까지 입장할 수 있다. 매표소 옆 고고학 박물관으로 바로 입장해서 폴론나루와 유적지에서 출토한 각종 유물과 사

플론나루와 유적군 매표소 앞 호수

진, 영상 자료, 사원과 왕궁의 모형까지 모두 돌아보고 나오면, 그때부터 본격적으로 폴론나루와 유적지 관람이 시작된다.

먼저 폴론나루와 왕궁터로 향했다. 폴론나루와는 만나르, 아누라다푸라에 이어 스리랑카 싱할라 왕조의 세 번째 수도였다. 50여 년간 인도 촐라에게 빼앗겼던 왕국을 되찾은 비자야 바후 1세는 아누라다푸라에서 남동쪽으로 120킬로미터쯤 떨어진 폴론나루와로 수도를 옮겨 싱할라 왕조의 중흥을 시도했다. 그때가 바로 11세기 중엽, 싱할라 왕조가 중세 불교 문화의 찬란한 장을 연 때이다.

물론 왕궁은 터만 남았다. 인도의 침탈로 다 무너지고 불에 타 그을은 흔적밖에 없지만, 건축물 잔해에서 당대 폴론나루와의 문화 수준이 짐작되었다. 궁궐은 7층 30미터 높이에, 두 개의 거대한 접견실과 1천 개의 방이 있었다고 한다. 강당 건물 하나가 비교적 잘 보존되어 있었는데 갖가지 형상이 새겨진 마흔여덟 개의 기둥이 정확히 열을 맞춰 선 모습이 매우 인상적이었다.

왕실 목욕장은 규모가 꽤 되어서 그 안으로 들어서려면 두 단의 계단을 내려가야 했다. 계단 위에서 주황색 가사를 입은 스님들과 마주쳤다. 근엄한 자태의 주지 스님 뒤를 어린 스님들이 진지한 표정으로 따르고 있었다. 주지 스님이 안경 너머로 평온하게 바라보며 나를 향해 합장했다. 얼결에 나도 합장하고 고개 숙여 인사했다. 그분들과 내 인연이 이후로도 여러

• 플론나루와 왕궁터

▪ 폴론나루와 왕궁터

- 왕실 목욕장터

번 더 계속될 거라곤 상상하지도 못한 채 말이다.

왕궁터를 다 돌고 나니 '쿼드랭글 사원'이다. '쿼드'는 말 그대로 사각형을 의미하니 쿼드랭글 사원이란, 사각으로 둘러싸인 성벽과 그 안에 모여 있는 사원군을 가리킨다. 현지인들은 그곳을 '치아 사리 사원'이란 뜻의 '달라다말루와'라고도 부른다. 캔디의 '불치사'로 옮겨지기 전까지 부처님의 치아 사리가 거기에 있었기 때문이다.

폴론나루와 시대의 파라크라마 바후 1세는 스리랑카 역사상 가장 위대한 왕으로 기록된다. 그는 강력한 왕권을 바탕으로 폴론나루와 왕궁을 건설했으며, 불복하는 스님들을 파계시키면서까지 여러 종파로 난립해 있던 불교 교단을 정비했다. 그런 노력 덕분에 스리랑카 불교는 미얀마나 태국 같은 주변국, 나아가 중국과 고려에까지 영향을 미치며 세계의 중심이 되었다.

퀘드랭글 사원은 파라크라마 바후 1세의 불교 장려 정책이 집대성된 유적지이다. 왕궁에서 2백 미터 떨어진 곳에 중요한 사원을 조성한 데서 왕의 깊은 신심이 엿보였다. 그 안에 '와타다게'와 '하타다게' 그리고 불치사 이전에 부처님의 치아 사리를 안치했던 '아타다게'가 있다. '투파라마 사원'은 폴론나루와에 있는 사원 중에서 가장 완성도 높은 건축물로 평가되며 현재까지 원형이 잘 보존된 폴론나루와 유적지의 진주이다.

그 안에서 주의 깊게 봐야 할 것으로 석장경 '갈포타'와 '사트마할 프라사다'로 불리는 7층탑이다. 갈포타는 길이 9미터에 폭 1.5미터, 두께가 최대 66센티미터에 이르는 세계 최대의 석장경이다. 석판 위에는 팔리어 경전 중 왕이 지켜야 할

▪ 아타다게

투파라마 사원(위)과 하타다게(아래)

덕목이 싱할라어의 발음대로 새겨져 있다. 측면 중앙에는 힌두 여신 락슈미와 그의 곁을 경건히 지키고 있는 코끼리 두 마리의 부조가 남아 있는데 오랜 세월에도 불구하고 선명하다. 폴론나루와 천도 후 무게가 25톤에 달하는 갈포타를 미힌탈레에서 1백 킬로미터나 옮겨왔다고 하니, 파라크라마 바후 1세의 왕권이 얼마나 강력했는지 짐작되는 대목이다.

사트마할 프라사다 7층탑은 실제로는 6층 구조인데 왜 7층탑이라 부르는지에 대해서는 확인된 바가 없다. 탑은 특이하게도 스리랑카에 있는 일반적인 둥근 다게바들과 달리 정방형으로 낯설게 생겼다. 캄보디아 크메르 양식으로 지어졌기 때문이라는데 실제로 그곳은 캄보디아 스님들의 기도터로 사용되었다고 한다.

그것이 끝이 아니었다. 폴론나루와 유적지의 백미는 '갈 위하라' 삼존불 사원인데 거기까지 가려면 들러야 할 곳이 몇 군데 더 있었다. 잠시 그늘에 앉아 물을 마시며 쉬겠다고 툭툭 기사에게 전했다. 시간을 지체하는 것 같아 눈치가 보였는데, 그는 흔쾌히 그러라고 했다. 나를 빤히 쳐다보며 우물가를 배회하는 원숭이들과 무엇이라도 팔아보겠다고 자꾸 말을 시키는 상인들이 신경 쓰였지만, 짧은 옷을 입을 수도 없는 데다 양산이나 모자 같은 햇빛 차단용품들이 일절 허용되지 않는 곳을 세 시간쯤 걸었더니 넋이 빠져 그쯤은 방해가 되지도 않았다. 다시 툭툭을 타고 10여 분을 이동해 또 다른 사원군으로

■ 사트마할 프리사다 다게바(위)와 갈포타(아래)

▼ 랑콧 위하라

갔다. '랑콧 위하라' 앞에 잠시 멈추어 섰다. 지금은 확인할 수
없지만 12세기 건축 당시에는 꼭대기 부분에 금칠이 되어 있
어서 금으로 만든 탑 사원, 랑콧 위하라라고 부른다고 했다.

　'랑카틸라카 위하라'는 폴론나루와에서 가장 멋지다고 생
각한 건축물인데, 파라크라마 바후 1세가 자신과 왕족을 위한
기도처로 조성한 사원이다. 전체 높이는 17미터쯤 되고, 내부
에는 2층으로 올라가는 계단의 흔적이 남아 있다. 그 곁에 서
있는 머리 부분이 소실된 거대한 불상이 압도적이었다.

　드디어 '갈 위하라'로 간다. 갈 위하라는 폴론나루와의 최
대 명물이다. 작지도 않은 네 기의 불상이 한 덩어리의 화강암
에 새겨져 있기 때문이다. 툭툭 기사에게 한 시간 안에 나오겠
다고 약속하고 갈 위하라가 있는 호수 쪽으로 부지런히 걸음
을 옮겼다. 그런데 호숫가에 늘어선 기념품 가게 앞에 다다르
자 갑자기 소나기가 쏟아졌다. 어쩔 수 없이 반갑게 나를 부르

랑카틸라카 위하라

▪ 랑카틸라카 위하라 유적

는 한 기념품 가게로 들어갔다. 점포 사장이 한국말로 인사를 건넸다. 한국에서 5년간 일하고 돌아와 자기 가게를 냈다고 했다. 아이들을 한국으로 유학 보내고 싶은데 도움을 줄 수 있냐고 물어서 난감했다. 화폐 가치가 엄청나게 차이가 나는데 어떻게 한국으로 유학을 보낼 수 있는지 이해가 가지 않았다. 아무튼 그곳에서 아직 보지도 못한 갈 위하라의 와불상 미니어처를 하나 구입했다. 적당한 가격에 매끈한 모양이 독실한 불교 신자인 엄마에게 가성비 좋은 선물이 될 것 같았다.

갈 위하라 입구에서 관리인들이 입장권을 다시 확인했다. 총 세 번 검표하는데 갈 위하라가 마지막이다. 아무리 인정 많기로 소문난 스리랑카 사람들이라도 표를 잃어버리면 검표소에서도 어쩔 수 없다고 했다. 그리고 어김없이 신발과 모자를 벗으라는 안내 문구.

갈 위하라 앞에서 부처님께 경건하게 인사드리고, 네 기의 불상을 한눈에 보기 위해 맞은편 바위 위로 올라갔다. 맨발바닥에 화강암의 부드럽고 따뜻한 감촉이 느껴졌다. 잠깐 내린 소나기가 바위의 열기를 그나마 식혀놓았다. 소나기가 아니었다면 바위 위에 발도 디뎌보지 못했으리라. 맨 왼쪽부터 명상하는 석가모니 좌상, 석굴 좌상, 입상 그리고 열반에 든 석가모니의 와상이 나란히 조각되어 갈 위하라는 과연 폴론나루와 유적의 백미라 할 만했다. 불상 한 기 한 기의 크기가 작지 않아 한 덩어리의 화강암에 조각되었다는 사실이 믿기지 않

■ 갈 위하라 불상

왔다. 좌상과 입상은 높이가 각각 4.6미터, 6.9미터인 데다가 열반상은 길이가 14미터에 달한다. 그런 사정을 아랑곳하기나 하는 것인지 부처님의 표정은 평온했다.

아예 바위 위에 주저앉아서 삼존불을 뚫어지게 바라보았다. 얼마 뒤 어느 나라에서 왔느냐고 묻는 소리가 들렸다. 돌아보니 왕실 목욕장에서 만났던 주지 스님이었다. 나도 모르게 반가움의 탄성이 나왔다. 불교 신자냐고도 물었는데 가톨릭 신자인 나는, 엄마가 불교 신자라고 대답했다. 몇 분의 스님들이 번갈아가며 스리랑카에 얼마나 머무는지 어디어디에 가는지 등을 물었고, 나도 어느 지역의 사원에서 수도하는 분들인지 물었다. 스님들은 갈레에서 왔다고 했다. 내가 며칠 뒤 갈레로 이동할 예정이라 하자 연락처를 물었다. 그래서 스리랑카에서 임시로 만든 번호를 알려드렸다. 그것이 계기가 되어 며칠 뒤 나는 주지 스님에게 연락을 받았고 지상낙원 같았던 스님들의 사원에 초대받았다.

그렇게 스님들과 이야기를 주고받는 사이 뙤약볕 아래에서 얼굴이 익을 대로 익었다. 툭툭 기사와 약속한 한 시간이 다 되어 스님들께 작별 인사를 드리고 기념품 가게들이 모여 있는 호숫가로 나왔다. 툭툭 기사가 즐거운 시간이었냐고 물었다. "앱솔루틀리!"라고 답했지만 이런 단어까지 알아들었을지는 잘 모르겠다. 그만큼 강한 인상을 남긴 장소라는 표현을 하고 싶었는데 그는 나의 달뜬 표정만으로 대충 알아들은 듯했다.

중세 유적지인 폴론나루와는 고대 도시였던 아누라다푸라와는 또 다른 매력을 지닌 곳이었다. 선명하고 화려했다. 불교 문화와 함께 찬란했던 폴론나루와는 유적만으로도 엄청난 자취를 남겼지만, 안타깝게도 180년밖에 유지되지 못했다. 왕조 내부의 분열이 극도로 치닫던 때에 또다시 인도 타밀족이 공격을 해와 안타깝게도 폴론나루와 시대는 막을 내렸다. 이후 쿠루네갈라 근방 '야파후와'라는 곳으로 천도했지만, 그곳 또한 인도의 괴롭힘에 못 이겨 125년 만에 무너지고 말았다. 캔디 왕조가 서기 전까지 여러 왕조가 들어섰지만 격변하는 시대 속에 오랜 시간 유지되지 못했다.

화무십일홍, 아무리 아름다운 꽃도 열흘을 버틸 수 없고 권불십년, 아무리 강력한 왕권일지라도 10년을 유지할 수 없다는 진리는 어디에서나 예외가 아니었다. 찬란했던 신라 천 년의 역사도 사그라들고 아누라다푸라의 1천5백 년 역사도 끝이난 것처럼 폴론나루와의 강력했던 불교 문화도 역사의 뒤안길로 사라졌다.

폐허가 되어버린 폴론나루와 유적지에서 영화로웠을 과거를 떠올리며 수없이 경탄한 횟수만큼 파란만장했던 스리랑카 왕조의 운명에 탄식했다. 왕궁의 정원 끝자락에서 만난 사자의 입상이 고개를 숙인 듯 보인 것은 기분 탓만은 아니었으리라.

●

스리랑카
버스에서만
일어날 수 있는 일

Habarana

하바라나 I

스리랑카의 버스에는 에어컨이 없다. 먼지가 들어오든 말든 창문을 활짝 열고 온종일 요란한 음악을 틀어놓고 달린다. 에어컨이 있는 인터시티 버스(사설 버스)가 있기는 하지만 모든 지역을 운행하지는 않는다. 운전석은 오른쪽에 있고 전면 유리에는 형형색색의 조화로 둘러싸인 부처님이나 가네샤 상을 세워둔다. 심지어 규칙적으로 번갈아 불이 들어왔다 꺼졌다 하는 꼬마전구까지 매달려 있어 스리랑카 버스 안은 1년 내내 크리스마스 같다.

어느 버스에나 차장이 있는데 성별은 모두 남자. 어린 시절 제주도에 살면서 늘 보던 풍경이라 낯설지 않았지만, 버스 안내양을 기억하는 사람들에게는 이색적인 모습일 수도 있겠다. 버스가 만원인데도 버스 차장이 두 명씩이나 동승하는 인도에 비하면 그래도 나은 편이니 혹시 스리랑카에서 대중교통을 이용하게 된다면 남자 차장에 놀라지 말길.

버스에 자리가 비어도 앉지 않고 왼쪽에 달린 버스 앞문에 위태롭게 매달려 "하리하리"라고 외치는 사람들. '하리하리'는 '빨리빨리 타라'는 말이지 않을까 생각했는데 나중에 알고 보니 '오케이', 즉 출발해도 된다는 신호였다. 그들은 의자 등받이에 의지하고 서서 버스표와 현금을 정리하는가 하면 운전기사에게 물병과 간식거리를 챙겨주고 함께 수다를 떨어주기도 하며 버스의 모든 살림을 도맡아 한다. 월급이 많지 않은 직업이지만 모두 매우 성실히 일했다.

    내 자리는 늘 운전기사 바로 뒤 오른편 맨 앞자리였다. 한 번은 그 자리에 노인들이 앉아 있어서 왼쪽 줄에 자리를 잡고 오가는 사람들을 눈으로 참견하고 있었다. 얼마 뒤 주황색 가사를 입은 젊은 스님 두 분이 버스에 올랐다. 그런데 갑자기 노인들이 벌떡 일어나더니 스님들에게 자리를 내어주는 것이 아닌가. 스님들은 사양 대신 합장으로 인사하고 가사를 펼쳐 자연스럽게 자리에 앉았다. 그렇다. 운전석 뒷자리는 외국인 여자 관광객이 아닌 현지 스님들에게 우선 배정된 좌석이었는데, 그런 줄도 모르고 매번 너무 당당히 그 자리를 차지하고 다녔던 것이다.

    하지만 내가 그 자리를 선호할 수밖에 없는 이유가 있었다. 스리랑카 버스는 한 줄에 다섯 명씩 앉는다. 왼쪽 좌석에는

1.5인석 같은 자리에 두 명, 오른쪽은 2.5인석 같은 자리에 세 명이 앉아야 한다. 버스는 늘 만원인 데다가 승객 대부분이 남자인 스리랑카 버스 안에서 그 미어터질 듯한 좌석에 꽉 끼어 가기는 참 난감한 일이었다.

보아하니 그나마 운전석 바로 뒷좌석은 주로 노약자나 아기를 안은 여자들이 앉고 덩치 큰 남자들은 잘 앉지 않는 것 같았다. 그래서 언제부터인가 슬쩍 앞좌석에 앉아 여유롭게 버스 투어를 즐겼다. 그런데 그 자리가 스님들을 위한 좌석이었음을 알고 나니 지하철 핑크 좌석을 보는 것 같아 그 후로는 앉을 수가 없었다.

콜롬보에서 트링코말리로 이동할 때였다. 여덟 시간 남짓을 버스에 앉아 창문으로 쏟아져 들어오는 땡볕에 땀을 한 말은 흘리고 있었다. 버스가 잠시 정차하자 새우 와데와 물을 파는 상인이 버스에 올라탔다. 가도 가도, 자도 자도 목적지까지는 멀기만 한 버스 안에서 배도 고프고 목도 말랐던 터에 버스에 오른 상인이 반가웠다. 생수 한 병을 150루피에 샀다. 40루피짜리를 얼음물이라며 심하게 바가지를 씌웠지만 별수 없이 구입해야 했다. 새우 와데 1백 루피, 일반적인 가격이었다. 튀긴 미리스(스리랑카 홍고추)도 여러 개 넣어달라고 특별 주문을 했는데 여느 상인들과 마찬가지로 꼭 두 개만 넣어주었다. 와데는 세 개인데 왜 미리스는 꼭 두 개만 주는 걸까. 미리스는 와데에 곁들여 먹는 재미가 쏠쏠한데 말이다.

와데를 오물거리며 스리랑카 지도를 펼쳐 들었다. 인터넷으로 버스의 위치를 점검하는 것은 정확하고 유용하지만, 종이 지도 위에서 버스가 지나는 길 위의 지명들을 짚어보는 아날로그식 재미도 좋다. 버스가 설 때마다 낯선 언어로 들려오는 차장의 목소리에 귀를 기울이며 눈으로 지도를 살피는 과정에서 스리랑카 지명이나 장소에 밝아지기 때문이다.

잠시 후 사람들이 우르르 승차하더니 한 남자가 옆자리에 앉았다. 차 안은 이미 만원이어서 2.5인석 같은 좌석에 세 사람이 앉아야 하는 상황이 발생했고, 그 와중에 밀착해 앉았을 뿐인 그 남자를 원망할 수도 없는 노릇이었다. 쿨한 척 태연히 지도를 살피고 있는데 그 남자가 배실배실 웃으며 어디까지 가느냐고 물었다. 자기는 '하바라나' 사람이고 하바라나에는 리티갈라 사원과 민네리야 국립공원 등 아름다운 곳이 많으니 하바라나에 내려보라 하였다.

이미 일정은 정해져 있었고 숙소도 예약한 상태였기에 건성으로 대답하고 그 외의 질문은 모두 뻔한 것들이어서 듣는 둥 마는 둥 눈을 감고 잠든 척했다. 한참 뒤 눈을 떴을 때 정차한 곳이 하바라나였는지 버스에서 내리는 그의 뒷모습을 보았으나 굳이 인사를 하지는 않았다. 다행히도 이후로 그 남자를 다시 만나는 우연은 일어나지 않았다. 하지만 그 남자 덕에 새롭게 알게 된 하바라나. '아아아아' 발음이 메아리처럼 아름답게 이어지는 곳. 어떤 곳일까 가보고 싶어졌다. 트링코말리에 도착해서 시내를 잠시 둘러본 뒤 숙소로 들어가자마자 리티갈라 사원과 민네리야 국립공원에 대해 폭풍 검색했다. 부담스러운 사람이기는 했지만 그 남자의 말에 과장은 없었다. 사진으로 찾아본 하바라나는 이름만큼 아름다웠다. 그러자 어떡하면 시간을 쪼개 두 군데 중 하나라도 가볼까 하는 욕심이 났다. 그나마 민네리야 국립공원은 폴론나루와에서 멀지 않아 시도해 볼 만했다. 그런데 교통편이 어떻게 될지 확신이 없었고 무작정 갔다가 코끼리는커녕 도마뱀 한 마리도 구경 못 한 채 돌아오게 될까 봐 쉽게 결정할 수가 없었다.

트링코말리 일정이 끝난 뒤 폴론나루와행 버스를 타려고 버스터미널로 갔다. 한 운전기사가 그날은 폴론나루와행 버

스가 없다고 했다. 말이 되지 않았다. 폴론나루와는 트링코말
리에서 멀지도 않은 데다 중요한 유적지가 아닌가. 나를 속여
서 밴을 태워 2천 루피쯤 벌어보려는 수작이겠거니 싶어 안내
소에 가서도 물어보고 여러 사람에게 확인했으나 같은 대답이
돌아왔다. 더 물어봐도 '오늘 폴론나루와행 버스는 없음'일 것
같아 차선책을 찾을 작정으로 지도를 펴들었다.

　그런데 눈에 딱 띈 지명, 폴론나루와로 가기 위해 좌회전
해야 할 교차로가 있는 지역, 거기가 바로 나를 밤새 고민하게
만든 하바라나였다. 그렇다면 하바라나에서 일단 내려보자. 거
기엔 폴론나루와행 버스가 있겠지. 하바라나에 내렸을 때 아
무에게라도 리티갈라 사원이나 민네리야 국립공원에 대해 물
어볼 수도 있을 테니, 그날 폴론나루와행 직행버스가 없었던

것은 나와 하바라나의 피할 수 없는 운명에서 비롯된 것이 아닐까 제멋대로 생각했다.

한 시간 반 만에 하바라나 버스정류장에 도착했다. 폴론나루와행 버스 타는 곳을 찾기 위해 두리번거리다가 바로 문제의 인물 '데자'를 만났다. 그는 수염과 머리카락이 얼굴의 반을 덮고 짧은 소매 밑으로 드러난 두 팔뚝부터 손등, 손가락까지 빼곡히 문신을 새겼다. 너무 많은 말을 해서인지, 늘 달고 있는 담배 때문인지 목소리에서는 쇳소리가 났다. 자기 엄마에게 다짜고짜 '핏수'라는 별명으로 불리던 데자 페르난도. 알고 보니 핏수는 우리나라 엄마들이 못마땅한 자식에게 토해내는 '웬수'와 비슷한 어감의 싱할라 비속어였다. 수염에 문신에 담배까지, 엄마가 귀한 막내아들을 그렇게 부를 이유는 충분해 보였다.

그래도 이렇게 만난 데자 덕분에 나는 폴론나루와를 방문하려다가, 피두랑갈라 일출 산행에 이어 리티갈라 사원과 민

－ 하바라나의 데자

네리야 국립공원 등 생각지도 못했던 장소까지 모두 가볼 수 있었다. 그러고도 다음 도시로 이동하기까지 반나절이나 시간을 절약할 수 있었으니 선택의 갈림길에서 현지 사정에 익숙한 가이드를 만난 것은 신의 한 수였다.

하바라나 버스정류장에 내리지 않았더라면, 내가 '핏수' 데자 같은 사람과 마주쳐 폴론나루와 숙소 예약까지 취소하고 그가 안내한 누나의 게스트하우스에서 묵으며 그들과 친구가 될 수 있었을까. 그날 트링코말리에서 폴론나루와로 가는 직행버스가 있었다면, 내가 하바라나 버스정류장에 내릴 확률은 또 얼마나 되었을까. 심지어 트링코말리행 버스에서 만난 하바라나의 밀착남이 아니었다면, 내가 하바라나를 알게 되기나 했을까. 기가 막힌 삼박자. 사실 그 모두는 스리랑카 버스와 함께였기에 시작된 일이다.

야생 코끼리를
만날 때는
예의를 지켜주세요

Minneriya

민네리야
국립공원

시기리야의 매니키 언니네 게스트하우스에서 지낼 때, 온
동네 개들이 죽을힘을 다해 짖어대어 한숨도 잠을 이루지 못
한 밤이 있었다. 20일이나 그곳에 있었어도 그런 날은 처음이
었다. 잘 잤느냐는 주인장의 아침인사에 예의상으로도 잘 잤
다고 대답할 수 없을 정도였다. 매니키 언니의 남편은 그럴 줄
알았다면서, 전날 밤 집 뒤편으로 코끼리 무리가 이동하는 바
람에 개들이 좀 흥분했다고 했다. 순간 귀를 의심했다. 그곳은
나무가 약간 우거져 있을 뿐 큰길과 멀지 않았고, 사람들도 옹
기종기 모여 사는 마을이지 않았던가.

이런 일도 있었다. 폴론나루와의 꼬맹이, 기사라의 집에 가
는 길이었다. 갑자기 버스가 멈추고 사람들이 웅성거렸다. '알
리야(싱할라어로 코끼리) 어쩌구' 하는 소리가 들리더니, 한 마리
도 아닌 한 무리(스무 마리 내외)의 코끼리가 도로를 가로질러
이편에서 저편 밀림으로 이동하고 있다고 했다. 코끼리가 나
타나면 도로 위는 초비상이다. 양쪽 차선 모두 코끼리와 멀찌
감치 거리를 유지한 채 그들이 모두 지나가 안전해질 때까지
숨죽여야 한다. 그나마도 버스는 덩치라도 크지 소형차가 맨
앞에 서면 그 차의 운전자는 심장이 콩닥거릴 것이다. 운이 나
쁘면 코끼리의 난동에 차가 뒤집힐 뿐만 아니라 목숨도 위태
로워질 수 있기 때문이다.

코끼리들은 무법자이다. 낮이고 밤이고 자기들 가고 싶은
대로 횡행한다. 그것도 아주 느린 걸음으로 말이다. 그리고 아

- 민네리야 국립공원의 야생 코끼리들

민네리야 국립공원

주 예민하며 욱하는 성질도 있다. 게다가 머리까지 좋아서 눈에 거슬리는 장면은 차곡차곡 기억해 두었다가 갑자기 거침없이 공격을 해오기도 한다. 그래서 코끼리는 항상 주의해야 할 대상이다. 그런데 사람들은 코끼리가 초식동물인 것만 생각하고 그들이 순하다고 오해한다. 심지어 영화 〈인사이드 아웃〉의 핑크 코끼리 '빙봉'처럼 작고 귀여운 코끼리 캐릭터에 익숙해서 우리는 종종 코끼리의 덩치를 간과하고, 코끼리를 만나면 열광하고 코끼리 가까이 가고 싶어 안달한다.

그런 사람 중 한 명인 내가 하바라나에서 반드시 해야 한 중요한 과제는 민네리야 국립공원 방문이었다. 지프 기사를 찾아 돈을 지불하면 원하는 곳에 데려다주기야 하겠지만, 문제는 그곳에 가는 데 있지 않았다. 핵심은 시기였다. 국립공원 안에서 보고 싶던 광경을 볼 수 있고 없고는 오직 자연의 생태와 관련한 방문 시기에 달려 있다.

데자에게 국립공원에 가기만 하면 코끼리를 볼 수 있는지 물었다. 여럿이 함께한 여행이었다면 비용을 분담해 지프를 탈 수도 있었겠지만, 혼자서 지프를 빌려야 해 비용이 부담스러웠다. 비싼 비용을 들여 거기까지 갔다가 코끼리는 만나지도 못하고 허탕만 친다면 낭패였다. 하지만 사실 그런 질문은 무의미했다. 이미 민네리야 국립공원으로 들어갈 작정으로 던진 질문이었으니까.

"걱정 마. 넌 행운아야. 지금이 바로 민네리야 국립공원에

야생 코끼리들이 모여드는 건기거든. 우기에는 공원에 물이 넘쳐 코끼리들이 다른 곳으로 이동해 버려. 지금이 3월 말이니까 조금 이르긴 한데 넌 수백 마리의 코끼리를 볼 수가 있어. 게다가 오후 4시부터는 코끼리 떼가 물을 먹으러 밀림에서 나와 호수 쪽으로 대이동을 해. 그들이 초원을 건너갈 때쯤 도착하기만 하면 놀라운 경험을 하게 될 거야."

다년간 자유여행을 다니면서 현지 가이드가 하는 말을 1백 퍼센트 믿은 적은 한 번도 없다. 항상 삐딱한 시선으로 바라보며 해당 프로그램을 과장하지는 않았는지, 약간 속아 넘어가는 수준에서 가격이 적정한지, 관광객 대상으로 물건 파는 곳으로 나를 데려가려는 꼼수는 없는지 등을 따져보며 데자 같은 사람들과 엄청난 기 싸움을 해왔다. 심지어 그들이 나를 엉뚱한 곳으로 납치할 목적은 아닌지까지 염두에 두며 조심스럽게 투어 협상을 하곤 했다. 그러니 어쩌면 여행사에서 투명하게 제시하는 투어 프로그램에 참여하는 것이 오히려 일신에 편할 수도 있었다.

데자 페르난도와도 20여 분 눈싸움을 해가며 그 이하의 에누리가 없을 것 같다고 생각되는 선에서 민네리야 국립공원 입장 가격을 타협했다. 그때는 나의 협상이 그런대로 합리적이라고 생각했는데 뛰는 놈 위에 나는 놈이 데자였다. 데자는 나에게 20달러쯤은 더 우려먹었고 그 사실을 알게 된 것은 1년쯤 뒤였다. 하지만 하바라나에서 나는 안전했고, 하고 싶은 것을 다 할 수 있었으며, 데자 누나의 게스트하우스에서 때로는 식사를 무료로 제공받기도 했으니 그것으로 되었다.

잠시 후 사파리용 지프차 한 대가 내 앞에 나타났다. 툭툭 기사 마이야 대신 지프 기사가 운전석에 앉아 있었다. 하바라나에서 국립공원까지 가는 3~40분 동안, 기사와 데자가 싱할라어로 된 노래를 무한 반복했다. 그 바람에 베다족(스리랑카 섬의 원주민)의 시간 속으로 들어가는 비장한 의식을 치르듯 지프 안의 분위기가 한껏 고조되었다.

가는 도중 만난 새들은 총천연색의 아름다운 깃털로 나뭇가지에 앉았다 날아오르며 시선을 끌었고, 똑같은 모습을 찾을 수 없을 만큼 다양한 종의 원숭이들이 숨바꼭질하듯 밀림 안팎을 드나들었다. 데자가 새들의 이름이며 원숭이의 종류를 알려주었지만, 나는 그런 이름까지 알아들을 정도로 귀가 밝지 않았고 심지어 눈은 그저 달려 있을 뿐이었다. 데자는 내 눈에는 띄지도 않는 것들을 매의 눈으로 포착했고 연신 손가락으로 방향을 가리키며 나에게 보여주려 애썼다. 처음에는 정말 보이는 것이 하나도 없어서 거짓말을 하나 의심도 했다. 하지만 어느 정도 시간이 흐르자 적어도 그가 손가락으로 가리키는 곳에 있는 것들이 보이기 시작했다.

지프가 비포장도로의 굽은 길을 달려 점점 밀림 속으로 들어갔다. 눈앞에 코끼리가 나타났다. 몸집이 작은 아기코끼리였다. 풀숲 사이 안전한 거리에 있기도 했지만, 오직 풀 뜯어먹기

에 열중하고 있어 다행이었다. 아마 그때가 스리랑카의 야생 코끼리를 처음 만난 날이었을 것이다.

데자가 코끼리를 몇 마리나 볼 수 있을 것 같냐고 물었다. 사실 나는 그곳에서 대단한 장면을 목격하게 되리라곤 생각하지 않았기에 말끝의 억양을 올려 "스무 마리쯤?"이라고 했다. 그랬더니 그는 그럼 스무 마리는 자기가 내게 선물로 보여주겠으니, 그다음부터는 한 마리당 1달러씩 주고 보는 것으로 하자며 히득거렸다. 지프 기사도 덩달아 웃었다. 그때는 그들이 왜 그러는지 알 수 없었지만, 현지인들의 그런 행동에 '혹시……' 하는 생각과 함께 기대감이 상승했다.

갑자기 데자가 지금부터는 자기 지시가 있을 때까지 뒤돌아 앉아서 가란다. 영문은 몰랐지만 일단 시키는 대로 따랐다.

"자, 이제 앞을 봐!"

고개를 돌렸다. 한 번도 본 적 없는 광경이 거기에 펼쳐져 있었다. 왼편은 나무가 우거진 밀림, 오른편은 광대한 호수 그리고 그사이 넓은 초원 위로는 풀을 뜯는 1백 마리쯤 되는 코끼리 떼. 밀림에서는 또 다른 코끼리 무리가 줄지어 쏟아져 나오고 있었고, 이미 호숫가에 도착한 코끼리들은 버팔로 떼와 자리를 나누어 차지하고 물을 마시고 있었다. 하늘 위로는 수백, 수천 마리의 새들이 떼를 지어 저녁 준비에 분주했으며, 지프의 엔진 소리에 소스라치게 놀란 공작들은 폴짝거리며 이곳저곳을 뛰어다녔다.

▪ 코끼리 구경을 위한 지프 투어

커다란 독수리가 나뭇가지 위에 먹잇감을 올려놓고 저녁 식사를 하는 실루엣을 발견했을 때는 너무 놀라 입을 쩍 벌리고 말았다. 텔레비전에서나 보던 '동물의 왕국' 한가운데에 내가 서 있었다. 서로 말을 나누지는 않았지만, 지프를 타고 모여든 관광객들은 모두 같은 심정이었을 것이다. 오직 감격의 탄성만 허공을 맴돌았다.

초원 위 코끼리들은 20여 마리씩 무리지어 풀을 뜯고 있었다. 새끼 코끼리들은 어미 코끼리들의 보호를 받으며 풀을 먹는지 마는지 코를 가지고 장난치기에 더 바빴다. 몸집이 작든 크든 무리 안의 새끼를 바라보는 시선은 한없이 부드러울 수밖에 없다. 그리고 주변을 경계하며 그들에게서 눈을 떼지 않는 몸집이 제일 큰 코끼리, 무리의 대장이었다.

카메라의 줌을 당겨보니 신기한 장면이 포착되었다. 코끼리들이 코로 뜯어낸 풀을 단번에 입으로 집어넣지 않았다. 한참 동안 코를 시계추처럼 앞뒤로 흔들어 그 반동으로 코가 입 근처까지 올라온 뒤에야 풀을 입속으로 던져 넣어 먹기에 성공했다. 매번 최소 20회는 코를 흔들었으니, 그런 방식으로 커다란 몸집에 찰 만큼의 양을 먹으려면 도대체 얼마나 많은 시간을 먹는 데 쓰는 걸까. 상상했던 것보다 더 비효율적이고 원시적인 모습이 낯설고 신기했다.

갑자기 지프의 앞머리 쪽에서 코끼리가 포효하는 소리가 들렸다. 한 무리의 대장 코끼리가 단단히 화난 모양이었다. 앞

무리를 이끄는 대장 코끼리

발을 번쩍 치켜들고 재차 포효하더니 앞쪽으로 나가 있던 지프로 돌진했다. 그렇게까지 성을 내다니 도대체 왜? 지프는 재빨리 자리를 피해 위기를 모면했지만, 코끼리는 분이 풀리지 않는지 한동안 지프의 뒤를 쫓으며 날뛰었다. 어리둥절한 와중에 데자가 지프 무리의 앞머리를 향해 거칠게 소리를 지르기 시작했다. 싱할라어로 말을 하는 것으로 보아 현지인 지프 기사와 가이드를 향한 것 같았다. 현지인들 사이에 무언가 암묵적인 약속이 있었는데 그것을 누군가가 깼나보았다.

코끼리는 매일 두 번씩 물을 찾아 밀림에서 나와 호수를 향하는 여정을 반복한다. 알다시피 코끼리는 걸음이 빠르지도 않을 뿐더러 이동 내내 비효율적인 방법으로 풀을 뜯느라 이동에 속도를 낼 수가 없다. 물을 마시러 호수로 갔다가 밀림으로 돌아가는 데 반나절은 걸릴 테니, 그들의 하루는 밀림과 호수를 두 번 오가는 사이에 끝이 난다. 시간이 지체된다면, 특히 늦은 오후에는 무리를 이끌고 밀림 안의 보금자리로 돌아갈 시간이 촉박해질 것을 대장 코끼리는 잘 알고 있었다.

현지인들은 이런 사정에 훤했다. 그리고 그들의 관광업으로 인해 동물들의 삶이 방해받지 않도록 주의하고 있었다. 그런데 몇 대의 지프가 그 원칙을 깼다. 초원 깊숙한 곳까지 진입해 코끼리들의 바쁜 행로를 방해했다. 크게 봉변을 당할 뻔한 정말 위험천만한 순간이었다.

코끼리가 성격이 안 좋기는 해도 그들이 먼저 인간을 위협

하지는 않는다. 우리가 그들의 영역을 침범해서 신경질을 내는 것뿐이다. 조금 더 가까이 가달라고 한 관광객의 요구가 먼저였겠지만, 그들을 즐겁게 해주고 조금의 팁이라도 더 받기를 바란 현지인의 욕심이 뒤따랐겠지. 대자연에 깃들어 살며 생태를 알 만큼 아는 현지인들이 관광객을 조용히 타일렀어야 했다. 자연의 일상적인 흐름을 방해하지 말라고. 자연에 대한 예의를 지켜달라고.

가수 아이유의 〈비밀의 화원〉이라는 노래를 좋아한다. 전주에서 울려 퍼지는 현악기들의 조화로운 소리를 듣고 있노라면, 코끼리가 떼 지어 지나가던 광대한 초원이 오버랩된다. 분주히 둥지를 찾던 수백, 수천 마리의 새들이 머리 위에 줄지어 나는 듯한 착각이 일기도 한다. 초원처럼 펼쳐진 악보 위로 경쾌한 박자의 음들이 마음껏 재주를 부리는 이 노래에서처럼 자연에 속한 모든 것들이 오래오래 자유롭고 평화로웠으면 좋겠다.

하바라나의
별이
빛나는 밤

Habarana 
하바라나 II

데자의 누나는 버스정류장 근처 식당에서 일했다. 마탈리는 매일 엄마를 따라 식당에 갔다. 엄마의 일이 끝나면, 마탈리는 종일 옆집 아주머니에게 맡겨졌던 돌쟁이 동생 타샨과 함께 엄마의 치맛자락을 붙들고 집으로 돌아왔다. 방과 후 할머니 집에서 시간을 보내다가 엄마와 시간을 맞춰 귀가한 산자나는 한참 동안 엄마의 피로한 다리를 주물러주곤 했다. 여덟 살 산자나는 눈동자가 매우 반짝이는 제법 어른스러운 여자아이였다. 수줍어하면서도 묻는 말에 대답도 곧잘 했다.

민네리야 국립공원에 갔다가 먼저 집에 도착한 데자와 나는 누나가 돌아오기를 기다리며 마당에서 이런저런 이야기를 나누었다. 할아버지가 의사였다고 했다. 우리나라의 한의사처럼 아유르베다 요법을 행하던 분쯤 되는 것 같았다. 그래서 데자는 자기도 오일 쓰는 법과 근육 달래는 법을 잘 안다고 했다. 그리고 밀림과 호수로 둘러싸인 하바라나의 사람인 것이 자랑스럽다고 했다. 죽을 때까지 하바라나를 떠날 생각이 없다는 말도 덧붙였다.

자신의 온몸에 빼곡히 새긴 문신을 보여주겠다며 갑자기 데자가 웃통을 벗어젖혔다. 거기에는 별 게 다 있었다. 아기 예수를 안은 성모 마리아, 불상과 가네샤도 있었고 코끼리, 사자 그리고 밀림의 무성한 열대림. 보기엔 좀 징그러웠지만 아무렇지도 않은 척하며 왜 그렇게 문신을 많이 했는지 물었다. 그는 몹시 사랑하는 것들과 늘 함께하고 싶어서라고 했는데, 그

- 마탈리

때 데자 오른팔의 나뭇잎 문신이 살짝 흔들리는 것 같았다. 겉 멋 같아 보이기는 했지만 데자가 자신의 삶에 남다른 애정을 가진 것은 분명한 듯했다.

툭툭 기사 마이야가 데자의 사촌 동생 니로샨을 데리고 나 타났다. 니로샨은 스무 살밖에 되지 않았지만 겉보기에는 스 물예닐곱은 되어 보였다. 피부가 까매서 그런지 스리랑카 사 람들은 나이가 더 들어 보인다. 미용실에서 일하며 일당으로 1 천 루피 정도를 벌지만, 비번인 날은 무급이었다. 그래서 돈을 벌기 위해 조만간 두바이로 일하러 떠날 거라고 했다. 엄마도 찬성하는지 물었더니 벨기에 남자와 재혼해 멀리 사는 엄마는 자기에게 신경을 쓰지 않는단다. 아버지도 형제도 없이 혼자 인 니로샨은 할머니와 함께 살지만 일하는 시간을 빼고는 데 자의 누나 집에서 데자와 거의 같이 지내는 것 같았다.

사흘간 나의 툭툭 기사였던 마이야, 행복한 표정이 얼굴에서 떠나지 않던 마이야. 단짝 친구였던 데자는 마이야를 내내 놀렸다. 신혼이라 늘 입이 귀에 걸려 있다는 것이다. 아무것도 가진 것 없는 데자와 달리 마이야는 자신의 툭툭을 마련해 일거리가 닿는 대로 일했다. 담배를 지독히 많이 피워대며 한량 흉내를 내기도 했지만, 외진 길을 운전해 가다가도 불상을 만나면 의자에서 엉덩이를 떼어 부처님께 문안드리는 것을 잊지 않았다. 악의라고는 조금도 없이 선한 사람들이었다.

데자는 누나를 '아카'라고 불렀다. 아카는 누나나 언니를 부르는 싱할라어이다. 데자 누나는 나보다 어렸지만 나도 그들의 누나를 친밀하게 '아카'라고 불렀다. 아카의 착한 눈망울이 아직도 눈에 선하다. 아카는 식당에서 종일 서서 일해 피곤할 텐데도 귀가 후에는 게스트하우스의 손님인 나를 성심껏 챙겨주었다.

하지만 사실 버스정류장에서 우연히 만난 데자의 설득으로 얼떨결에 찾게 된 아카의 게스트하우스는 시설이 좋은 편은 아니었다. 아카가 내어준 방으로 짐을 들고 들어갔다. 우리나라의 전통가옥으로 치면 사랑방같이 본채에 별도로 나 있는 방이었다. 방 안쪽에 튼튼한 걸쇠가 있어 본채에서 분리된 것은 문제가 되지 않았지만, 창살 하나 없이 휑하니 뚫린 욕실 창문이 마음에 걸렸다. 큰 창이 아니니 괜찮다고 했지만, 나는 그 방에서는 도저히 잠을 잘 수 없어 바보처럼 눈물을 다 글썽거렸다. 결국 아카가 안방 옆에 붙은 방 하나를 급히 정리해 내어주었다. 피곤해하는 아카에게는 미안했지만, 나는 그 방에 짐을 풀고서야 비로소 안심할 수 있었다.

식당에서 일하는 누나를 대신해 식사 준비는 데자의 몫이었다. 아침식사는 간단히 사모사나 에그롤을 차에 곁들여 먹었고, 저녁은 밥과 두세 가지 커리, 코코넛삼볼라를 먹었다. 스리랑카의 음식은 가짓수가 다양한 편이 아니어서 메뉴가 거의 같았다.

둘째 날에는 데자가 커리 만드는 것을 알려주겠다고 해서 어시장에서 물고기를 사다가 생선카레를 만들었다. 끓는 물에 코코넛밀크, 커리가루, 계피, 후추, 고춧가루 등의 갖은 양념과 양파, 고추, 마늘 등을 넣어 소스를 만들고, 민물고기를 손질해 넣어 익히니 그럴듯한 요리가 되었다. 익숙하게 요리를 완성해 내기에 음식을 자주 하느냐 물었더니 일하는 누나를 대신해 저녁은 주로 자기가 한다고 했다. 그것은 데자의 착하고 성

⁃ 간단한 아침식사

실한 면이었다.

맵긴 했지만 생선카레는 아주 맛있었다. 스리랑카 사람들은 음식에 고춧가루를 많이 쓴다. 특히 민물고기가 들어가는 요리는 느끼함을 잡기 위해 맵싸하게 요리한다. 반찬으로 먹은 케셀무와(바나나와 비슷한 열대 과일인 플렌테인의 꽃송이) 무침은 우리나라의 나물 요리 같아 입에 잘 맞았다. 다음 날 아카의 게스트하우스 마당에서 나무에 늘씬하게 매달린 케셀무와를 보았다. 어떻게 나물 요리가 되었나 싶게 매우 아름다웠다.

마당에는 신기한 나무들이 많았다. 플렌테인부터 망고, 시나몬, 후추까지 열매가 나는 식물 종류를 다 심어놓은 것 같았다. 꽃들도 만발했다. 우리나라의 무궁화처럼 생긴 삼바라티와 가지각색의 부겐빌레아 그리고 아랄리야도 있었다. 다섯 살 마탈리가 꽃구경을 시켜주었다. 말은 통하지 않았지만 마탈리는 고사리 같은 손으로 내 손을 잡고 나를 마당 곳곳으로 이끌며, 집 뒤쪽에 흐르는 개울도 보여주고 꽃잎을 따서 손에 쥐어주기도 했다.

초록빛 마당과 그 마당에서 빛나던 햇살과 아침마다 한 송이씩 손바닥에 올려지던 꽃잎들. 리티갈라 사원보다 민네리야 국립공원보다 아름다웠던 하바라나의 추억이다. 하지만 하바라나에서는 둘째 날에 본 별빛 가득한 밤하늘이 가장 인상 깊었다.

하바라나에서 2박 3일밖에 머물지 못했지만 데자의 식구

▪ 케셀무와(위)와 시나몬(아래)

들과 일주일은 함께 보낸 것 같았다. 떠나기 전날 밤, 한잔 술과 함께 회포를 풀기로 하고 와인하우스(스리랑카에서 술을 살 수 있는 주류전문점. 식당에서나 가게에서는 술을 팔지 않음)로 가 아락 한 병을 샀다. 아락은 위스키처럼 증류한 스리랑카의 전통주인데 값싸고 향이 좋다.

스리랑카의 불교 신자는 술과 담배를 멀리하지만, 데자와 친한 사람들은 그렇지 않았다. 호텔 식당에서 일하고 돌아온 매형과 니로샨, 마이야, 데자 모두 한자리에 모여 스프라이트나 콜라에 아락을 섞어 마시며 한참 수다를 떨었다. 술에 넉넉히 취하자 누가 먼저랄 것도 없이 노래를 부르며 자기네끼리 실컷 즐기더니 갑자기 내게도 불쑥 노래를 청했다. 사양했지만 반복되는 요구에 어쩔 수 없이 한 곡을 불렀다. 대학 때부터 즐겨 부르던 여행스케치의 〈별이 진다네〉였다.

왜 그 노래가 나왔는지는 모르겠지만, 노래를 부르고 내용을 대충 알려주자 데자가 나를 집 밖으로 이끌었다. 같이 가볼 데가 있다는 것이다. 모두들 알딸딸하게 취한 채 문을 나섰다. 10시도 채 되지 않았는데 길에는 오가는 사람이 끊겼다. 모두가 잠든 시골길이 그렇게 새까만 것을 제주의 어린 시절 이후로는 잊고 지냈다.

그리고 도착한 곳이 하바라나 호숫가였다. 호숫가는 길보다 더욱 깜깜했다. 물 위 하늘에 빛을 새겨 넣은 검은 융단. 그것이 호수에도 내려앉아 있었다. 온 세상에서 유독 하바라나

- 하바라나 호수

의 하늘만 낮은 곳으로 온 듯 별빛 하나하나가 주먹만큼 커다
랬다. 그들은 마치 깊은 잠에 빠진 하바라나 착한 사람들의 영
혼인 양 투명하게 빛났고, 하바라나의 하늘은 광대하지도 높
지도 않았지만 따뜻하고 친밀했다. 별이 빛나던 밤하늘 때문
에 나는 한동안 하바라나앓이를 했다.

3. 중서부 지역

고나가마

쿠루네갈라

마탈레

캔디

그들은
한국인 산자나를
좋아합니다

Kurunegala

쿠루네갈라

내 이름은 '산자나.' 스리랑카에서 사용하는 이름이다. 하바라나의 사람들이 내게 준 이름 '산자나.' 나는 이 이름이 참좋다. 발음이 부드러워 좋고, 내 영문 이름의 초성 철자와 같은 S와 J가 있어서 좋고, 스리랑카에서 나를 '마게 나머 산자나(내 이름은 산자나)'라고 소개할 때 사람들이 반가워하고 행복해해서 좋다.

하바라나에서 마이야에게 그랬다.

"마이야! 한국에서는 친구의 이름을 부를 때, 이름 뒤에 '아' 나 '야'를 붙여서 불러. 그럼 훨씬 다정하게 들리는데, 네 이름에는 '야'가 들어 있으니 마이야는 얼마나 친근한 이름이니?"

그러면서 내가 "마이, 마이." 하고 그 친구의 이름을 되뇌고 있었다. 그러자 옆에 있던 데자가 내 말을 금세 이해하고 나를 "선저나, 선저나." 하고 불렀다. 내 한국 이름 뒤에 호칭의 격조사인 '아'를 붙인 시도는 좋았으나, 데자도 다른 외국인처럼 내 한국 이름을 발음하기 어려워했다. '선정아'가 잘 안 되니까 '선저나'라고 몇 번 불러보더니 대뜸 "앞으로 너를 '산자나'라고 부를게"라고 했다.

'산자나'는 데자 아카의 큰딸 이름이다. 어차피 이름 부르기가 어려우니 그렇게 하자는 것은 재치 있는 제안이었고, 무엇보다 여덟 살 의젓한 산자나와 같은 이름으로 부르겠다고 하니 흡족했다. 흔쾌히 그러라고 했고, 이후 나는 스리랑카에서 만난 사람들에게 나를 '산자나'라고 소개했다.

시기리야에서 사누키네를 만났을 때도 "마게 나머 산자나"라고 해서 가까워졌고, 스리파다(스리랑카의 성지로 알려진 산, 해발 2,235미터)에서 딜레카 일행을 만났을 때도 "마게 나머 산자나"라고 한 것을 시작으로 긴 하산길을 지루하지 않게 끝낼 수 있었다.

'마게 나머 산자나'가 가진 힘은 대단했다. 사람들의 관심을 넘어 어떤 지역에서는 그 이름 덕분에 순식간에 유명 인사가 되었다. 딜레카 일행과 스리파다를 등반하고 하산길에 함께 찍은 사진 한 장이 SNS에 올려지는 바람에 하루에 수십 건씩 친구 신청이 들어오는 해프닝이 일어났다. 북부 여행을 함께했던 나빈도 그 와중에 알게 된 친구이다. 스리랑카 이름을 가진 한국인이란 점은 스리랑카에서 사람들과 교류하는 데 무시하지 못할 장점으로 작용했다. 고나가마(쿠루네갈라 시에 속한 작은 마을)의 청년들인 딜레카 일행이 나를 그들의 오랜 친구에 선뜻

ᐨ 딜레카

■ 스리파다 하산길에 만난 호수

끼워준 것도 '산자나'라는 이름 때문이었다.

특히 딜레카와 열일곱 살 동갑내기 여고생인 라시파바는 하산길 내내 양쪽에서 내 손을 잡고 내가 묻는 대로 싱할라어 단어를 알려주고, 불교 문화에 대해서도 성심껏 설명해 주었다. 두 소녀와는 그날 이후 절친이 되었다. 곁에 있던 다미카와 아누샤는 딜레카 일행과 제일 친한 집의 남매였고, 마헤시는 딜레카의 먼 친척이었다. 마헤시가 문제의 사진을 SNS에 올린 장본인이다. 그 외에도 열 명 남짓한 친구들이 더 있었는데, 알고 보니 스리랑카 사람들은 늘 그렇게 뭉쳐 다니는 경향이 있었다.

그들은 스리파다 산행 직후 산어귀에 흐르던 강으로 가 다 함께 물놀이를 할 예정이라고 했다. 밤을 새워 산에 올라갔다 내려왔으니 강에 가서 땀도 씻고 한숨 돌리면 좋겠다고 맞장구를 쳤더니 스스럼없이 내게도 같이 가자고 했다. 나는 그 친구들에게 그렇게 하는 것이 좋겠다고 말했을 뿐인데 내가 그러고 싶어한다고 오해한 것 같았다. 심지어 물놀이 후 자기네 마을로 가자고까지 했다. 혼자 여행 다니는 내가 안쓰럽게 보였던가 보다.

당연히 그때는 그들을 따라나서지 못했다. 나에게는 그다음 일정이 있기도 했지만, 같이 가자는 사람들을 선뜻 따라나설 만큼 순수하지도 않았다. 그저 함께 시간을 보내고 싶어서 나를 초대하려 했던 그들의 마음을 받아들이기까지 얼마간 시간이 더 걸렸다.

그로부터 1년이 지났다. 나는 다시 스리랑카에 가기 위해 짐을 꾸렸다. 가방 속에 친구들에게 줄 선물을 가득 채우고 공항에서 내리자마자 쿠루네갈라로 향했다. 공항에서 쿠루네갈라까지 가는 길은 그리 멀지 않았다.

니곰보 버스터미널로만 가면 에어컨이 설치된 인터시티(사설 버스)가 쿠루네갈라로 30분마다 한 대씩 출발했다. 시간은 넉넉히 잡아도 두 시간 반이면 충분했다. 쿠루네갈라 고속도로 건설이 막바지여서, 앞으로는 공항에서 쿠루네갈라까지 한 시간 남짓이면 이동할 수 있게 된다고 하니 쿠루네갈라에 친구가 많은 내게 반가운 소식이었다.

워낙에 쿠루네갈라는 스리랑카 교통의 허브이기도 하다.

▸ 쿠루네갈라 시계탑

우리나라의 대전쯤 된다고 하면 적당할까. 부산이나 광주로 가는 길에 대전을 거쳐야 하듯, 아누라다푸라나 담불라, 하바라나, 트링코말리로 가는 도로가 다 쿠루네갈라를 거치도록 놓여 있다. 그래서 쿠루네갈라 버스터미널은 스리랑카 제2의 도시인 캔디의 버스터미널보다 훨씬 더 크다.

요즘은 스리랑카 여행 전이나 끝자락에 쿠루네갈라의 숙소에 묵으면서 숨을 돌리는 외국인 여행자가 많아져서 쿠루네갈라에 있는 호텔이나 게스트하우스가 성황이다. 한때 나도 '쿠루네갈라에서 게스트하우스나 하며 살아볼까' 하는 생각도 해봤는데 고속도로가 건설되는 바람에 땅값이 너무 많이 올라 진즉 포기했다.

쿠루네갈라에 가면 딜레카의 집에서 묵기도 하지만, 배우였던 망갈라 씨가 운영하는 게스트하우스에 방을 잡곤 한다. 쿠루네갈라 중심지에서 멀지 않고 정원에 온갖 과일이 열리는 것만으로도 망갈라 씨의 집은 매력 있었다.

망갈라 씨의 옆집에는 그의 말리('남동생'을 뜻하는 싱할라어) 내외가 두 딸과 함께 살았고, 뒷집에는 첫째 낭기('여동생'을 뜻하는 싱할라어)가 출가한 아들 내외와 한 살배기 손녀 오네키를 데리고 살았다. 오네키의 할머니와 엄마는 교사이고, 아빠는 강력반 형사여서 그들이 모두 출근하는 날에는 망갈라 씨가 오네키를 돌보았다. 아침에 방문을 열어놓으면 작은 분홍색 물체가 슬그머니 기어 들어오곤 했는데 사실 그것은 걸음

- 망갈라 씨

- 망갈라 씨의 손녀 오네키

마를 배우기 전의 오네키였다. 그랬던 아기에게 내가 '에커이, 데커이'(싱할라어로 '하나, 둘')와 함께 걸음마를 가르쳤다. 휴일에는 오네키네 집에서 점심식사를 같이하기도 해서 그곳에 머무는 동안 망갈라 씨만이 아니라 온 식구들과 가까워졌다. 작년 겨울에 쿠루네갈라를 방문했을 때 오네키 아빠의 갑작스런 사망 소식에 망갈라 씨와 함께 말없이 울었다.

　망갈라 씨는 주변 사람들을 깊이 사랑했고, 당신 게스트하우스를 찾은 손님들에게 최선을 다했다. 환갑의 나이에 독신으로 살아서인지 들고 나는 손님을 무척 반겼다. 망갈라 씨와의 첫 만남에서도 '마게 나머 산자나'는 빛을 발했는데, 그 이후로 망갈라 씨는 그 집에 들르는 사람들 모두에게 내가 싱할라어를 할 줄 안다는 것을 자랑스럽게 이야기하곤 했다. 내 나이가 매우 어린 줄 알았던 그는 싱할라어를 틈틈이 익혀가는 나를 오네키만큼이나 귀여워했다. 망갈라 씨의 집을 떠나 히

해가 지는 쿠루네갈라 호숫가

카두와로 갈 때는 오네키 모녀와 함께 기차역까지 배웅하고 같이 기차를 기다려주기도 했을 만큼 쿠루네갈라는 그에 대한 기억과 떼려야 뗄 수 없는 곳이다.

쿠루네갈라에서는 오후 서너 시쯤 에투갈라에 올라 쿠루네갈라 시내를 내려다보거나 유원지로 꾸며진 쿠루네갈라 호숫가로 가 잠깐씩 앉아 있거나 바데가무와 근처에 있는 뷔페 식당을 찾아 가끔씩 밥을 먹었다. 그런 일 말고는 딱히 이름난 유적지도 없고, 명산이나 휴양지도 없는 쿠루네갈라를 스리랑카에 갈 때마다 방문하는 것은 오직 친구들 때문이다.

스리파다에서 만난 딜레카 일행 덕분에 망갈라 씨와 오네키를 만났다. 자기 엄마보다 훨씬 나이가 많은 나를 '아카'라 부르며 자신의 비밀 이야기나 고민거리를 털어놓던 소녀가 벌써 대학에 진학했다. 쿠루네갈라에서 딜레카를 자주 만날 수 있을지는 모르겠지만 산자나를 반겨줄 여러 친구들 때문에 앞으로도 쿠루네갈라로 향하는 발길이 멈추지는 않을 것 같다.

●

4월에
새해를 맞는
사람들

Gonagama

고나가마 I

고나가마에서는 가장 먼저 나빈의 집에 들렀다. 마침 그즈음이 나빈의 생일이라 온 가족이 모여 음식을 준비하고 있었다. 스리랑카에서는 집안의 큰아들을 복덩이라 생각하여 특별히 많은 것을 해주고, 생일에도 특별대우를 했다. 가난한 살림에도 나빈은 컴퓨터를 가지고 있었고, 스무 살 생일에는 부모님께 오토바이도 선물받았다.

짐을 풀어 가족들에게 선물을 전하고 나도 생일상 준비에 동참했다. 내가 할 요리는 제육볶음이었다. 한국에서 냉동 포장해 간 양념된 돼지고기에 당근, 양파, 파, 마늘, 고추 등을 더 썰어 넣고 집 안 가득 고기 냄새를 풍겨가며 음식을 만들었다.

그런데 사실 스리랑카의 불교 신자들은 쇠고기나 돼지고기를 거의 먹지 않는다. 육식으로는 닭고기나 생선에 카레 가루를 넣고 한 요리를 먹는 정도인데 닭고기도 한 끼에 한 조각 정도만 먹는다. 살생을 죄악으로 여기고 인간에게 필요한 가장 최소한만을 소비하겠다는 자비로운 마음에서 비롯된 식습관이다.

그러한 문화를 존중했지만, 나빈의 가족은 돼지고기를 가끔은 먹기도 한다기에 스리랑카에서는 비싸다는 돼지고기 두 근을 조심스럽게 가지고 갔다. 실례가 될까 걱정했는데 다행히 거기 모인 일가친척 중 남자들이나 나빈의 친구들이 잘 먹었다. 그들은 '마술 같은 맛'이라며 극찬을 했다. 하지만 나빈의 엄마나 낭기 등 여자들은 일절 먹지 않았다. 나는 '웜바투'

- 스리랑카 전통 음식 앗차루

라고 불리는 가지볶음과 잃었던 입맛도 되살릴 만큼 새콤한 앗차루(파인애플과 적마늘, 고추, 당근 등을 갖은 양념과 함께 무친 생채, 우리의 잡채처럼 명절이나 잔칫날 내어놓는 음식)를 제일 잘 먹었다.

그리고 대망의 설날이 돌아오고 있었다. 스리랑카도 매년 1월 1일을 신년으로 정하고는 있지만, 놀랍게도 스리랑카의 공식 설날은 4월 14일이다. 그래서 스리랑카에서는 4월 14일을 전후로 학교나 공공기관이 최소한 일주일씩 문을 닫고, 정부의 공식 행사나 새로운 회계년도 4월에 시작한다.

알고 보니 인도양 주변에 위치한 인도나 태국, 라오스 등을 비롯한 동남아시아 국가들도 4월에 새해를 시작하는데, 그것은 기후와 그에 따른 농경문화의 영향이라고 추측된다. 스리랑카 대부분 지역에서는 벼 2모작을 하는데 3월 중순에 첫 번째 수확을 시작한다. 4월 중순은 벼 수확이 끝나고 열대 과일이 풍성하게 나는 시기이므로, 그때쯤 추수감사절을 겸해 설

- 스리랑카 설 상차림

명절을 거하게 치르는 것이 당연했다.

　설 전날인 13일에는 나빈과 함께 쿠루네갈라로 시내 구경을 갔다. 우리나라의 동대문시장처럼 옷과 신발만 파는 전문 쇼핑몰 안에 수많은 인파가 몰려 있었다. 열 개도 넘는 계산대에는 제각각 적어도 열두어 벌씩 옷을 든 사람들이 줄을 길게 서 있었는데, 옷의 개수를 세고 계산 후 돈을 주고받는 일련의 과정이 점원들의 손을 거쳐 번개처럼 빠르게 이루어져 깜짝 놀랐다. 스리랑카에서 그렇게 일을 빨리 처리하는 사람을 본 적이 없었다. 놀라움에 벌어진 입을 다물지 못한 채 모두 무슨 옷을 그리 많이 사는지 궁금해졌다. 나빈은 다음 날이 되면 저절로 알게 된다며 내 질문에 대답 대신 웃음만 지었다.

설 당일 아침, 딜레카가 다미카와 함께 고나가마에서 차로 30분 거리에 있는 망갈라 씨의 게스트하우스로 나를 데리러 왔다. 6시에 만나기로 했는데 밖에서 밤새 폭죽을 터뜨리는 소리에 잠을 설쳐 늦잠을 자고 말았다. 스리랑카도 중국처럼 새해를 맞는 기간에 때와 장소를 가리지 않고 대대적으로 폭죽을 터뜨리는 문화가 있다. 길을 가다가도 바로 옆에서 펑펑 터지는 폭죽 때문에 간이 줄었다 커졌다 했다. 나중에는 웬만한 소리에는 끄떡도 하지 않을 정도로 열흘 남짓 폭죽 소리에 시달렸다.

여하튼 늦었다. 몰골이 말이 아닌 상태로 부랴부랴 달려나갔다. 너무 미안했는데 늦은 나를 오히려 걱정하면서 딜레카와 다미카가 인사를 건넸다. "수바 알룻 아우룻닥 웨와." 설날 아침에 '코호마더(안녕하세요)'가 아닌 다른 말로 인사를 했으니, 그것은 분명 '새해 복 많이 받으라'는 말이리라. 몇 번을 다시 들어도 그 발음을 제대로 알아들을 수가 없어서 발음 나는 대로 영문 철자를 불러달라고 하여 한번 써보고서야 비로소 그 말이 귀에 들어왔다. 이후 나도 사람들을 만날 때마다 "수바 알룻 아우룻닥 웨와"라고 인사했다. 내가 듣기에는 '해피 뉴 이어'라는 말보다 훨씬 정겨웠다. 간절히 기원한다며 '웨와(부디 ~하길)'라는 말을 뒤에 붙이는 방식도 친근하게 들렸다.

딜레카의 집으로 가니 중학생인 말키와 여섯 살 시툼, 엄마와 할머니가 계셨고 20년째 스리랑카와 일본 자동차 회사를 오가며 근로 중인 아버지는 부재 중이었다. 딜레카의 엄마와 할머니는 설날 아침식사를 준비하느라 분주했다. 어른들의 일손을 돕고 동생들을 챙기면서 딜레카가 아버지의 빈자리를 채우고 있었다.

부엌에는 부처님께 조반으로 올릴 키리바스(코코넛밀크를 넣어 지은 부드러운 쌀밥)와 앗차루, 코키스, 케움, 아스미 등 새해 아침상에 올릴 음식들이 준비되어 있었다. 말키가 이슬 맞은 키리이다(개나리처럼 생긴 흰 꽃으로 1년 내내 꽃이 피며 부처님께 조석으로 올림)를 바구니 가득 따왔다. 준비가 다 되었는지 모두 흰옷으로 갈아입었다. 마을의 사원으로 가려는 것이었다. 스리랑카의 불교 신자들은 부처님께 푸자를 드리며 새해를 시작했다. 나도 흰 원피스를 입고 딜레카의 오토바이 뒷자리에 앉았다.

절에 도착하니 먼저 온 많은 사람들이 부처님께 경배드리고 있었다. 우리도 준비해 간 키리바스와 키리이다 꽃을 정성껏 부처님께 올렸고, 주지 스님께 가 새해 인사를 나누었다. 스님은 복 많이 받고 건강하길 발원하며 모든 마을 사람들의 손목에 피릿눌(여러 가지 소망을 담아 손목에 매는 얇은 실 팔찌)을 매어주었다. 그러고는 초 봉헌대로 가서 파하나(코코넛 기름에 파라핀을 녹여 만든 액체형 양초)의 심지에 불을 붙이고 다게바가 있는 언덕에 올라가 탑돌이를 하며 새해 소망을 빌었다.

집으로 다시 돌아오자 본격적으로 새해 의식을 시작하느

▪ 새해 소원을 기원하는 피릿눌

라 딜레카의 가족들이 분주해졌다. 오전 10시쯤 부엌에 있는
아궁이에 점화식을 한다고 딜레카가 나를 불렀다. 딜레카는
내게 설날에 행하는 모든 일을 하나하나 설명해 주고 싶어했
다. 할머니께서도 내가 틈틈이 카메라를 들이대는 것에 익숙
해졌는지 어느새 포즈가 자연스러워지셨다.

　아궁이에 불을 붙이고 뒤꼍의 우물로 갔다. 할머니가 손에
들고 있던 물병을 기울여 우물 안으로 물을 쏟아부었다. 그리
고 잠시 기원을 올리더니 두레박으로 새 물을 길어 물병에 담
았다. 병 안에 들어 있던 물은 작년 설날 길어 넣어 1년간 부엌
에 간직한 것이고, 물병에 새롭게 채워 넣은 물은 부엌에서 다
시 1년을 묵을 것이라고 했다. 새해 첫날 아궁이에 불을 붙이
는 신성한 의식은 1년 내내 아궁이에 불을 지필 수 있도록 먹
을거리가 끊기지 않았으면 하는 마음에서 비롯된 것이라 여겨
졌고, 우물에 묵은 물을 붓고 새 물을 길어 올리는 행위는 물

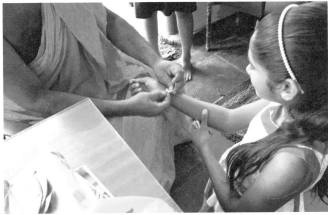

● 스님께 세배하는 할머니(위)와 피릿눌을 매어주는 스님(아래)

이 마르지 않기를 바라는 농경사회의 간절한 기원과 관련이 있지 않나 생각되었다.

불과 물의 의식이 끝나면 드디어 새해의 첫 끼를 먹는다. 식사 전에는 우리나라에서 하듯 어른께 세배를 하고 덕담과 함께 세뱃돈을 받는 시간이 있었다. 흥미롭게도 스님이나 어른들께 예를 갖추는 것과 마찬가지로 말키와 시툼이 몇 살 터울밖에 나지 않는 손윗누이 딜레카에게도 세배를 했다. 스리랑카 사람들은 절을 할 때 상대의 발 앞에 무릎을 꿇고 머리가 땅에 닿도록 엎드려, 두 손을 모아 그의 발과 자기의 이마를 감싸는 행동을 두 번 반복한다. 어린아이들끼리도 그런 인사법으로 새해를 맞이하는 것을 보니 숙연해졌다.

▪ 집의 우물에 기도를 하는 할머니

세배가 끝난 뒤 할머니와 엄마가 큰 아이들에게는 세뱃돈을, 꼬마 시툼에게는 세뱃돈 대신 선물을 각각 나누어 주었다. 나에게도 선물이 잔뜩 돌아왔는데 식탁 옆 의자에 쌓여 있던 모든 선물 꾸러미가 다 내 것이었다. 흰 수건 한 장과 세숫비누는 할머니의 선물, 직접 직조한 침대 시트는 엄마의 선물, 딜레카와 말키는 옷 한 벌씩을, 심지어 여섯 살 꼬마 시툼도 작은 가방과 화장품을 선물로 주었다. 딜레카의 가족을 위해서 나도 많은 선물을 준비했지만, 그들의 진심이 담긴 선물 앞에 내 선물이 너무 보잘것없어 보였다.

　아침식사를 끝낸 뒤에는 집에서 한 음식을 들고 이웃집을 방문했다. 딜레카의 엄마는 이웃집 아이들에게 나누어줄 선물도 잊지 않았다. 옆집 아이들이 펼쳐 든 선물 봉지에는 어김없이 설빔 한 벌씩이 들어 있었다. 설 전날 쇼핑몰에서 본 풍경이 그제야 이해가 되었다. 내 일가친척뿐만 아니라 가까이 사는 이웃과도 넉넉히 선물을 주고받으니 한 사람이 그렇게 많은 선물을 준비할 수밖에 없던 것이다. 여전히 정이 넘치고, 주고받는 데 인색하지 않은 풍속을 가진 사람들이었다.

　놀라움은 그것으로 끝나지 않았다. 다미카가 마을 잔치를 연다고 해서 점심 때는 다미카의 집으로 건너갔다. 작은 잔치일 거라 생각했는데 웬걸, 다미카의 집에 1백 명은 너끈히 될 법한 사람들이 여기저기 둘러앉아 식사를 하고 있었다. 부엌에는 음식을 도와주러 온 이웃들로 한가득, 방마다 그리고 마당에도 남녀노소를 구분하지 않고 함께 모여 새해 인사와 덕담을 주고받으며 음식을 나눠 먹는 사람들로 북적였다. 스리랑카어에는 높임말이 없어서인지 10대 어린아이들이 4~50대 어른들과도 자유롭고 진지하게 이야기를 주고받았다. 위아래를 구별하지 않으니 누구도 위에서 억압하지 않고 누구도 아래에서 주눅 들지 않으며 서로 경청하고 존중했다.

다미카가 그들 사이를 오가며 연신 사람 좋은 웃음을 짓고 있었다. 딜레카의 아버지와 함께 일본을 오가며 고생해 번 돈을 이웃과 함께 나누고 즐기는 모습에서 설 명절의 분위기가 고스란히 전해졌다. 아무래도 다른 사람들보다는 경제적 형편이 나은 덕분이겠지만 거국적으로 베풀고 함께 나누는 것이 쉬운 일은 아니지 않은가. 다미카가 존경스러웠다.

이후에도 여러 집을 방문해 딜레카의 이웃들과 새해 인사와 덕담을 나누었다. 조상님께 차례를 지내는 대신 절에 찾아가 부처님께 예를 드리고 떡국 대신 키리바스와 앗차루를 먹는다는 차이만 있을 뿐, 스리랑카의 설날 풍속은 우리와 다를 바 없었다. 오히려 여전히 뜨겁고 넉넉하게 정을 주고받는 스리랑카의 현재가 부러웠다. 너무 여러 곳을 오가느라 피곤하긴 했지만, 종일 스리랑카 가족들과 함께해서 행복했다. 모두의 안녕과 평안을 기원하며 "수바 알룻 아우룻닥 웨와."

수국처럼
찬란하게

Gonagama

고나가마 II

스리랑카에는 휴일이 많은 편이다. 매월 보름인 포야는 무조건 휴일이고, 5월의 웨삭 포야와 6월의 포손 포야에는 당일 포함 최소 2~3일씩을 쉬며, 4월의 설 명절에는 2주나 되는 기간을 연휴로 보낸다. 인도나 중국이야 땅덩어리가 넓어서 명절을 맞아 가족과 친지가 있는 고향에 다녀올 수 있게끔 연휴를 길게 잡는다지만 남한보다도 작은 스리랑카에서 설 연휴를 길게 보내는 이유는 이해가 잘 되지 않았다. 그런데 딜레카의 가족들과 고나가마에서 설을 함께 보낸 뒤에야 비로소 연휴가 그렇게 긴 이유를 알 것 같았다.

적어도 내가 아는 스리랑카 사람들은 연휴에 노소를 가리지 않고 열대여섯씩 이웃, 친지가 다 함께 성지순례나 가벼운 여행을 떠났다. 그 시간 동안 더 깊이 정들고 끈끈해지면서 관계가 깊어졌다. 현장에 같이 있어 보니 그 과정이 얼마나 중요한지 이해가 되었다. 주로 나 홀로 여행을 하는 내게는 익숙지 않은 풍경이었지만, 내가 그들을 사랑하는 한 나도 그러한 과정에 차차 동화되어갈 것이다.

설 연휴에는 마을마다 큰 축제가 열렸다. 설날 이틀 뒤나 사흘 뒤쯤 열리는 새해맞이 축제는 생각보다 규모가 컸다. 고나가마는 큰 도시도 아니었는데 축제 장소에서 본 인원이 족히 4백여 명은 되었으니, 마을 사람들 거의 모두가 동참하여 열띤 성원 속에 행사가 치러지는 셈이다.

딜레카의 동생 말키는 그날의 주인공이었다. 나는 말키의

전담 사진사를 자청하여 축제에 함께했다. 사춘기 소녀인 말키는 평소에는 말수도 적고 수줍음을 많이 탔는데, 축제에서는 많은 행사에 주도적으로 참여했다. 유소년 마라톤을 시작으로 1백 미터 달리기와 줄다리기, 심지어 행사 막간의 춤 공연에도 두 번이나 출연했다. 무대 위를 누빌 말키의 모습을 상상하며 딜레카와 함께 행사가 개최되는 절터로 이동했다.

사원이 마을의 중심 역할을 하기 때문에 새해맞이 행사도 스님들을 주축으로 이루어졌다. 근방의 비구니 스님들과 학교 선생님들이 행사 진행을 보조하고, 네 명의 사회자가 사방에서 마이크를 잡고 순서를 주고받으며 입체적으로 사회를 진행했다. 사회자는 성인 남녀 두 명과 청소년 두 명씩이었는데, 성인 이라고 더 주도적인 역할을 담당하지는 않았다. 여기에서도 위아래 없이 자유분방하게 서로를 존중하는 민주적인 모습이 드러났다. 한쪽에 커다란 스피커를 산처럼 쌓아놓고 음향장치를 다루고 있던 청년은 나빈의 친구 샨이었다. 나빈과 샨은 기계를 만지는 데 능숙했다. 그 친구들을 보면서 스리랑카 사람들 개개인이 가진 능력이 어디까지인지 몹시 궁금하기도 했다.

유소년 마라톤의 시작을 알리는 폭죽 소리로 축제의 막이 열렸다. 마을 전체가 들썩였다. 폭죽이 터지자 많은 사람들이 마라톤의 출발선으로 모여들었다. 딜레카의 막내 동생 시툼이 열두세 살 남자아이들 사이에 끼어 출발선 앞에 섰다. 작은 누나 말키가 마라톤 참가 지원서를 쓰는 것을 보고 엄마를 졸라

유소년 마라톤 대회에 참가한 시톰

시툼도 남자부 유소년 마라톤에 참가했다. 방금 전까지도 엄마 등에 업혀서 징징대던 여섯 살 꼬마 시툼이 자신감 넘치는 표정으로 서 있는 것을 보자 눈이 휘둥그레졌다. 딜레카에게 물었다.

"시툼은 그냥 조금 달리다가 어디 중간쯤에서 다미카가 데리고 들어오는 거지?"

딜레카가 "노! 아카, 시툼은 결승선까지 스스로 달려서 들어올 거예요"라고 단호하게 말했다. '신발도 신지 않은 채 말이야?' 설마설마했다. 40분쯤 지났는데 선두주자들이 들어오기 시작하더니 얼마 지나지 않아 결승선을 향해 전력 질주해 오는 시툼이 나타났다. 지름길이라도 있어 질러온 건가 의심스러웠다. 여섯 살짜리의 반란이었다. 온 가족이 결승선 앞으로 달려가 시툼의 손을 잡고 등과 배를 마사지해 주고, 숨 고르기를 시키며 한동안 걷게 했다. 잠시 뒤 다시 징징거리는 어린아이로 돌아온 시툼은 맨발로 달리느라 발에 생긴 상처들을 손으로 가리키기 시작했다. 내가 물티슈로 깨끗이 닦아내면 딜레카가 그 자리에 반창고를 붙여주며 시툼을 달랬다.

갑자기 내 눈에 눈물이 고이기 시작했다. 어디서 그런 힘과 근성이 나왔는지를 생각하니 당황스럽기도 하고 사랑과 감동이 몰려와 시툼을 바라볼 수가 없었다. 하지만 정작 딜레카의 엄마는 시툼을 그저 자랑스러워할 뿐 그다지 동요하지 않았다. 주변의 다른 사람들도 말없이 지켜보며 부드럽게 미소만 짓고 있었다. 눈물을 줄줄 흘리는 사람은 나뿐이었다.

드디어 말키가 마라톤을 시작하려고 했다. 그런데 또 웬일인지. 출발선에 선 말키 곁에 바짝 붙어서 손가락을 만지작거리며 신호를 기다리고 있는 조그마한 여자아이가 있었다. 그것은 분명 다미카의 첫째 딸인 다섯 살 꼬마 히마샤였다. 출발신호가 떨어졌다. 21번 번호표를 가슴과 등에 달고 힘차게 도움닫기를 하는 히마샤를 말리는 어른은 아무도 없었다. 사람들은 그저 자랑스럽게 지켜보며 응원하고, 결승선을 향해 들어오는 아이를 번쩍 안아 올려 팔다리를 마사지해 줄 뿐이었다. 가족만이 아니라 온 동네 사람들이 결승선으로 달려가 아이의 완주를 축하했다.

요즘 한국이라면 땡볕에서, 그것도 맨발로, 자기 키의 두 배쯤 되는 언니들과 나란히 장거리 경주를 하려는 딸아이를 그냥 두는 엄마는 없을 것 같다. 만약 엄마는 참가를 허락하더라도 그렇게 하도록 한 부모를 불편한 시선으로 비난하는 사람들이 있을지도 모른다. 그런데 스리랑카는 그렇지 않은 것을 보니 한국의 1980년대쯤의 사람들이 살고 있는 것 같았다. 내 어린 시절 한국의 부모님들이 그랬으니까 말이다.

사실 내가 축제에 온 본래 목적은 말키의 전담 사진사였지만, 시툼과 히마샤 때문에 내 카메라는 쉴 틈이 없었다. 당연히 승부사 말키는 여자부 유소년 마라톤에서 2위를 했고, 그날 이후 딜레카의 집 발코니에는 스리랑카의 왕이 앉았을 것만 같은 커다란 라탄 의자가 새로 한 개 들어왔다. 말키 역시 맨발로 뛰었다. 운동화와 양말을 벗어주며 신으라고 권했는데도 맨발로 뛰어야 전력 질주할 수 있다며 극구 맨발을 고집하고는 두 번째로 결승선으로 들어온 말키. 이후 1백 미터 달리기에서도 당당히 1위를 차지해 의자에 어울리는 탁자도 하나 장만해 왔다. 말키는 딜레카네 살림 밑천이었다. 엄마는 말키 곁에서 그저 흐뭇한 웃음을 흘리고 있을 뿐이었다. 말키의 아버지 수산다가 그 자리에 있었다면 말키를 번쩍 들어 올려 목마라도 태웠을 텐데.

수산다는 말키가 태어나기 전부터 지금까지 오랜 기간 일본을 오가며 일하고 있다. 가족들과 1년에 두어 달 함께하고 나머지는 가족들 곁을 떠나 일본으로 일을 하러 떠나곤 했기에 아버지의 빈자리가 컸을 것이다. 그런데도 말키, 시툼, 딜레카에게는 전혀 구김살이 없었다. 마을 안에는 딜레카의 가족 외에도 아버지가 쿠웨이트나 두바이, 한국, 일본 등지에 노동자로 나가 있는 경우가 꽤 되었다. 그런데도 마을 사람들 전체가 아버지, 삼촌, 오빠가 되어 돌보아주며 한 가족처럼 지내서 아이들이 그렇게 하나같이 밝고 명랑한 것이 아닌가 싶었다.

축제의 하이라이트는 아우루두 쿠마라와 쿠마리아를 뽑는 행사였다. '아우루두 쿠마라'는 올해의 젊은이, '아우루두 쿠마리아'는 올해의 미인 정도로 해석하면 맞을 듯하다. 딜레카와

▪춤 공연을 하는 말키와 친구들

말키가 연달아 아우루두 쿠마리아 수상자가 되었던 그 미인 대회에 나도 딜레카와 라시파바 그리고 또래 아이들의 성화로 참가하게 되었다. 사실 아우루두 쿠마라 내지 쿠마리아가 되기 위해 마을의 소년, 소녀 들은 1년을 꼬박 준비한다던데, 어떤 준비를 한 적도 없고 참가 자격도 없는 내가 그 사이에 낀 자체는 낯뜨거운 일이었다.

하지만 축제 틈틈이 사진을 찍고, 무대 위에 오르는 아이들의 화장을 담당하고, 외국인 대표로 경기에도 출전하는 등, 내가 할 수 있는 일은 무엇이든 하겠다는 마음으로 간 자리였다. 내가 그 대회에 참가해서 꼭두각시가 될지라도, 다 함께 즐거울 수만 있다면 경연 대회에 참가하는 것쯤이야 별것도 아니었다. 아이들이 준비해 온 전통의상을 입고 용감히 무대 위에 서서 자기소개를 하고, 사회자가 시키는 대로 노래도 불렀다. 강당에 꽉 들어찬 사람들과 심사위원들이 열광했고, 심지어 함께 참가한 어여쁜 소녀들도 나를 응원했다. 퇴장 후 소녀들과 함께 무대 위를 걸으며 그 시간이 오래 추억될 것 같다고 예감했다.

모든 것을 기쁘게 수용하고 받아주는 순수한 마음을 가진 사람들, 적극적으로 나서서 서로의 일을 내 일처럼 돕는 사람들. 정겹고 따뜻한 사람들이었다. 수국 꽃잎처럼 공동체로 모여 살며 향기를 함께 나누는 사람들이 살고 있는 찬란한 곳 고나가마, 이런 마을을 품은 스리랑카가 참 좋다.

빛과
어둠의
알루 위하라야

Matale
마탈레

늦은 시간까지 마을 축제 시상식이 진행되었다. 상 받을 일이 많은 딜레카 가족은 시상식이 끝날 때까지 자리를 지키고 있어야 했다. 하지만 그 자리에 수상자의 식구만 남은 것은 아니었다. 마을 사람 대부분이 끝까지 남아, 마지막으로 발표될 '아우루두 쿠마리아'를 기다리며 시상대에 오르는 수상자를 향해 휘파람을 불고 박수를 치며 아낌없는 축하와 격려를 나누었다.

시상식이 무르익을수록 운동장 한쪽 천막 하나에 산더미처럼 쌓여 있던 가구들이 속속 줄어들었다. 말키가 수상한 라탄 의자부터 탁자, 이동식 옷걸이, 아우루두 쿠마리아가 받아간 화장대에, 경기의 하이라이트였던 '코코넛 깨기'(사원에서 흔히 볼 수 있는 장면, 소원을 빌며 던진 코코넛이 시원스럽게 반으로 갈라지면 길한 징조라고 믿음) 우승자에게 돌아간 옷장까지, 상품으로 나온 가구는 종류도 다양했다. 용달차가 계속 드나들며 가구를 수상자의 집으로 옮기기 바빴다. 딜레카의 집으로 귀가하니 자정이 넘어 있었다. 다음 날 떠나기로 한 새해맞이 여행이 과연 순조롭게 진행될 수 있을는지.

다행히 아침 일찍부터 쏟아지던 소나기는 오래지 않아 멈추었고, 운전자인 다미카는 조금 늦었지만, 나머지 사람들은 딜레카의 집에 정시에 모였다. 우리의 새해맞이 여행지는 '마탈레'였다. 마탈레는 내 여행 목록에 있던 곳인데, 고나가마의 식구들이 나와 함께하겠다고 마탈레를 모두의 새해맞이 여행지로 정했다. 그 여행에 딜레카의 엄마와 막내 시툼도 따라나섰다.

마탈레에는 역사적으로 중요한 곳인 '알루 위하라야'가 있다. '알루'는 빛을 뜻하는 싱할라어이다. 즉 '알루 위하라야'란 말은 '빛의 사원'이란 뜻이다. 하지만 역사의 기록 속에서 알루 위하라야의 반짝거리는 이면에는 어둠의 기억이 함께 존재했다. 그래서 알루 위하라야는 스리랑카의 어느 사원보다 의미심장하게 기억된다.

불교사적으로 중요한 유산인 '트리피타카야', 즉 팔리어 《삼장》이 간행된 곳이 바로 마탈레의 알루 위하라야이다. 팔리어는 인도 중부 지방의 언어를 기초로 만들어진 스리랑카의 고대 문자로 불전 기록을 담당한 문어文語였다. 다시 말해 팔리어 《삼장》은 고대어로 기록된 불교의 오랜 성서인 셈이다.

《삼장》은 불교 역사상으로도 최초로 성문화된 경전이며, 인류 역사상으로도 가장 오래된 문헌이다. 중국은 트리피타카야를 가져가 1천 년 동안 번역하여 10세기 무렵 《중화대장경》을 탄생시켰고, 1백 년 뒤 고려는 합천 해인사에서 그것을 비판적으로 재해석한 《팔만대장경》을 간행하였다. 이러저러한 학설을 떠나 주목할 만한 것은 세 경전 모두 간절한 불심으로 외침의 위기 상황을 극복하려는 공통된 배경에서 간행되었다는 점이다. 하지만 트리피타카야는 보다 근본적인 목적을 지니고 있다. 스리랑카에 불교가 전승된 이후 당대 스님들은 2백여 년간 부처님의 말씀을 구전으로 전했다. 스님들은 잦은 국난 속에 피신과 은둔으로 점철된 수행 생활을 하면서도 불법을 굳게 지켜냈지만, 그런 방식으로는 부처님의 가르침을 보전하는 데 한계가 있음을 지각하였다. 그리하여 기원전 1세기경, 마탈레의 알루 위하라야에 5백 명 주지 스님들이 모여 고심 끝에 트리피타카야를 기록물로 제작하기로 결단했다.

경전 간행은 인도의 유명 불교학자까지 초빙되어 활기를 띠었다. 하지만 소승부와 대승부의 의견 격차로 초고를 작성하는 데만 10년 이상이 걸렸고 경전이 완성된 뒤에는 보관에 어려움을 겪었다. 결국 트리피타카야는 간행된 지 얼마 되지도 않아 마탈레 바위산 석굴 안에 갇힌 채 역사의 뒤안길로 사라졌다. 그 상태로 트리피타카야가 1천8백 년 동안이나 세상 밖으로 나오지 못할 줄은 당시 누구도 예상치 못했으리라.

그렇게 오랜 시간 동굴 속에서 숨죽이고 있던 트리피타카야를 발견한 사람은 영국인이었다. 18세기 말 영국은 제국주의의 손길을 스리랑카에 뻗쳤고 스리랑카 사람들은 그에 저항하여 혁명을 일으켰다. 열세였던 저항군은 알루 위하라야가 있는 바위산까지 쫓겨갔는데, 하필이면 그들을 쫓던 영국 병사들에게 트리피타카야가 보관된 동굴 입구가 발견되고 말았다. 영국은 즉시 알루 위하라야를 약탈하고, 트리피타카야를 영국으로 가져갔다.

이후 영국은 트리피타카야를 중요한 유산으로 인정해 보

존하고 50여 년이라는 긴 세월 동안 팔리어를 번역해 존재를
세상에 알렸다. 그것은 분명 커다란 공이다. 하지만 스리랑카
정부의 지속적인 반환 요청에도 불구하고 영국은 그 요구를
거부하며 지금까지도 트리피타카야를 자국의 박물관에 전시
하고 있다. 앞에서 알루 위하라야의 아름다운 면 뒤에 어둠이
함께 존재한다고 한 것은 바로 이런 사연 때문이다.

　입구의 다게바를 지나 알루 위하라야 석굴로 향하는 길에
스리랑카 트리피타카야의 복사본이 전시된 박물관에 들렀다.
그곳에 소장된 복사본은 진품은 아니지만 트리피타카야 사본

￮ 알루 위하라야 입구의 표지판

- 전통 방식으로 야자수 잎에 글자를 새기는 모습

을 전통 방식대로 만든 야자수 잎에 복원한 것이다. 1천 루피 정도를 사원에 기부하면, 문화관리사가 팔리어 경전 문헌화에 사용된 방식으로 준비해 놓은 야자수 잎에 이름을 새겨 기념품으로 만들어주기도 한다.

나도 야자수 이파리 한 장을 집어 '산자나'라고 이름을 새겨달라 하고 그 과정을 옆에서 지켜보았다. 야자수 잎에 글자를 새길 수 있도록 처리하는 과정이 어떻게 되는지 물었다. 문화관리사는 잎을 쪄서 말린 다음 반질반질하게 펴 부드럽게 만드는 1차 작업이 제일 중요하다고 했다. 그런 다음 적당한 크기로 잘라, 뾰족한 철로 홈을 내어 경을 기록하고 그 위에 몇 가지 특수한 가루를 뿌려 잉크처럼 안착하게 한다. 그리고 깨끗이 닦아내면 산뜻하게 글자가 새겨진다. 아무래도 잎을 준비하는 1차 작업에 섬세하고 많은 품이 들어가는 듯했다.

알루 위하라야 바위산에도 미힌탈레처럼 아랄리야가 만발

했다. 꽃나무 곁에 두 기의 좌불상이 단정히 마중을 나왔다. 좌
불상을 양쪽에 두고 조금 더 안으로 들어가면 중세 유럽의 성
당 마당에서나 볼 수 있을 것 같은 분위기의 종탑이 하늘에 닿
을 듯 계단 끝에 서 있다. 종탑의 매력에 반해 입꼬리가 저절
로 올라갔다. 그리고 계단 꼭대기에 오르면 드디어 사원이 나
타난다. 석굴 사원의 외부를 장식한 노란 기둥이 어두운 석굴
의 분위기를 한없이 깜찍하게 만들어버렸다. 원래 알루 위하
라야는 1백여 개의 동굴로 이루어진 대형 사원이었다. 현재 남
은 동굴은 두 개뿐이다. 그중 법당으로 쓰는 첫 번째 석굴에는
채색이 정직하고 화려한 그림들이 벽면과 천장을 가득 채우고
있었다. 석굴 내부에는 붉은 가사를 입은 와불과 부처의 좌상

▪ 알루 위하라야 입구의 좌불상

알루 위하라야 입구

알루 위하라야 종탑

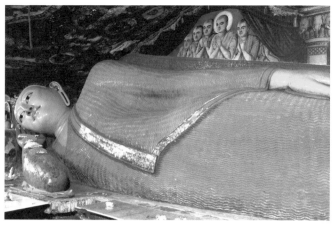

– 동굴 안 와불

및 입상 몇 기도 모셔져 있었다.

　전실쯤에 해당하는 곳에 세 벽면을 가득 채운 것은 지옥도였다. 아주 무시무시한 그림이었는데, 딜레카 덕분에 그림 밑에 적힌 문장의 의미를 알게 되었다. 그것들은 각각 '도둑질하지 마라' '간음하지 마라' '살인하지 마라'라는 내용의 가르침과 술과 담배에 대한 경계였다. 계율을 어기면 지옥에서 받게 될 단죄의 내용이 오금이 바짝 저리게 묘사되었다.

　조금 더 안쪽으로 들어서면 노란 기둥이 가지런한 또 하나의 석굴이 있다. 그곳은 트리피타카야를 문헌화할 당시에 인도에서 온 저명한 불교학자 붓다고사(기원전 1세기, 트리피타카야의 문헌화를 도운 인도의 불교학자) 스님이 머물던 곳이다. 현재는 내부에

▪ 전실 벽면의 지옥도

- 붓다고사 스님과 왈라감바후 왕이 트리피타카야를 주고받는 모습을 재현한 조각

붓다고사 스님과 왈라감바후 왕이 여러 스님들에게 둘러싸여 야자수 잎으로 만든 트리피타카야를 주고받는 모습이 재현되어 있다. 역시 선명한 색감의 벽화들이 눈에 들어왔다.

알루 위하라야의 또 다른 다게바가 서 있는 바위 언덕 꼭대기에 올라가면 주변이 탁 트여 기분이 한껏 고조된다. 공간이 넓지 않아 다게바가 한눈에 들어오지는 않았지만, 불교의 윤회를 상징하는 바퀴 형상과 나란히 겹쳐진 모습이 신비스러웠다.

건너편 산 중턱에는 규모가 작지 않은 황금 불상 한 기가 세워져 있었다. 어떻게 산허리에 그렇게 큰 불상을 올려놓았나 하여 박물관 뒤뜰로 내려와서도 시선을 떼지 못하고 바라

마탈레 산중턱의 황금 불상

보고 있자, 지나가던 관리인이 슬쩍 말을 건넸다. 황금 불상은 현재 알루 위하라야의 주지 스님이 설계하고 제작하여 설치한 것이라고 했다. 관리인은 주지 스님이 엔지니어 출신인 데다 외국어에도 능통한 분이라며 은근히 자랑도 했는데, 내가 한국인이라고 하자 몹시 반가워하며 따라오라고 했다. 건물을 돌아가니 왠지 낯익어 보이는 범종 하나가 눈에 들어왔다. 그리고 그 위에 적힌 것은 분명 한자, '나무아미타불.' 중국에서 온 것이냐고 물었더니 아니란다. 지금의 주지 스님과의 인연으로 한국 불교 종단이 선물로 보낸 것이라고 했다. 설마 했는데 그가 가리키는 종의 뒷면에 'SOUTH KOREA'라는 영문이 큼직하게 새겨져 있었다.

불교사에서 스리랑카와 한반도의 교류는 생각보다 더 깊고 오래된 것이었던가 보다. 스리랑카라는 작은 섬나라가 한국에 알려진 결정적인 계기도 불교와 깊이 관련된 듯했다. 알루 위하라야에 한국 범종의 울림이 오래도록 지속되기를 바란다. 그리고 그것이 종교적으로 유사한 내력을 지닌 두 나라의 인연을 더욱 특별히 만들어주면 좋겠다.

한국 불교 종단에서 보내온 범종

스리랑카의
정신적
고향

Kandy

캔디 I

'내 이름은, 내 이름은, 내 이름은 캔디'라는 노랫말의 만화 영화 주제곡을 떠올리게 되는 정겨운 이름의 '캔디.' 하지만 가볍고 명랑하게 다가오는 이름과 달리 캔디가 지닌 역사의 무게는 묵직하다. 캔디는 고대 아누라다푸라, 중세 폴론나루와와 함께 문화 삼각지대의 세 축을 이루며 스리랑카 문화에 깊이를 더했다. 싱할라 왕조의 마지막 수도로서 서구 열강에 맞서 강인한 저항정신과 민족주의 기상을 지켜내어 스리랑카 사람들의 정신적 지주 역할을 했다.

1505년 포르투갈이 스리랑카의 해안 곳곳을 점령했다. 이후 1658년에는 네덜란드, 1796년부터는 영국이 지배권을 이어받아 스리랑카를 총 440여 년 동안 지배했다. 1590년 캔디, 즉 '마하누와라'(싱할라어로 '위대한 도시'란 뜻)에 새로이 문을 연 싱할라 마지막 왕조는 외세에 맞서 필사적으로 싸웠다. 1761년에는 니곰보를 제외한 모든 지역을 되찾는 쾌거를 이루기도 했으나, 캔디 왕조는 결국 영국과의 전쟁에서 열세에 몰려 1815년에 막을 내리고 말았다. 지역적 위치나 자연환경 등에서 근대의 수도가 되기에 유리한 조건을 가지고도 캔디 왕조는 149년밖에 명맥을 잇지 못했는데, 이는 순전히 제국주의의 그늘 때문이었다.

왕조의 멸망 후 133년이 지난 1948년 2월 4일, 마침내 스리랑카는 영국에서 독립했다. 시대적 분위기도 한몫했겠지만, 민족의 결집이 제대로 되지 않았다면 스리랑카가 제국주의로부터 자유를 되찾는 데 더 오랜 시간이 걸렸을 수도 있다. 그것을 가능하게 한 것이 캔디이니, 그들이 캔디를 스리랑카의 정신적 고향이라고 치켜세울 만도 하다.

캔디는 커다란 '누와라 웨와' 호수를 중심으로 방사형으로 뻗어 있다. 호숫가에는 캔디를 가장 캔디답게 하는 '스리달라다말리가와', 즉 불치사가 웅장하게 자리하였다. 이 사원은 부처님의 진신사리 중 송곳니 사리를 안치한 곳으로 유명하다. 포르투갈의 공격 때나 LTTE의 폭탄 테러에도 훼손되지 않고 현재까지 잘 보존되어 있는 데 대한 캔디인의 자부심은 대단하다.

부처님의 치아는 4세기, 인도 동부 칼링가 왕국의 헤마말라 공주에 의해 스리랑카로 전해졌다고 하는데, 아누라다푸라 때부터 수도가 옮겨질 때마다 같이 옮겨지며 보존되었다. 그래서 불교 신자들은 석가모니의 탄생지인 인도의 보드가야 다음으로 스리랑카의 캔디를 불교의 주요 성지로 주목한다. 매년 7월의 '에살라 페라헤라' 때는 안 그래도 관광객으로 늘 붐비는 캔디가 거의 터져나갈 지경이 된다.

에살라 페라헤라는 매년 음력 7월 9일부터 '에살라 포야'인 7월 15일까지 이레간, 밤낮을 불문하고 벌어지는 스리랑카 최대의 축제이다. 축제의 심장부는 불치사가 위치한 캔디의 왕궁 주변이지만 이 축제 기간에는 스리랑카 전역이 들썩인다. 에살라 포야는 음력으로 따지기 때문에 양력으로는 날짜가 고정되어 있지 않아 매년 약간씩 변동이 생기고, 윤달이 낀 해에는 한

▪ 캔디의 누와라 웨와 호수

달 앞당겨 행사를 치러 축제가 9월로 넘어가지 않도록 한다. 놀랍게도 에살라 페라혜라는 부처님의 송곳니 사리가 스리랑카로 전해진 4세기부터 지금까지 1천8백 년 동안 지속해왔다고 한다.

불치사 밖에서 캔디 왕조의 왕궁을 올려다보면 붉은색 팔각지붕 뒤쪽으로 우뚝 솟아 있는 황금색 지붕을 볼 수 있다. 팔각지붕 아래를 불치함의 위치로 잘못 알고 있는 경우가 많은데 사실 그곳은 불교도서관이고, 불치를 모신 감실은 작은 고깔처럼 생긴 황금색 지붕 아래에 있다. 바로 그곳에서 불치는 스리달라다말리가와 사원이 처음 봉헌된 1592년부터 줄곧 캔디의 중심부를 지켜왔다.

불치사 역시 유네스코 세계문화유산에 등재되어 있으므로

⁻캔디의 불치사, 스리달라다말리가와 사원

입장료는 1천5백 루피. 사원을 무료로 드나드는 현지인과 달리 거금을 지불한 외국인 관광객의 손에는 깜찍한 DVD가 하나씩 주어진다. 그 안에는 캔디 곳곳을 소개하는 영상과 매일 세 차례에 걸쳐 이루어지는 불치사의 푸자와 에살라 페라헤라 장면 등이 담겨 있는데, 다섯 개 언어로 번역되어 있다. 놀랍게도 그중 하나가 한국어이다. 의외의 물건에서 한국인으로서의 자부심을 느꼈다. 한국에 대한 스리랑카의 깊은 친밀감을 확인할 수 있었던 DVD는 내게 꽤 특별한 기념품이 되었다.

그때 스리랑카 루피가 없어서 매표소 앞에서 애를 좀 먹었다. 달러로는 입장료를 받지 않는다고 했다. 너무 이른 시간이어서 그랬을까. 옥신각신한 끝에 겨우 사원으로 들어섰는데 마침 푸자가 시작되고 있었다. 첫 푸자를 보겠다고 동도 트기 전 숙소를 나서서 헛걸음을 하지 않은 것만으로도 천만다행이었다. 정원 쪽에서 나팔 소리와 함께 타악기 장단 맞추는 소리가 났다. 소리를 따라가 보니 의식은 '나타 데왈라야' 사원에서 진행되고 있었다. 우리나라 절 안에 무속적 성격을 띤 산신각이 종종 자리하는 것과 같이, 스리랑카의 불교 사원 안에는 나타 데왈라야, 혹은 '나타 데왈레'라고 불리는 시바 등 힌두의 신을 모신 작은 사원이 마련되어 있다. 그러니까 결국 나타 데왈라야에서 하루 세 번 정기적으로 이루어지는 푸자는 불치함 앞에서 이루어지는 불교 신자들의 푸자와 별도로 행하는 힌두교 제의였다. 흰옷을 입고 붉은 띠를 맨 세 명의 악사

힌두교 신을 모신 **나타 데왈라야 사원**

가 제사장의 지휘를 따라 음악을 연주했다. 그것은 절 전체의
아침을 깨울 만큼 아름다웠다. 악사들의 복장은 캔디인의 전
통의상이었는데 희고 붉은 색깔 때문에 그들이 마치 나팔꽃처
럼 보였다. 이 의식에는 불치함이 안치된 본원 건물인 스리달
라다말리가와에서 이루어지는 불교식 푸자와 달리 한정된 사
람들만 참여하였고, 몇몇 사람들이 건물 밖에서 의식을 지켜
보는 정도의 규모였다.

　　나타 데왈라야 푸자의 나팔과 북소리에 한동안 빠져 있다
가 불치사 본원으로 발을 옮겼다. 사원 전각의 1층 기둥에는
꽃과 코끼리 등 수많은 문양이 장식되어 있었고, 전각의 내부
가 높은 만큼 기둥도 높이 설치되어 있었으며 처마의 구조가

ㆍ불치사 입구 벽면(위)과 기도하는 여인(아래)

매우 화려하여 불치사는 왕궁에 연결된 사원으로서의 위엄을 단단히 세웠다. 건물로 진입하기 위해서는 둥근 아치형 터널을 지나야 하는데 내벽과 천장을 수놓은 은은한 황금빛의 문양과 푸자를 위해 손에 공물을 든 왕족을 그린 벽화가 눈에 띄었다.

불치사의 단청과 벽화에서는 담불라 같은 고대 석굴 사원들의 프레스코화와는 다른 매력이 풍겼다. 고대 사원의 벽화가 강렬하고 원시적인 색감을 가졌다면 스리달라다말리가와의 단청이나 벽화는 은근하고 세련되었다. 현대적이고 도시적이랄까. 같은 황금빛인데도 묻어나는 느낌이 전혀 달랐다. 석굴의 황금빛이 프리지아의 진한 노랑처럼 강렬했다면, 불치사의 황금빛은 연노랑의 산수유처럼 화사하면서도 고급스러웠다.

그밖에도 사원 내부로 들어오면서 보았던 문스톤(사원의 입구에 놓여 있는 디딤돌로, 인간의 욕망을 상징하는 '불', 인간의 생로병사를 상징하는 '코끼리, 말, 사자, 소', 사랑의 '꽃', 순결의 '새', 천국의 '연꽃' 등의 문양을 새김)은 고대나 중세의 사원 모두에서 일관되게 보이던 반달 모양에서 진화하여 곡선이 보다 섬세하고 다양하게 표현되었다. 문스톤에서 시작된 불치사의 고급스럽고 정제된 아름다움은, 2층의 먹오딧빛 나무 문틀에서 한결 돋보이게 완성되었다.

ꔷ 사원 내부의 문스톤들

한적했던 나타 데왈라야 사원과 달리 스리달라다말리가와 사원 안은 이른 아침인데도 숱한 신자들로 북적여 불치가 모셔진 2층으로 오르는 계단은 발밑을 내려다볼 수 없을 정도였다. 게다가 마루 곳곳을 차지한 채 바닥에 앉아 기도에 열중하는 사람들 때문에 불치함으로 향하는 행렬은 마구 뒤엉켜 푸자를 향한 길은 그야말로 혼돈 그 자체였다.

인내심이 점점 바닥을 드러내며 짜증이 슬며시 고개를 내밀던 찰나, 현지의 불자들과 눈이 마주쳤다. 그들의 표정에서 불편함 따위는 찾아볼 수 없었다. 심지어 저마다 마음속에 부처를 품고 있는 것이 아닌가 싶을 만큼 너무도 차분하고 편안한 표정이었다. 인상을 찡그리고 있던 내 미간이 부끄러워졌

◄ 2층으로 올라가는 계단과 먹오딧빛 창문

다. 신도들이 보여준 선량한 미소 덕분에 나는 간신히 푸자의
마지막까지 자리를 지킬 수 있었다.

어쨌든 행렬은 조금씩 움직였고 사람들의 발걸음에 박자
를 맞추며, 아니 실은 떠밀리다시피 하며 한 발 한 발 불치함
으로 다가갔다. 불자들의 고조되는 '사두'(그리스도교인의 '아멘'
처럼 설교 끝에 동의를 뜻하거나 간절히 무엇인가를 소망할 때 사용하는
말) 소리에 불치함이 점점 가까워지고 있다는 것을 자각했을
정도로 사람들은 사두와 함께 불치를 영접하는 일에 집중하
고 있었다. 급기야 불치함 앞에서는 사두가 거의 울부짖음으
로 바뀌었다. 그것은 내가 스리랑카 불심의 심장부에 섰다는
것을 의미했다. 그 순간 불자가 아닌 내 내부에서도 거부할 수
없는 거대한 에너지가 뭉클하게 빚어졌다. 실제로 불치를 볼
수는 없었지만, 없던 불심도 생겨날 것 같은 순간이었다.

한 할머니가 미소와 함께 꽃바구니를 내밀며 봉헌하겠으

￫ 불치함 앞에서 기도하는 여인

면 가져가도 된다고 했다. 감사한 마음으로 장미 한 송이와 작은 꽃송이 키리이다를 한 줌 받아쥐고 봉헌대에 다가섰다. 그곳에는 이미 수백만 꽃송이와 하얗게 지어 올린 키리바스 수백 그릇이 올려져 있었다. 나도 신실한 불자처럼 그들 사이에 슬며시 끼어 서서 내가 아는 이들의 건강과 안녕을 장미와 키리이다에 실어 기도했다.

사실 나는 부처님의 치아 사리가 인도에서 스리랑카까지 전해졌다는 것도, 그것이 제국주의의 탄압과 폭탄 테러에도 살아남아 2천5백 년의 세월 동안 보존되고 있다는 사실도 쉽게 믿지 못한다. 하지만 불치사를 방문하는 동안 부인할 수 없었던 한 가지는 스리랑카 사람들의 뜨거운 불심이었다. 불치사를 근간으로 단단히 형성된 불자들의 신심이야말로 수백 년간 국난을 겪고 부침을 거듭하면서도 캔디가 현재의 모습으로 유지될 수 있었던 강력한 원동력이었을 것이다.

이제
금반지를
사지 마세요

Kandy

캔디 II

캔디는 스리랑카 제1의 관광도시이다. 1988년 불치사가 유네스코 세계문화유산으로 등재되기 전에도 캔디는 줄곧 스리랑카의 랜드마크였고, 에살라 페라헤라 때문에도 사람들의 발길이 끊이지 않는다. 대형 쇼핑센터와 퀸즈 호텔과 같은 5성급 고급 호텔들이 곳곳에 위치해 담불라, 시기리야 같은 밀림 속 유적지를 거쳐 처음 캔디에 방문했을 때는 사막의 오아시스를 발견한 듯 도시의 인공적인 냄새가 물씬 느껴졌다.

먼저 아기자기한 예쁜 카페를 찾아 들어갔다. 아이스라테를 주문하고 핑크색 벽을 배경 삼아 셀카를 찍으며 분위기를 만끽했다. 카페를 나와서는 차 전문 할인점으로 들어갔다. 지인들을 위해 고급스럽게 포장된 홍차를 구매하고, 종류별로 골라 마실 수 있는 홍차와 함께 향이 좋은 바나나 케이크를 간

- 캔디의 퀸즈 호텔(위)과 기차역(아래)

식으로 먹었다. 목재나 코코넛 잎을 재료로 세련되게 구성한 수공예품 전문점 구경도 하고, 'KCC'라는 대형 쇼핑센터의 푸드 코트로 가 태국 음식을 시켜 먹기도 했다. 당연히 쇼핑센터 안의 옷가게들을 그냥 지나치지는 않았다.

거리에는 빵집이 즐비했는데 빵의 종류에도 놀랐지만, 저렴한 가격에도 입이 떡 벌어졌다. 개당 40루피에서 120루피 정도 했는데, 한화로 320원에서 1천 원쯤 되는 금액이다. '데본'이라는 빵집과 'P&S'라는 체인점은 커다란 식당을 겸하여 브런치는 물론 식사도 든든히 할 수 있을 만큼 다양한 메뉴를 갖추고 있었다. 겉모습이 허름해 보이는 빵집마저 빵 하나하나가 다 맛있어서 캔디에서는 빵집을 그냥 지나치기 어려웠다.

⌐ 캔디 시내의 카페

불치사와 누와라 웨와 호수를 끼고 안쪽으로 들어가면 잘 정돈된 고급스러운 시가지도 만날 수 있다. 쭉 뻗은 길을 따라 연이어 나타나는 소담하면서도 세련된 이층집들에서는 독일 로텐부르크 같은 도시의 분위기가 느껴졌다.

큰길 오른쪽에 위치한 '캔디언 아트센터'에서는 매일 오후 5시부터 한 시간 동안 캔디언 댄스 공연이 있었다. 툭툭 기사를 통해 할인된 가격으로 입장했지만, 정규 공연 후 마당에서 있었던 불쇼에서 매우 어려 보이는 댄서들이 몸을 사리지 않고 앵콜 공연을 하는 모습을 보고는 팁 상자에 입장료만큼의 팁을 더 넣기도 했다.

캔디는 그렇게 화려한 물질문명으로 가득했지만, 도심지를 조금만 벗어나도 금세 높은 바위산이나 차를 재배하는 넓은 녹지를 만날 수 있다. 캔디 어느 지역에서나 눈에 띄는 커다란 불상이 올려진 '바히라와칸더'라는 지역에 가보기로 했다. 불상은 높이가 27미터나 되어서 도심에서 2킬로미터쯤 떨어진 곳에 있어도 매우 또렷이 보였다. 그 언덕배기에 있는 '스리마하보디'라는 곳이 불상을 모신 사원이었다. 아누라다푸라의 보리수 사원을 따라 같은 이름을 붙였지만, 1992년에 완공된 사원은 짧은 역사만큼 내부도 그저 밋밋했다.

다만 워낙 높은 지대에 위치해 스리마하보디에서는 캔디 시내가 한눈에 조망되기에, 최근에는 캔디 관광객들의 방문 명소가 되었다. 5층짜리 건물이 있어서 계단을 한 단 한 단 오를

▪ 스리마하보디에서 바라본 캔디 풍경

때마다 누와라 웨와 호수가 각도와 크기를 달리하며 다양한 풍경을 보여주었다. 한 층씩 오를 때마다 사진을 계속 찍었는데 안타깝게도 사진 대부분을 실수로 지워버리는 바람에 그때의 잔망스러웠던 인상은 기억 속에 강제 저장되고 말았다. 하지만 사진기에서 사라져버린 풍경을 기억하려고 애를 써서 그런지 머릿속에 각인된 모습이 오히려 더 선명하게 남은 것 같다.

호수의 파란 물빛과 프라하의 구시가지 풍경에서나 볼 수 있을 법한 적갈색의 지붕들이 어우러져 캔디 시내 모습은 스리랑카 내에서도 이국적인 편이었다. 유럽의 옛 도시에 서 있는 듯한 느낌을 받은 것은 비단 나뿐만은 아니리라. 희끗희끗 보이는 건물의 외벽도 고급스럽고 우아했다.

터덜터덜 언덕길을 내려오면서 아기자기 모여 있는 전통가옥 몇 채를 보았다. 안팎에 서 있는 사람들과 눈이 마주치면 반갑게 인사를 했다. 처음 본 사람들과도 아무렇지 않게 인사할 수 있는 이유는 그들의 정겨운 미소 때문이었다. 스리랑카 사람들은 낯선 얼굴의 이방인에게도 어쩌면 그렇게 반가워하며 순수하게 환대할까. 겪으면 겪을수록 스리랑카에 정이 든다.

언덕을 내려오기가 무섭게 입구에 서 있던 툭툭 기사가 내게로 달려왔다. '어디까지 가느냐' '스리랑카에는 처음 온 거냐' '캔디에서는 어디어디가 유명하니 자기가 최저 가격으로 다 돌아보게 해주겠다' 심지어 '네가 원하는 가격은 얼마냐'까지 숨 가쁘게 늘어놓으며 고객 유치를 위해 최선을 다했다. 원래 빠듯하게 하는 흥정을 별로 좋아하지 않는 데다가 그가 제시한 가격이 내가 예상한 금액과 크게 다르지 않아 그의 툭툭을 타고 이동하기로 하고 협상을 끝냈다. 그런데 그 툭툭 기사는 이미 협상을 끝내고 이동하면서도 그 다음 투어를 위한 노력을 멈추지 않았다. 전방을 주시하기보다는 연신 나를 태운 뒷자리를 기웃거리며 운전은 뒷전이었다. 생계를 위한 방편일 테니 그러려니 하면서도 손님으로서 여간 불안한 게 아니었다.

이 기사는 서른 중반쯤 되었는데 키가 크고 잘생긴 편이었다. 자기는 몸 관리를 위해 음식에도 신경을 쓰며 영어 외에도 프랑스어와 러시아어도 조금씩 할 줄 안다며 물어보지도 않은 것들을 한참 늘어놓았다. 그러고 나서 잠시 후 깨달았다. 이 사람의 외국어는 외국인 여자 친구들에게서 비롯된 것임을. 그러니까 그는 툭툭 기사를 하며 관광객으로 온 외국인 여자들과 사나흘씩 같이 보내며 꿩 먹고 알 먹고의 생활을 해온 것이다. 나에게도 건넨, 한국어를 배우고 싶다는 말이 학구열 때문이 아니란 것을 알았을 때 그에게 물었다.

"너는 왜 지금껏 결혼을 하지 않았어?"

"결혼을 하려면 비싼 금반지를 사야 해. 그리고 결혼식의 모든 비용뿐만 아니라 결혼식을 위한 웨딩 촬영 비용까지 모두 남자가 부담해야 하는데, 툭툭 기사를 해서는 그 비용을 감당할 수가 없으니까."

사실이 그랬다. 스리랑카의 곳곳을 오가며 웨딩 촬영하는 장면을 꽤 많이 보았다. 그런데 촬영 비용이 만만치 않아 보였다. 화려한 옷과 차, 전문 사진가와 그에 딸린 스텝들 그리고 그들이 가진 고급 장비들. 그밖에도 신랑 측은 결혼 후 살 집도 마련해야 했고 금반지와 다른 금붙이를 준비해야 했다. 사무직인 공무원이나 은행원, 교사도 월급이 3만 루피, 한국 원화로는 25만 원 정도인데 결혼식을 위해 필요하다는 최소 비용, 40만 루피를 어떻게 감당할지. 그러니 수입이 일정치도 않은 툭툭 기사들이 모든 것을 갖춘 결혼식을 원하는 여자를 아내로 맞는 일이 쉽지 않을 것 같기는 했다.

그렇다면 너는 결혼을 원하지 않느냐고 다시 물었다. 그런 것은 아니라고 했다. 언젠가 하겠지만 스리랑카에서는 아니고 스페인이나 그리스로 가서 일을 하고 거기에서 외국인 아내를 맞아 결혼하고 싶다고 했다. 외국인은 사랑의 조건을 물질로 보지 않는다면서 말이다. 확신에 차서 말했지만, 여행자들과의 사랑이 때로는 바람 같고 아침이슬 같다는 것을 절감하기에 그는 너무 순수해 보였다. 그가 냉혹한 세상인심에 크게 상처받지 않기를, 그리고 굳이 금반지를 사지 않아도 될 진정한 사랑을 만나 편안한 가정을 꾸리게 되기를 기원했다.

그 이후로 오간 대화는 나를 조금 성가시게 했다. 그중 하나는 보석 가게나 스파이시 가든에 들렀다 가자는 것이었는데 몇 번을 거절했는데도, 그는 권하고 권하기를 반복했다. 툭툭 기사에게 줄 40퍼센트나 되는 소개비를 얹어서 비싸게 물건을

웨딩 촬영 중인 스리랑카 신랑·신부

구매하고 싶지도 않았지만 정작 내가 가고 싶은 곳은 달리 있었기에 그의 제안을 단호히 거절했다.

그러고 나서 도착한 곳은 빨래터였다. 웬 빨래터냐며 생뚱맞다 할지도 모르겠다. 하지만 인도 뭄바이의 빨래터 이후로, 새하얗게 세탁된 빨래들이 한껏 널린 풍경을 제대로 한번 보고 싶었다. '도비 가트'라 불리는 뭄바이의 빨래터는 방대한 규모 때문에 주문에 허덕이는 하도급 업체의 공장처럼 보였고, 빨래들이 가게 될 최종 목적지를 상상하고 싶지도 않을 만큼 주변은 지저분하고 악취도 심했다. 노동의 신성함은커녕 인간다운 삶조차 존재하지 않을 것처럼 보이는 도비 가트의 기억을 대신할 무엇인가가 필요했다.

그래서 찾은 곳이 캔디의 빨래터였다. 기업이 아닌 가족이 운영하는 규모의 작은 빨래터에 새하얗게 세탁된 빨래들이 단정히 널려 있었다. 내가 다가서자 세탁물들은 나를 의식한 듯 산들바람에 가볍게 흔들렸다.

문득 대학 시절에 읽은 소설 속 한 장면이 떠올랐다. 콜롬비아 작가 G. G. 마르케스의 《백 년의 고독》. 아름다운 여인 레메디오스가 이유 없이 하늘로 사라져버린 기괴한 사건이 하나도 이상하지 않았던 것은, 그날 그녀가 새하얀 빨래에 둘러싸여 있었다는 작가의 특별한 묘사 때문이었다. 캔디의 빨래터에 불고 있던 산들바람과 흰 무명천은 내게 그 기억을 상기시켰고 하늘로 불어 올려질 것 같은 묘한 느낌을 느끼게 하였다.

자기에게 한국어를 가르쳐주는 여자 친구가 되어달라며 껄렁대던 툭툭 기사도 빨래터를 보며 감동하는 사람이 있다는 것이 신기했는지 멈출 것 같지 않던 비즈니스를 그만두었다. 내가 비즈니스의 상대로 적절하지 않다고 생각했나 보다. 그 후로는 몇몇 기계가 전시된 작은 공원과 2차 세계대전 당시 일본의 공격으로 희생당했던 영국인, 인도인, 스리랑카인이 묻힌 공동묘지를 보여주었다. 생각지도 못한 곳을 방문하게 되면서 툭툭 기사에 대한 인상이 조금 나아져서 그날의 서비스에 대한 고마움의 표시로 한국에서 챙겨간 1천 원짜리 신권을 기념품으로 건넸다.

어쨌거나 스리랑카에서 만난 많은 노총각들이 같은 이유로 결혼을 못 하고 있다는 사실은 분명 안타까운 일이다. 의사

나 엔지니어 같은 직업을 가진 사람과 결혼하려면 여자가 적지 않은 지참금을 준비하기도 한다면서 오히려 툭툭 기사 같은 사람에게는 많은 경제적 부담을 지우고 있으니, 그런 결혼 문화 속에서 결혼을 원하는 가난한 노총각들의 탈출구는 없어 보였다. 금반지값이 내려가길 바란다거나 금반지가 없어도 결혼할 수 있는 자연스러운 예식 문화를 기대한다면, 너무 비현실적인 바람일까.

4. 중남부 고산 지대

해튼

누와라엘리야

스리파다

하푸탈레

호튼플레인스

엘라

립튼시트

WEL COME
LIPTON
SEAT

카타라가마

●

소나기는
금세
갤 거니까요

Hatton

해튼

캔디를 떠나려니 마음이 급해졌다. '스리파다' 밤샘 산행을 앞두고 만반의 준비를 해야겠다는 생각 때문이었다. 먼저 '해튼'(스리파다로 가기 위해 거쳐야 할 도시)행 기차표와 비상식량 등을 준비하고, 환전을 하러 숙소 밖으로 나섰다. 환전소 두 군데를 찾았는데 두 곳 모두 환전 업무를 보지 않았다. 그러고 보니 토요일이었다. 당황스러웠다. 그때 처음으로 공항에서 충분히 환전해 오지 않은 것이 후회되었다. 스리랑카에서는 웬만하면 공항 환전소를 이용하라던 다른 여행객들의 조언을 들었어야 했다. 자동화기기를 이용할까 하여 찾아간 은행이 다행히 업무를 보고 있었다. 무사히 환전을 마쳤지만, 업무 종료 뒤에는 자동화기기에서도 환전이 안 된다 하니 막차를 탄 셈이었다. 산으로 둘러싸인 해튼에서는 그나마도 불가능했을 것이 불 보듯 뻔했다.

급히 짐을 챙겨 캔디 중앙역으로 갔다. 12시 15분 출발이라던 기차가 1시 10분이 되어서야 느릿느릿 플랫폼으로 들어왔다. 때론 정각에 나타났다가 그날처럼 한 시간씩 연착하기도 하는 것이 스리랑카의 기차이다. 어차피 기차를 기다리는 일 말고는 아무 계획이 없었으니 멍하니 벤치에 앉아 있었다. 시계 대신 멀리 기찻길의 소실점만 하염없이 바라보며 복잡한 생각들을 내려놓을 수 있었기에 기차의 뒤늦은 등장에 대한 불만은 없었다.

산악기차는 두 번째였다. 이미 1년 전부터 여행사들이 모조리 예약을 해버려 개인이 1등 칸을 예약하기는 거의 불가능했다. 하지만 2등 칸이나 3등 칸에서는 스리랑카 현지인들을 다양하게 만날 수 있으니 훨씬 흥미롭다. 그래서 처음 산악기차를 탈 때와 달리 두 번째에는 애초부터 1등 칸에 대한 생각은 하지도 않았다. 2등 칸부터는 좌석 배정이 없어서 기차가 들어오는 순간 짐을 들고 이리저리 뛰어야 했지만, 그런 불편함쯤은 감수할 수 있을 만큼 기차 여행은 좌석의 등급과 상관없이 즐거웠다.

해튼까지는 세 시간여가 걸릴 터였는데 한 시간은 식당칸으로 가 홍차를 마시며 글을 썼고, 이후로는 본격적으로 차밭 풍경이 펼쳐질 테니 2등 칸으로 돌아가 출입문 쪽에 자리를 잡았다. 출입문 입구에 아버지와 아들이 나란히 앉아 있었다. 적어도 시속 60킬로미터는 될 기차의 열린 출입구에 걸터앉다니 얼마나 위험천만한 일인가. 하지만 차밭을 마주하고 돌

차밭을 가로질러 달리는 산악기차

아앉은 두 사람의 뒷모습에는 왠지 모를 아련함이 있었다.

캔디 역에서 기차가 출발한 지 한 시간쯤 지나자 그때부터는 창밖으로 보이는 모든 것이 차밭이었다. 간혹 차밭에서 생계를 일구는 스리랑카 타밀인들의 판잣집과 힌두사원의 고푸람이 보이기도 했다. 기차가 지나가는 것만이 유일한 낙이기라도 한 것처럼 달리는 기차를 향해 열렬히 환호성을 지르는 꼬마 아이도 보였다. 그밖에는 온통 차밭의 향연이었다. 해튼보다 훨씬 더 먼 '하푸탈레'까지 이동하던 때에는 약 세 시간쯤을 차밭만 내다보았으니 우리가 열광하는 보성의 녹차밭도 스리랑카 고산 지대 차밭 풍경에 비하지 못할 것 같다.

이리저리 기웃거리며 한창 차밭 구경에 여념이 없었는데, 현지인 몇 명이 다가와 자기들 자리를 내어주며 앉기를 권했다. 스리랑카 기차에서는 흔한 일이다. 그들은 늘 외국인에게 기꺼이 자리를 양보한다. 극구 사양했으나 그들도 포기하지 않아 결국 자리에 앉게 되었다. 하지만 거기에 앉은 대가로 수많은 사람에게 둘러싸여 예의 질문 3종 세트에 대답해야만 했다. 이제는 귀에 못이 박일 정도로 익숙해져서 '유얼 컨트리?' '메리드?' '유얼 잡?' 이 세 질문을 받게 될 것을 아예 예상하게 된다.

알고 보니 옆자리, 앞자리, 뒷자리에 앉은 모두가 한 가족이었다. 심지어 출입구에 나란히 걸터앉아 있던 아버지와 아들도 이들과 일행이었다. 역시나 대가족이 함께 여행을 다녀오는 길이라던 그들은 해튼에 사는 타밀인이었다. 타밀인들은 타밀어를 쓰기 때문에 영어로도 싱할라어로도 의사소통이 거의 안 되었지만, 내 목적지인 해튼의 사람들이라는 것만으로도 마냥 반

- 2등칸 입구

기차 안 사람들

가워서 손짓에 눈짓을 섞어 한참을 떠들며 시간을 보냈다.

화기애애하게 질문과 대답이 오가던 가운데 내게 건네진 작은 비닐봉지 하나. 그 안에는 빨갛게 물들인 망고가 들어 있었다. 장거리를 여행하는 기차나 버스 안 혹은 유명 관광지의 입구 등에서는 어김없이 그 빨간 망고를 보게 된다. 망고에 고춧가루와 소금, 설탕을 넣어 버무린 '망고 피클'이라 불리는 그 것을 받아들고 잠시 망설였다. 짜고 매운 음식을 질색하는 나로서는 출구 없는 곳에서 피하고 싶은 순간을 맞닥뜨린 심정이었다. 하지만 애정으로 건넨 음식을 거부할 수가 없었다. 딱 한 개만 먹어야겠다는 마음으로 손가락 두 개를 벌려 망고피클 한 개를 집어 들어 입에 넣었는데, 의외로 짭조름하고 맵싸한 것이 입맛에 맞았다. 순식간에 네다섯 개를 집어먹었다.

문득 내가 탄 기차간 양옆에서 백인 관광객들이 고개를 죽 빼고는 우리를, 아니 나를 신기하게 바라보고 있다는 것을 알아차렸다. 같은 아시아인이기는 하지만 피부 색깔 하나만으로도 이질적으로 보이는 내가 스리랑카 언어를 섞어가며 현지인들과 어울려 노는 모습이 흥미로웠나 보다. 구경거리가 된 것 같아 기분이 묘했지만 현지인들과 친분을 쌓고 스리랑카를 알아가는 것이 여행의 목적이었으니 내가 그런 장면으로 시선을 끌었다면 나름대로 괜찮은 일이었다.

해튼에 내려 숙소까지 갈 길이 까마득했지만, 해튼의 가족들과는 소통이 어려워 버스 노선을 자세히 물어볼 수 없었다. 도움이 되지 못해 미안해하던 그 가족과 작별하고 툭툭을 타기로 했다. 숙소까지는 5킬로미터밖에 되지 않는 거리였지만, 기차역조차 없는 외진 동네의 산골길을 혼자 가야 했기에 나이 지긋하면서도 해맑은 얼굴의 기사에게 다가갔다. 말없이 오르막길을 끙끙거리며 운전하는 기사 아저씨가 믿음직스러웠다.

그래서 넌지시 '델하우스'까지는 어떻게 가야 하는지 물었다. 델하우스는 '스리파다'에 오르기 위해 모두들 거쳐야 하는 베이스캠프 같은 곳이다. 말이 끝나기가 무섭게 기사는 눈을 반짝이며 자기가 좋은 가격에 데려다주겠다고 했다. 어떤 툭툭 기사든 늘 협상 테이블 위에 오를 준비가 되어 있는 것 같았다.

사실 새벽 2시부터 시작할 산행에 맞춰 자정쯤 숙소에서 출발해야 했고, 그 시간대에 아무도 없을 산길을 툭툭 기사와

단둘이 한 시간 반 동안 이동해야 할 일을 생각하면 너무 막막했다. 오지를 혼자서 돌아다니며 안전을 생각한다는 자체가 모순이지만 그런 순간에 두려움을 느끼지 않았다고 하면 거짓이다. 스리파다에 오르기 위해 어차피 가야 할 길이라면 이왕이면 안전해 보이는 사람과 함께하자는 심정으로, 그의 제안대로 해튼 숙소에서 델하우스까지 4천 루피에 오가기로 하고 자정에 숙소 앞에서 만나기로 했다.

숙소에는 열 명 남짓한 젊은 남자들이 일하고 있었다. 다들 친절했고 도착하자마자 방으로 차를 내어다주며 환대했다. 하얀 틀의 커다란 창이 두 벽면을 차지한 방은 영화에서나 볼 법한 영국식 가옥의 운치 있는 모습이었고, 창틀에 걸린 차밭 풍경과 거기서 일하는 사람들의 모습은 한 폭의 수채화 같아 잠시 쉬어가기 그만한 곳도 없겠다고 만족하고 있었다. 하지만 숙소를 잘 골랐다는 자축도 잠시, 정확히 5분 뒤부터 1년도 더 넘게 빨지 않은 것 같은 냄새 나는 침구부터 더러운 수건, 구석구석 뭉쳐 있는 먼지, 화장실의 깨진 변기와 비위생적인 세면대 등 숙소의 실상이 하나하나 눈에 들어왔다. 그리고 잠시 후 쏟아지기 시작한 폭우. 과연 잠깐 지나가고 말 비일지 예상조차 할 수 없을 만큼 무섭게 내렸다. 다행히 한 시간쯤 지나자 한쪽 하늘에서 빛이 비치기 시작했고 6시 남짓하여 비는 완전히 그쳤다. 하지만 그런 폭우 직후 산행이 가능할지도 의문이었다. 오랜 기간 계획하고 준비해 도전한 산행이었다. 체

▪ 비가 갠 뒤 창밖 풍경

력 단련은 물론 정보 수집을 위해서도 많은 시간을 투자했는데, 고작 몇 시간 앞두고 산행 가능 여부가 초미의 관심사가 되어버리다니 마음이 까맣게 탈 것 같았다.

어떻게 될지 몰라도 산행을 한다면 배는 든든히 채워야 하기에 식당으로 내려갔다. 음식 맛은 최악이었고 주문하지도 않은 차와 커피를 가져다주고는 모든 가격을 추가해 계산서를 내밀었다. 꼼꼼히 살펴보지 않았다면 그 금액을 고스란히 다 줄 뻔했다. 그뿐이었던가. 밤 10시쯤 되자 북 장단이 고막을 찢을 듯 들려오고, 낯선 리듬에 맞추어 수를 헤아릴 수 없이 많은 사람의 노랫소리가 울려 퍼지기 시작했다. 그 커다란 장소에 여자란 나 하나였는데, 그들의 노래가 마치 나를 제물로 바치기 위한 한밤의 제사 의식처럼 두렵게 여겨졌다.

방 한구석에 움츠리고 앉아 툭툭 기사 아저씨가 올 시간만 애타게 기다리는데, 올 것이 왔다. 누군가 내 방문을 열쇠로 열려고 하는 소리가 들렸다. 문 안쪽의 걸쇠를 걸어두지 않았다면 영락없이 문이 열렸을 것이고 그다음 상황은 상상하고 싶지도 않다. 직원의 실수였다고 그들은 뒤늦게 해명했지만, 그 순간 얼마나 놀랐던지 스리파다에 가보지도 못하고 급기야 목숨을 내놓아야 할 상황에 맞닥뜨리는 줄만 알았다.

늘 들어오던 아버지의 말씀처럼, 시간이 고장도 나지 않고 잘 가서 자정이 되었다. 심호흡을 하고 걸쇠를 열어젖히고 방문 밖으로 나서니 다행히 기사 아저씨가 이미 대기하고 있었다. 곁눈질로 보니 식당 가득히 수십 명의 남자들이 들어차 술판을 벌이고 있었고, 숙소의 주인부터 종업원까지 다들 얼큰하게 취해 있었다.

'아저씨, 제발 빨리 출발합시다'라는 말을 비명처럼 내지르고, 곧바로 나는 그 환각의 소굴 같은 숙소를 탈출했다. 그리고 잠시 쏟아졌던 폭우처럼 모든 상황은 종료되었다. 짐을 맡기고 잠시 쉬어갈 곳이라 생각해서 가장 싼 가격의 숙소를 잡았다가 혼쭐이 났다. 만약 폭우 후 숙소에서 내다본 저녁 하늘이 여전히 먹구름 일색이었다면, 혹은 새벽 산행에서 질펀하게 고인 물웅덩이에 실수로 발을 빠뜨리기라도 했더라면 해튼은 진정 악몽이 되고 말았을 것이다.

스리파다에서
만난
낯선 바람

Sri Pada

스리파다

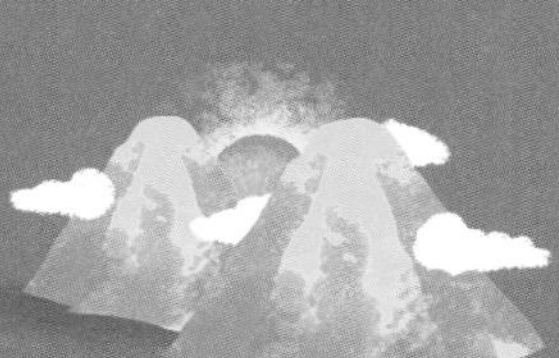

툭툭 기사 아저씨와 단둘이 밤길을 간다는 두려움은 더 이상 남아 있지 않았다. 숙소를 빠져나오던 순간, 힘도 없을 것 같은 나이든 툭툭 기사 아저씨가 성곽 꼭대기 방에 갇힌 나를 구출해 준 용맹한 기사처럼 여겨져 단둘이 남겨진 상황에 오히려 안심했다.

산길은 무한정 꼬불거렸고 델하우스까지는 영원처럼 멀고 멀었다. 툭툭 기사 아저씨는, 나는 볼 수 없는 불빛이라도 보고 있는 것인지 깜깜한 길을 잘도 찾아갔다. 산길이 험해서 툭툭이 심하게 덜컹거렸다. 앞좌석은 뒷좌석보다 훨씬 불편했는지 기사 아저씨가 쓰고 있던 털모자를 벗어서 꼬리뼈 근처에 갖다 대었다. 방한용으로 쓰고 온 것인지 충격방지용 쿠션 대용으로 머리에 얹어 가지고 온 것인지 그 모습을 보자 안쓰러웠다. 그렇게 매번 한 시간 반씩 사람들을 델하우스로 실어나르다가는 허리가 남아나지 않을 것 같았다.

한참을 오르다 기사가 잠시 속도를 늦추었다. 무슨 일인지 물었더니 사슴 두 마리가 길을 건너고 있다고 했다. 컴컴한 길 가운데 정말 네 개의 불빛이 눈에 들어왔다. 어미와 아기 사슴이었다. 이후에도 몇 번 사슴이나 너구리 등을 만났지만 그때마다 기사는 속도를 늦추고 그들을 무사히 보내고서야 다시 가속 페달을 밟았다. 사고를 낼 법도 한데 기사 아저씨는 생명체를 잘도 포착했다. 자연을 아끼고 그들을 자신의 일부라고 생각해야 가능할 모습이었다. 스리랑카 사람들을 사랑하게 된

▸ 스리파다로 가는 길을 알려주는 안내판

가장 큰 이유가 바로 그런 모습 때문이었다. 어디에든 예외는 있게 마련이나 적어도 내가 만난 사람들은 자연을 경건하게 대하고 있었다.

새벽 2시쯤 마침내 델하우스에 도착했다. 몇 대의 버스가 서 있었다. 수십 명의 사람들을 싣고 온 관광버스였다. 스리랑카 사람들은 스리파다를 성산이라고 하여 성지순례하듯 1년에 한 번씩은 찾는다. 그리고 이들의 여행 스타일은 무조건 단체 관광이다. 그래서 12월부터 2월, 새해 연휴 기간인 4월 14일 전후나 음력 4월 보름인 웨삭 포야 등에 산을 찾는다면 인파에 밀려 산 정상까지 오르는 데만 예닐곱 시간 이상 걸릴지도 모른다고 했다.

나는 마침 비수기에 방문하여 늦어도 오전 10시까지는 하산할 수 있으리라 생각했다. 기사 아저씨도 같은 생각이어서 10시 반에 델하우스에서 다시 만나자고 약속하고 길 안내 표

▪ 산행 중에 만난 어린 스님들

지판을 벗 삼아 산쪽으로 발길을 옮겼다. 입장료는 없었지만,
스님들이 입구에 서서 외국인에게 방명록을 쓰게 하고 있었다.
보아하니 기부를 받기 위한 형식적인 절차였다. 다른 외국인들
과 마찬가지로 나도 1천 루피를 기부함에 넣었다. 입장료라 생
각해도 과하지 않았고 석가모니가 스리랑카에 처음 방문해 설
법하신 성스러운 장소로 들어가는 데 들이는 돈으로도 그리 큰
금액은 아니라 생각해 선뜻 기부했다. 지금 생각으로는 그곳에
서 얻은 행복의 대가로 그 금액도 부족하지 않았나 싶다.

혼자 산행을 하니 스리랑카 사람은 물론이고 외국인 관광
객도 모두 나를 신기하게 바라보았다. 해튼행 기차 안에서 만
났던 외국인도 몇몇 보였지만 가볍게 눈인사만 나누었을 뿐
애서 그들과 어울리려 하지는 않았다. 웃고 떠드는 대신 수행
자처럼 묵묵히 산에 오르기를 택한 것은 잘한 일이었다.

정상으로 오르는 길은 모두 계단으로 정비되어 산을 오르

기가 그리 어렵지 않았고, 산길은 수많은 전구로 훤히 밝혀져 있어 위험하거나 무섭지도 않았다. 이미 12세기부터 길이 있었다고 하니 그간 얼마나 많은 사람이 산을 오르내렸을지 짐작할 만했다.

한밤중인데도 순례객의 행렬이 그치지 않았다. 이미 산행을 마치고 내려오는 순례객들도 줄을 이었다. 그중에는 예순이 넘어 보이는 노인들도 있었다. 막대기를 의지 삼아 걷는 사람들, 딸이나 손주의 부축을 받은 사람들, 심지어 거의 한 발짝을 옮길 수 없게 지쳐서 젊은 남자에게 업히다시피 하여 내려오는 사람들도 있었다. 그런데도 하나같이 서로 부축하고 격려하면서 얼굴에는 미소를 머금었다. 그들을 보자 스리파다 정상에 찍혀 있다는 부처님 발자국에 대한 호기심이 더욱 커졌다. 과연 그 족적이 어떤 영향을 미쳐 그렇게나 힘든 산행 뒤에도 모두 행복한 표정일 수 있는 것인지.

하지만 스리파다는 불교 신자들의 성지만은 아니어서 그 족적을 힌두교 신자들은 시바 신의 것으로 여기고, 이슬람교도들은 아담의 것이라 믿으며, 동시에 가톨릭 신자들은 성 토마스의 발자취라고 부른다. 저마다 믿고 싶은 대로 믿으며 성산을 찾는다. 어쨌거나 스리파다는 스리랑카의 경제력을 장악한 이슬람교도의 입김 때문인지 외국인 관광객들에게는 '아담스 피크'로 알려져 있다. 하지만 현지인들에게는 '스리파다'라는 이름이 더 일반적이고, 내 취향에도 성산은 원래의 싱할라

산 입구에서 촛불을 밝히는 모습

어 이름으로 불릴 때 더 성스럽고 아름다운 것 같다.

　스리랑카는 작은 섬나라인데도 불구하고 고산지대는 해발고도가 꽤 높아서 스리랑카에서 가장 높은 산인 피두루탈라갈라는 높이가 해발 2,524미터나 된다. 이 산을 중심으로 한반도 남쪽에서는 찾아볼 수도 없는 높이의 산들이 다섯 개나 있다. 따라서 남서부 해안으로 연결되는 지대는 급경사를 이룰 수밖에 없고, 해마다 폭우가 내리는 몬순기에는 고지대에서 저지대로 옮겨가는 지역에 홍수가 잦은 편이다. 이런 지형적 특징 때문에 2017년 5월에도 홍수와 산사태로 남서부 지역이 막대한 피해를 입었다.

　스리파다는 해발 2,235미터. 피두루탈라갈라보다 해발고도가 낮다고는 해도 한라산 정상보다 3백여 미터 더 높다. 고산이니 당연히 추울 것으로 생각해서 단단히 차려입고 길을 나섰다. 그런데 열대 지역이라 그런지 산길은 의외로 따뜻했고 현지인들은 시기리야 때처럼 가벼운 옷차림에 슬리퍼 바람이었다. 아마 속내의와 등산화로 무장하고 산을 오른 사람은 나뿐이었을 것이다.

　정상에 가까워질수록 길은 점점 좁아져 한 사람씩 줄을 지어 올라가야 하는 곳도 있었으니 순례객이 몰려드는 시기에 왜 정상까지 예닐곱 시간이 걸리는지 이해가 되었다. 길은 점점 가팔라지기까지 해서 무릎을 번쩍 들어올려야 한 계단을 겨우 오를 수 있었다. 아무리 체력 단련을 하고 왔다고는 하나 가파른 길을 한참 올라가야 하는 그 순간에는 숨이 꼴딱 넘어갈 것 같았다. 나도 모르게 '아악' 하는 비명인지 기합인지 모를 감탄사를 연발하며 겨우 길을 재촉했다. 그 시간에 산을 오르는 목표는 오직 단 하나. 산 정상에서 일출을 맞이하는 것이었는데 거기까지 가서 일출의 순간을 놓칠 수는 없었다.

이날의 일출 시각은 6시 남짓이었고 내가 산을 오르기 시작한 시각이 정확히 2시였다. 산 정상까지는 네 시간쯤 걸릴 것으로 예상했다. 하지만 그날따라 산을 오르는 순례객이 많지 않았는지, 그간의 체력 단련으로 발걸음이 지체되지 않아서인지 세 시간 만에 스리파다 정상에 도착했다.

정상에 도착하자 갑자기 기온이 뚝 떨어졌다. 꼭대기에는 사원이 있었다. 사원이라고 하기에는 지붕만 얹어놓은 것처럼 헐벗은 모습이었지만, 그곳도 사원은 사원인지라 신발을 벗어야 했다. 부처님의 발자취가 남은 곳을 지나가기 위해 신발에, 양말까지 벗고 나니 한기가 급습했다. 땀이 순식간에 식은 데다 산 정상에는 오르던 길과 달리 칼바람이 불고 있었다. 도대체 그 많은 스리랑카 사람들은 말도 안 되게 얇은 옷차림으로 한기를 어떻게 버텨내는 것일까.

어쨌거나 일출까지 한 시간이나 남아서 어딘가에 가방을 내려놓고 잠시 쉬어야 했다. 오르는 길에 하나씩 벗었던 옷을 다시 주섬주섬 껴입기 시작했는데도 입고 있던 옷이 이미 땀으로 흠뻑 젖어 한기가 가시지 않았다. 들고 간 휴대용 주머니

▪ 스리파다 정상에서 일출을 기다리는 사람들

난로를 꺼내 들었으나 곁에 앉은 조그만 여자아이가 이를 딱딱 부딪치며 떨고 있는 것을 보니 차마 내가 그것을 쓸 수가 없었다. 주머니난로를 아이의 손에 쥐어주고 옆구리로 꼭 안아주었다.

비록 날은 추웠지만, 모두 열망에 젖어 동쪽 하늘을 응시하고 있었다. 일출을 기다리는 사람들의 눈은 별빛처럼 빛났다. 도대체 일출이 무엇이기에 살을 파고드는 한기도 무릅쓰고 웅크리고 앉아서 그것을 그리 간절히 기다린단 말인가. 성산 스리파다의 일출에 특별한 무언가가 있을 듯했다.

점차 동녘 하늘이 밝아왔다. 해가 몰고 오는 붉은빛이 자태를 드러내기 시작했다. 정상을 밝히던 전등이 하나둘 꺼지기 시작하자 하늘에 멋들어지게 걸릴 태양과, 그것이 산등성이를 비추며 또 다른 산등성이에 만들어낼 그림자를 볼 수 있겠다는 기대감이 고조되었다. 하지만 아쉽게도 구름이 하늘을 뒤덮어 태양은 광채로서만 존재감을 내비쳤을 뿐 찬란하고 아름답다던 일출은 끝끝내 거기 모인 사람들의 것이 되지 않았다.

그럼에도 태양이 떠오르자 모든 이들은 감격에 겨워 탄성을 질렀고, 그 장면을 놓치지 않으려고 까치발까지 들며 고개를 내밀어댔다. 나 역시 그 감격을 피할 수 없었다. 비좁은 길 위에서 만난 사람들과 서로에게 길을 내어주면서 말없이 주고받은 미소로 가쁜 숨을 달래가며 산을 올랐고, 정상의 한기를 몇 시간 동안이나 견뎌내면서도 간절히 열망하는 것을 포기하

- 스리파다에서 바라본 일출

■ 멀리서 본 스리파다의 모습

지 않았기에 맛보게 된 감흥이었다.

　스리파다는 분명 쉽게 오를 수 있는 곳은 아니었다. 몇 번을 주저앉고 싶은 것을 견디고 견뎌 올랐다. 비록 하늘은 구름으로 덮여 있었으나 군데군데 터진 틈으로 낮은 지대에 군집한 수십 개의 봉우리와 아침 인사를 나누었고, 마하웰리강의 시원이 되는 커다란 호수 위로 빛을 받은 구름이 흘러가는 다시 못 볼 장관도 목도했으니 그것만으로도 스리파다의 일출은 충분히 특별했다.

●

안개가
실눈을 뜨고
아침을
맞습니다

Nuwara Eliya

누와라엘리야

기사 아저씨를 대동하고 '망할' 호텔로 돌아가 서둘러 짐을 챙겨 나왔다. 누와라엘리야행 버스에 오를 때까지 든든히 곁을 지켜준 툭툭 기사 아저씨께 무한 감사를 보낸다.

다음 목적지는 '누와라엘리야'였다. 누와라엘리야는 고산지대 중에서도 가장 아름다운 곳이다. 게다가 내가 예약한 숙소는 누와라엘리야에서도 고풍스럽고 분위기 있기로 정평이 난 '더 그랜드 호텔'이 아닌가. 스리파다 산행 이후 지친 심신을 힐링할 요량으로 선택한 호텔이니, 그곳에서의 휴식이 해튼에서 놀란 가슴을 달래고 안심시켜 주기를 기대하며 누와라엘리야로 출발했다.

해튼에서 누와라엘리야까지는 40킬로미터밖에 되지 않는 거리였지만 한 시간 반이나 걸려 겨우 도착했다. 꼬불꼬불 산길을 돌고 돌아 해튼과 누와라엘리야 사이를 하루에도 몇 차례씩 오가는 미니버스가 기특할 따름이었다. 이곳에서 저곳까지 옮겨가는 데에 다른 나라보다 두세 배쯤 시간이 걸리는 스리랑카의 도로 사정에는 나날이 무감해지고 있었다.

버스에서 내리자 비가 내리기 시작했다. 한눈 좀 팔면서 호텔까지 쉬엄쉬엄 걸어가려던 계획이 물거품이 되었으니 마침 다가온 밴의 기사에게 늘어진 몸과 짐을 1백 루피에 맡기고 편해지기로 했다. 그사이 빗줄기는 거의 폭우가 되었다. 오후에 차밭과 차 공장 구경을 가려던 계획을 포기해야 했지만, 스리파다 혹은 누와라엘리야를 걷다가 비를 만나지 않은 것만으

 누와라엘리야에서 묵었던 더 그랜드 호텔

로도 다행이라 여겼다.

　호텔은 예상보다 더 아름답고 안락했다. 높이는 낮았지만 건물 자체는 웅장했고 외부의 동화적인 느낌과 달리 내부는 고급스러웠다. 로비부터 레스토랑, 정원까지 어디 한 군데 섬세한 손길이 미치지 않은 곳이 없었다. 방에 들어서자마자 베란다 쪽을 차지한 세 면의 창이 눈에 들어왔다. 창을 통해 내다보이는 굵은 빗방울 떨어지는 풍경이 운치 있었다. 실내에 있으니 쏟아지는 빗줄기에 예민해지지 않아도 되어서 좋았다. 하염없이 내리는 비가 그대로 멈춰 있으라고 신호라도 보낸 것처럼 그 자리에 한동안 머물렀다.

　더 그랜드 호텔은 1828년에 문을 연 작은 게스트하우스에

- 더 그랜드 호텔의 객실

서 시작했다고 한다. 방갈로라고 불릴 규모의 작은 단층 건물을
19세기 말에 지금의 호텔 사업체가 사들여 여러 차례 확장 공
사를 거듭하면서 현재의 모습이 되었다. 최신식으로 개조한 내
부와 달리 외형은 15세기 말 엘리자베스 시대의 고전적 건축
양식을 그대로 유지하고 있었다. 그래서 더 그랜드 호텔은 초록
의 차밭으로 둘러싸인 누와라엘리야와 완벽히 잘 어울렸다.

　잠시 쉬었다가 홍차와 간식을 맛보러 아래층으로 내려갔
다. 호텔 안에는 티 라운지가 따로 마련되어 있어서 오후 3시
반부터 5시까지는 애프터눈티, 오후 5시부터 7시까지는 하이
티 시간을 운영하고 있었다. 나는 하이티 시간에 맞춰 5시에
티 라운지를 찾았다. 1인당 1천 루피, 한화로는 약 8천 원에 고

급 실론티를 무한정 마실 수 있을 뿐만 아니라 3단 장식 접시 위에 적지 않은 양의 초밥과 케이크, 초콜릿 등 각종 핑거 푸드가 제공되기에 나 같은 소식가는 저녁을 생략해도 될 정도였다.

티 라운지는 외국인 관광객들로 붐볐고, 활짝 열린 접이식 문밖으로는 빗줄기가 한창이었다. 비 내리는 오후, 혼자서 처량히 차를 홀짝거려야 하는 것은 나 홀로 여행의 가장 큰 단점이다. 그런 시간은 죽도록 사랑하는 누군가나 아니면 눈빛만으로도 마음이 통하는 오랜 친구와 함께해야 제맛인데 말이다. 차의 맛과 향을 이야기하고 각자의 취향에 맞는 케이크와 초콜릿을 권하며, 때로는 하하호호 웃음꽃을 피우기도 하면서 정을 나누는 것이야말로 매력적인 밀크티를 맛본 듯한 인생의 황홀경이 아닐는지. 아쉬운 대로 빗소리를 벗삼을 뿐이었다.

- 더 그랜드 호텔의 티 라운지

　다음 날 아침이 되었다. 비는 그쳤으나 안개가 자욱했다. 안개 낀 분지는 아침 산책이 제격이다. 호텔 입구를 나서서 안갯속을 15분가량 걸었을까. '나누오야'의 길목에 도달했다. 해가 떠올라 안개가 걷히니 꿈결처럼 어여쁜 풍경이 거기 있었다. 싱할라어로 '물'을 뜻하는 다양한 단어 중 하나인 '오야'는 개천쯤에 해당한다. 나누오야의 시작점에 서 있자니 가느다란 물줄기의 흐름을 따라 걸어보고 싶었다. 이제 막 세상을 알아가기 시작한 아이처럼 그것이 어디에서 시작되었는지, 또 어디로 흘러가는지 궁금했다. 하지만 수원을 만날 길은 까마득했고, 대신 물줄기 위에 걸쳐진 허름한 나무다리 하나를 발견했다. 어린아이라도 된 듯 그 위를 이리저리 뛰어다녔더니 지

- 산책하다 만난 누와라엘리야의 풍경

나가던 사람들이 미소로 인사를 건넸다. 다리 건너 안쪽 마을에는 차밭에서 일하는 주민들이 살고 있을 터. 마을의 모습이 어떨지 궁금했지만 그들의 평화로운 아침을 방해하고 싶지 않아 호기심은 접어두었다.

나누오야는 누와라엘리야 북쪽의 고산 피두루탈라갈라에서 흘러 내리는 물줄기이다. 그것이 누와라엘리야 중심부에서 남동쪽으로 2킬로미터쯤 떨어진 곳에 있는 그레고리 호수로 모여든다. 발길이 어느새 호수에까지 닿았다. 그곳에서 또 한 번 잊지 못할 풍경을 만났는데, 호수는 마치 커다란 거울이기나 한 듯 하늘과 구름을 선명히 비추고 있었다. 안개 걷히고 나타난 호수는 하늘빛을 반영해 시리도록 파랬고, 그 위에 떠오른 붉은 지붕의 가옥들은 이국적인 풍경을 선사했다.

호수에서 돌아 나오면 빅토리아 공원 정문과 만난다. 호텔로 돌아가려면 공원을 가로질러 가는 것이 동선이 짧기도 해서 공원으로 들어가 보았다. 4월을 맞은 공원은 기대 이상으로 아름다웠다. 규모는 크지 않았지만, 캔디의 페라데니야 식물원처럼 내부가 잘 정비되어 있었다. 이른 아침이라 방문객이 거의 없어서, 3백 루피의 입장료를 내고 빅토리아 공원을 거의 독차지하다시피 했다. 그러고 나니 그렇게 넓고 아름다운 곳을 개인 공간으로 누렸던 그 시대 통치자들이 은근히 부러워졌다.

누와라엘리야는 스리랑카 사람들이 가장 사랑하는 도시이다. 해발 1천8백 미터쯤 되는 곳에 위치하고 있어 선선하고 좋

그레고리 호수(위)와 호숫가에서 만난 소녀들(아래)

- 빅토리아 공원

은 날씨에, 영국 식민지 시대에 지어진 유럽풍 건물들로 경관이 이국적이다. 연인 또는 가족들이 정겨운 시간을 보내기에도 안성맞춤인 도심 속의 작은 숲 빅토리아 공원까지 갖추었으니, 누와라엘리야를 마다할 방문객은 없다.

향나무와 장미 등에 취해 걷노라니 어느새 길 끝에 이르렀다. 그곳에는 버스터미널 쪽으로 이어지는 또 다른 출구가 있었는데, 길 건너 맞은편에서 누와라엘리야 우체국의 붉은 지붕이 빼꼼히 고개를 내밀었다. 빅토리아 공원이 그렇게 도심과 가까운 줄은 몰랐다.

누와라엘리야 우체국은 의외의 관광 명소이다. 누와라엘리야를 찾는 방문객이라면 누구나 한 번씩은 그 앞에서 사진을 찍어보고 싶을 만큼 건물이 예쁘기 때문이다. 언덕 위에 자리하고 있어 길 건너에서 봐도 우체국 건물 한쪽을 차지하고 있는 시계탑의 뾰족한 지붕이 이색적인 분위기로 눈길을 사로잡았다.

- 누와라엘리야 우체국

과연 명성을 누릴 만했다. 우체국으로 들어가 엽서 한 장을 끄
적여 한국으로 부쳤다. 우체국만 보면 무엇이라도 적어 누군가
에게 보내야 할 것 같은 기분이 드는 건 참 이상한 일이다.

　호텔로 돌아가니 이른 아침과 달리 안개가 모두 개어서 더
그랜드 호텔이 마치 동화책 안에서 튀어 나온 듯 파란 하늘과
어울려 더욱 단정히 빛을 발하고 있었다. 그 와중에 한쪽 뜰을
차지한 노란 파라솔과 야외 테이블이 깜찍했다. 비 내리던 누
와라엘리야도 운치가 있었고, 안개 자욱한 풍경 속에 바라보
아도 좋았을 그레고리 호수를 상상해도 꽤 괜찮았지만, 가장
바랐던 것은 맑고 푸른 하늘 아래 펼쳐진 누와라엘리야의 모
습이었으니 방문 목적은 충분히 이룬 셈이었다.

　'맥우드'나 '블루필드' 같은 홍차 공장은 스리랑카에서도 대표적인 곳이기는 했지만, 빛을 품은 도시 누와라엘리야('엘리야'는 싱할라어로 빛. '누와라'는 도시)에서는 오직 고풍스럽고 이국적인 풍경만을 담아두기에도 시간이 넉넉하지 않았다. 차 공장 견학은 다른 곳에서 하기로 미루었다.

잘 자라,
반짝이는
별들아

Haputale

하푸탈레 I

스리랑카 여행자들의 버킷리스트 1위는 아마 '고산지대로 향하는 산악기차에 타보기'일 것이다. 목적지로 빠르게 이동시켜 주지도 않고 결코 안락하지도 않은 느림보 산악기차가 인기 있는 이유는 오직 한 가지. 고산 지대 전체를 뒤덮은 채가도 가도 끝없는 차밭 풍경, 바로 그것 때문이다. 눈으로 보는 것으로는 부족해, 밖으로 지나치는 차밭을 배경으로 인생 최고의 사진을 남기려는 사람들로 활짝 열린 기차의 출입문 앞이 늘 만원인 모습을 상상해 보라. 그들에 동화되어 한 번쯤은 초록으로 물들어보고 싶지 않은가.

산악기차는 캔디를 시발점으로 페라데니야를 지나 나누오야, 하푸탈레 그리고 엘라를 거쳐 종점인 바둘라까지 연결된다. 기차는 130킬로미터밖에 되지 않는 거리를 다섯 시간 남짓이나 운행한다. 그러니 스리랑카에서는 급한 마음으로 어딘가로 가겠다는 생각은 접어두어야 한다.

사람들이 많이 타고 내리는 곳은 영락없이 유명 관광지였다. 현지인도 외국인도 모두 사랑하는 곳은 '나누오야'이다. 그곳에서 누와라엘리야로 가는 미니버스를 탈 수 있기 때문이다. (누와라엘리야에는 기차역이 없다) 외국인들에게 가장 인기 있는 곳이 '엘라', 현지인들의 사랑을 받는 곳이 '하푸탈레'이다. 물론 산악기차가 서는 곳 가운데 아름답지 않은 곳은 없다.

스리랑카의 산악기차를 두 번 타봤다. 한 번은 스리파다에 가기 위해 캔디에서 해튼까지, 또 한 번은 호튼플레인스와 립

🔹 나누오야 역

톤시트를 방문하기 위해 페라데니야에서 하푸탈레까지. 물론 두 번 모두 눈이 휘둥그레져서는, 탈것에만 앉으면 잠에 취해 버리곤 하는 나도 이동 내내 창밖 풍경에서 눈을 떼지 못했다. 날씨가 화창한 날은 초록이 어울려 있는 그대로 아름다웠고, 날씨가 흐린 날은 부슬부슬 내리는 비에 젖은 차밭이 온몸으로 숨을 쉬며 생명력을 뿜어내는 것 같아 신비로웠다.

하지만 스리랑카의 고산지대는 기온이 20도 안팎에 그쳐 비라도 내리면 체감온도가 급격히 떨어진다. 하푸탈레로 향하던 날, 갑자기 비가 내렸는데 미처 두꺼운 옷을 준비하지 못해 기차 안에서 한참 동안 오돌오돌 떨었다. 더 이상 참지 못할 지경에 이르러서야 하푸탈레에 도착했다. '하푸탈레'라고 적힌 역의 팻말을 보고 얼마나 반가웠는지 모른다.

역사 밖으로 나오자 한 사람이 불쑥 다가오더니 한국인이냐고 물었다. 숙소에서 마중을 나왔다고 했다. 동행한 후배와 나는 어리둥절했다. 숙소에다 마중 나와 달라고 부탁한 적도 없고 타고 가는 기차 시간을 알려준 적도 없었다. 그러니 처음에는 그를 의심했을 수밖에. 하지만 그것은 단지 하푸탈레 숙소 관리자인 샤말랄이 스스로 정한 손님을 위한 배려였다. 그러기 위해 매번 기차 시간에 맞춰 역 앞에서 기다렸을 그의 정성을 생각하니 얼었던 몸이 녹듯 훈훈해졌다.

비탈길을 따라 거의 언덕 꼭대기에 이르러서야 툭툭이 멈춰섰다. 샤말랄이 손님을 위해 마중나오는 이유를 알 것 같았다. 하지만 오랜 기간 스리랑카를 돌아다녔지만, 숙소가 버스 정류장에서 멀다고 해서 마중을 나오는 주인은 없었다. 손님을 배려하는 그의 마음이 더욱 소중히 느껴졌다.

숙소는 아늑했고 짐을 내려놓자 샤말랄이 따뜻한 홍차를 내어주었다. 잠시 몸을 녹이고 아디샴 방갈로까지 산책을 다녀오기로 했다. 짐을 다 내려놓고 가벼운 차림으로 밖으로 나서니 홀가분했다. 이슬비가 흩날리다 멈추기를 반복했지만 뜨거운 햇살 아래 걷지 않아도 되어서 좋았다.

하푸탈레는 이름 그대로 '산맥들이 줄지어 늘어선' 산중이었다. 도로의 오른쪽으로는 차밭이, 왼쪽의 등성이로는 마을의 아기자기한 풍경이 펼쳐졌다. 내려다보이는 골짜기는 각각 아

▶ 하푸탈레에서 묵은 샤말랄의 숙소 정원

름다운 이야기 하나씩을 품었을 것처럼 그윽했고, 차밭은 현악기가 맑은 음색을 연주할 듯 싱그러웠다. 스리랑카 사람들은 홍차에 설탕을 잔뜩 넣어서 달콤쌉쌀하게 마시던데 그래서인가. 하푸탈레는 차나무만 무성한 산속답지 않게 감성으로 가득한 도시였다.

'아디샴 방갈로'라고 적힌 표지판을 보고 왼쪽으로 난 길 위로 올라섰다. 조금 가다가 아래를 내려다보니 도로가 엿가락처럼 휘어져 누군가 일부러 구부려 놓은 듯 곡선으로 흐르고 있었다. 그리고 우리 앞에 놓인 작은 숲길. 조로롱 날아가는 새들, 나뭇가지 위를 오가는 다람쥐 그리고 길 위를 잽싸게 가로지르는 작은 도마뱀. 평화롭고 고요했다.

길 끝에 이르니 방갈로의 입구가 보였다. 이곳 역시 현지인은 50루피, 외국인은 150루피로 입장료를 구분해 받고 있었다. 표에는 그곳을 개방하는 시간이 오직 주말과 공휴일뿐이

아디샴 방갈로로 올라가는 길

라는 안내문이 적혀 있었다. 그날은 마침 토요일이었다. 다행이었다. 잠시 쉬겠다고 다른 날로 일정을 바꿨더라면 입장하지 못할 뻔했다.

원래 아디샴 방갈로는 영국 귀족이었던 '토머스 빌리어스'라는 사람의 저택이었다. 1896년부터 스리랑카에 정착해 살면서 하푸탈레 지역의 차밭을 관리, 운영했던 그는 1931년부터 그의 저택을 지역 차 농장을 방문하는 영국 귀족들에게 숙소로 제공했다고 한다.

영국 켄트 지방의 '아디샴'이라는 마을에서 태어난 그는 켄트 성을 오마주하여 아디샴 방갈로를 설계했다. 건물의 외형뿐만 아니라 정원도 영국식으로 만들었기 때문에 아디샴 방갈로는 스리랑카 안의 작은 영국 같은 분위기를 풍긴다. 건물 뒤쪽은 산으로 둘러싸여 고요하고, 앞쪽은 탁 트여 수십 개 산의 능선들이 내려다보이며, 맑은 날에는 멀리 피두루탈라갈라의 봉우리까지도 볼 수 있다고 한다. 늘 구름과 안개에 가려 있어 탁 트인 전망을 기대하기는 어렵지만 유럽풍 건물의 외형과 색색으로 아름답게 꾸며진 정원만으로도 방문객의 관심을 끌기에 손색없어 보였다.

나이가 들어 토머스 빌리어스가 영국으로 돌아가고 난 뒤 아디샴 방갈로는 1960년대부터 성 베네딕트 수도회의 수도원으로 이용되고 있다. 따라서 그곳에 들어가면 입구부터 가톨릭 분위기를 물씬 풍기는 조각상들을 보게 된다. 일곱 분의 수

아디샴 방갈로

사님이 거주하며 수도 생활을 하고, 주변 농가와 함께 과일, 야채 등을 농사지어 수확한 작물로 잼이나 마멀레이드, 시럽 등을 만들어 건물 맞은편 매장에서 방문객에게 판매하기도 한다. 순수 유기농 작물인데도 2~3천 원이면 무엇이든 살 수 있어서 마음 같아서는 가방 가득 챙겨오고 싶었지만 무게 때문에 처음 보는 과일인 우드애플 잼과 넬리라는 열매로 만든 시럽 한 가지만 사보았다. 맛은 기대 이상이어서 그해 여름은 내내 넬리 시럽으로 만든 음료만 마셨다.

예약하면 1인당 3천 루피에 숙박(조식 포함)이 가능했고, 매일 오전 7시 미사 시간은 외부인에게도 개방했다. 수도원이라는 특수성이 있으니 언제든 꼭 한번 머물며 미사에도 참석해보고 싶다.

수도원으로 올라가는 길에 이곳저곳을 기웃거리느라 시

간을 지체했더니 어느새 퇴장 시간이 되어버렸다. 방문객들이 서둘러 문밖을 나서고 있었다. 돌아갈 때는 입구까지만 걸어 내려가 버스를 타려고 했는데 한 툭툭 기사가 가는 곳까지 무료로 태워주겠다고 했다.

일단 눈빛을 한 번 보고 의심을 해보았지만 사실 스리랑카에서는, 특히 그런 시골에서는 의심이 별 소용이 없다. 모두가 진심으로 대하기 때문이다. 툭툭에 덥석 올라타고 보니 기사의 이름이 '요가'였다. 허클베리 핀처럼 생긴 그는 사람 좋게 웃으며 샤말랄의 숙소까지 안전히 데려다주었다. 그냥 내리자니 미안했는데, 그가 작은 메모지를 내밀었다. 한국인 관광객을 위해 자기를 소개하는 글을 간단히 적어달라고 했다. 냉큼 펜을 받아들고 그의 친절함에 대해 언급하며 누가 될지 모를 한국인 관광객에게 그를 강력히 추천하는 것으로 찻삯을 대신했다.

요가와 작별하고 땅거미가 지는 숙소 마당으로 들어섰다. 그곳에는 샤말랄이 애지중지 가꾸는 정원과 흰 토끼 두 마리와 날마다 그 위에 올라가 하늘과 별과 구름과 안개를 감상한다는 바위가 있었다. 그 앞에서 뜻밖에 만난 석양에 감탄하자 샤말랄이 바위 위로 올라가보라며, 우리에게 기꺼이 자기 자리를 내어주었다.

끝없이 이어진 하푸탈레의 산줄기 위에 붉은빛 노을이 내려앉고 있었다. 산등성이에 늘어선 가옥의 지붕 위로도 붉은 노을이 드리웠다. 저 멀리 운무가 땅거미 속에서 밤하늘 은하

▪ 저녁 운무 속의 하푸탈레

수처럼 밀려들었다. 그리고 집집마다 하나둘씩 밝혀지는 전등의 불빛. 이내 깜깜한 밤이 깃들었으나 운무에 가려 안타깝게도 하늘의 별빛이 보이지 않았다. 멀리서 가까이서 마을의 전등 불빛이 영롱하게 빛나며 밤하늘의 별을 대신했는데, 몹시 비현실적이었다. 불빛들은 반나절을 덜컹거리는 기차에 시달리고 바깥을 쏘다니다 지쳐 돌아온 우리를 샤말랄의 환대보다 더한 환대로 품어주었다.

싱할라어로 별을 '타루'라고 한다. 수많은 타루들이 밤하늘 대신 언덕 아래 골짜기를 빛내고 있던 하푸탈레를 잊을 수 없다. 그리고 그날 이후 하푸탈레는 내게 '별의 도시'가 되었다. 알면 알수록 신비롭고 발길 닿는 곳마다 모두 다른 감동으로 다가오는 스리랑카가 마음속 한가득 들어찼다.

하푸탈레, 별의 도시여. 잘 자라, 반짝이는 별들아.

발아래
흰 구름을
조심하세요

Horton Plains

호튼플레인스

스리랑카 최고봉인 피두루탈라갈라에서 남동쪽으로 뻗어 내려간 산맥 중앙에 네 활개를 펼치고 평평하게 누운 것은 바로 스리랑카 고산 지대의 명물 '호튼플레인스'이다. 오른손은 북쪽으로 길게 뻗어 빛의 도시 누와라엘리야를 붙잡고, 왼손은 동쪽에 있는 별의 도시 하푸탈레 끝자락에 닿았다. 한 다리는 서쪽의 스리파다 위에 걸쳐 올려놓고, 다른 한 다리는 남쪽의 '싱하라자 포레스트 국립공원'까지 가까스로 뻗어 있다. 어느 것 하나 양보할 기미 없이 '내가 바로 이 세계의 왕'이라며 버티고 있는 형상이다.

그런 자신감, 가질 만도 하다. 해발 2천 미터 높이에 위치한 고원이라는 것만으로도 놀라운데, 그 안에 수많은 생명이 깃든 광대한 숲과 초원을 품었으니 호튼플레인스의 자부심이 하늘을 찌를 만하지 않은가.

960만 평쯤 되는 면적 중 3분의 2가 습지인 호튼플레인스는 동식물이 풍요롭게 자랄 수밖에 없는 환경이다. 학계에

서 조사한 바로는 9백여 종의 생물이 서식한다고 확인되었으며, 심지어 전 세계 희귀종으로 분류되는 동식물도 수십 종 존재한다. 현재는 저지대로 강제 이주시켜 찾아볼 수 없게 되었지만, 한때는 야생 코끼리도 수백 마리 살고 있었다고 한다. 19세기 중엽까지는 사람들도 거주했지만, 영국 정부가 1873년 이 지역을 야생보호구역으로 지정하면서 모두 타 지역으로 이동했다.

자연이 준 보물창고 같은 그곳을 스리랑카 정부도 애지중지하여 철저히 보호하고 있다. 하지만 안타깝게도 국립공원으로 승격된 직후인 1989년에 관광객이 버린 불씨로 큰 화재가 있었고, 주변 지역까지 심하게 몸살을 앓았다. 다행히 왕성한 생명력으로 차차 본모습을 복원하면서 생태학적 가치를 인정받아, 호튼플레인스는 2010년에 세계자연유산으로 유네스코에 등재되었다.

하지만 호튼플레인스가 본래 불리던 '마하엘리야텐느'라는 싱할라어 이름을 잃은 것은 되돌리기 어려운 일이 되었다. '거대한 빛의 평원'이라는 고유한 이름 대신 19세기 초 영국 실론 총독이었던 윌모트 호튼의 이름을 따서 '호튼플레인스'라는 건조한 이름이 붙은 것은 강자들이 행한 횡포의 표본이다. 지금은 현지인들도 일부만 예전 이름을 기억할 뿐, '마하엘리야텐느'라는 아름다운 이름은 스리랑카 사람들에게도 언젠가 잊히고 말 것이다.

호튼플레인스로 이동 중에 본 일출

호튼플레인스로 가려는 사람들은 보통 누와라엘리야나 하푸탈레에 거점을 두고 밴이나 툭툭을 이용해 새벽에 이동한다. 호튼플레인스까지는 누와라엘리야에서는 32킬로미터, 하푸탈레에서는 35킬로미터의 거리이니, 여행객들은 누와라엘리야와 스리파다에 여행의 중점을 둘 것인지 아니면 하푸탈레의 립톤시트와 엘라에 둘 것인지에 따라 자신의 거점을 정하면 된다.

우리는 하푸탈레에 숙소를 정했고, 새벽 5시에 숙소 관리인인 샤말랄과 함께 툭툭으로 35킬로미터를 이동했다. 비용은 왕복 3천 루피를 지불했고, 가는 데만 거의 두 시간 가까이 걸렸다. 이동 내내 칼바람이 툭툭의 열린 틈새로 미친 듯이 치고 들어와 패딩 점퍼를 입고도 덜덜 떨었다. 그 와중에 간간이 추위를 잊게 해준 것은 여명의 붉은 하늘. 조악한 사진 실력으로는 도무지 표현할 수도 없이 화광이 충천한 명장면이었다.

우리가 '한반도의 지붕'이라고 부르는 백두산 자락의 개마고원이 해발 1,340미터 높이란 걸 감안한다면, 해발 2천 미터인 호튼플레인스가 얼마나 높은 곳에 위치했는지 짐작할 수 있다. 그렇게 높은 지대에 있으므로 호튼플레인스를 방문하기 위해서는 반드시 이른 아침부터 서둘러야 했다. 그것은 단지 이동 거리 때문이 아니었다.

진짜 이유는 구름이었다. 해가 떠올라 저지대의 공기가 데워지기 시작하면 가벼워진 공기는 점점 위쪽으로 상승한다.

그러면 붕 떠오른 구름 때문에 시야가 완전히 가려 맑은 날에도 아래쪽 전망을 전혀 볼 수가 없다. 게다가 연평균 강수량이 2천 밀리미터에 달해 호튼플레인스는 늘 비와 안개로 가려져 있다. 그래서 사람들은 호튼플레인스를 '구름숲'이라고도 부른다.

스리랑카의 자연에 매료된 사람이라면 누구나 호튼플레인스에 방문하고 싶어한다. 하지만 그런 기후 조건 때문에 방문한다고 해서 탁 트인 정경을 경험할 수 있는 것은 아니다. 갖고 싶다고 다 가질 수 없고 보고 싶다고 다 볼 수 없다는 진리를 호튼플레인스가 온몸으로 구현하고 있다. 동행한 친구의 간절한 기도 덕분이었는지 전날까지도 운무 가득했던 호튼플레인스는 우리에게 쾌청한 날씨를 선물했다. 일정은 잡아놓았으나 날씨를 장담할 수 없다며 호튼플레인스 방문 여부를 확정해 주지 않았던 샤말랄도 툭툭을 운전하면서 우리가 '행운의 주인공'이라는 말을 여러 번 반복했다.

─ 방문허가서 작성

　　외국인 방문객들은 체크 포인트에 도착하기 전 1.5킬로미
터쯤 떨어진 곳에 있는 매표소에서 아주 거창한 방문허가서
를 작성해야 한다. 적는 내용은 별 게 없지만, 여권을 제시하면
B4 용지 크기의 커다란 종이에 무엇인가를 열심히 적어서 노
란 입장권을 같이 묶어서 준다. 외국인 두 명과 현지인 한 명
방문에 6천4백 루피를 주었으나 샤말랄을 위한 현지인 입장료
는 단 60루피, 외국인은 1인당 2,175루피인데 심지어 세금 15
퍼센트에 정체 모를 1,160루피의 금액이 더 붙었다. 아마 세계
자연유산 보호기금 같은 것이었으리라. 마치 이민허가 서류라
도 받는 듯한 절차를 거쳐 드디어 방문객 안내센터가 있는 체
크 포인트에 입장했다.

　　샤말랄에게 점심 도시락을 건네받아 안내센터 안으로 들

어갔다. 거기에 걸려 있는 국립공원 소개 문구를 꼼꼼히 읽어 본 뒤 체크 포인트로 가자 직원들이 가방 속에 있는 물건을 하나씩 꺼내 살펴보면서 비닐봉지나 플라스틱 물건을 가지고 있지는 않은지 다시 한 번 확인했다. 관리소 측에서는 흡연자들의 라이터는 물론이고 환경을 오염시킬 우려가 있는 물건들이 공원 내에 버려지는 것을 미연에 철저히 방지하고 있었다.

공원으로 들어서면 가장 먼저 눈에 띄는 것이 '벨리홀오야' 이다. 벨리홀오야가 흘러 스리랑카 3대 강줄기에 합류한다. 강을 가로질러 놓인 '레드브리지'라는 나무다리를 건너면 두 갈래 길에 이르는데, 어느 쪽을 택하든 호튼플레인스를 한 바퀴

⌐ 벨리홀오야

돌아 나오는 데 총 8킬로미터 정도 거리이다. 우리는 사전에 익혀간 정보를 따라 '백커스 폭포'를 먼저 만나게 되는 오른쪽 길을 택했다. 그 길을 따라가며 보니 막 떠오른 태양의 빛이 벨리홀오야의 근원지들에 반사되어 평화로운 장면이 빚어지고 있었다.

멀리 사슴 무리가 보였다. 입장하자마자 웬 놀라운 경험인지. 동물원에서도 본 적 없는 거대한 몸집의 사슴이었는데, 그것이 바로 안내센터에서 사진으로 보았던 삼바사슴인 모양이었다. 호튼플레인스 안에 서식하는 포유류 중에서는 가장 몸집이 크며, 호튼플레인스 안에 약 2천 마리 정도가 서식한다고 했다. 좀 더 가까이서 지켜볼 수는 없었지만 멀리서나마 삼바사슴을 바라보면서 칠레의 토레스델파이네 국립공원에서 만났던 과나코의 무리를 떠올렸다. 광대한 평원 위에 신선처럼 선 그들을 보자, 지구 반대편에 살고 있을 뿐 과나코와 같은 족속이 아닐까 하는 생각도 들었다. 곁을 쉽게 내주지는 않겠지만 그들 모두 가까이 다가가 끌어안고 싶은 충동을 느끼게 하는 이상한 매력을 지녔다.

트레일을 따라 좀 걷자 입고 있던 겉옷을 벗어야 했다. 햇빛이 비추기 시작하자 추위가 가셨고 화창하고 맑게 갠 하늘 아래 패딩은 거추장스러웠다. 광대한 초원과 좁지만 기원을 알 수 없을 만큼 길게 이어진 벨리홀오야만이 우리와 함께하고 있었다. 어느새 우리는 말이 줄었고 대자연을 목격하는 일

- 백커스 폭포

에 몹시 목말랐던 사람들처럼 두 눈으로, 가슴으로 풍경을 받아들이기에 바빴다.

2킬로미터 남짓 걸으니 나무들이 우거진 방향에서 콸콸 떨어지는 물소리가 들려왔다. 백커스 폭포일 것이다. 가까이 다가서자 물보라가 만든 습기가 얼굴로 밀려왔다. 굴곡 없는 평지 위에 자리한 폭포라 그리 대단한 광경은 아니었지만, 바위 절벽을 따라 흘러내리는 물이 안정감을 주었다.

조금 더 가다가 이슬을 피해 적당한 곳에 자리를 깔고 샤 말랄이 건네준 도시락을 먹으며 망고 맛에 감탄했다. 특별한 곳에서 먹는 음식인 데다 동행과 함께하니 그 맛도 남달랐다.

이동한 만큼을 더 걸었을까. 그쯤 가니 호튼플레인스 국립공원의 하이라이트인 '월드엔드'를 마주하게 되었다. 세상의 끝이라니. 그 이름의 의미는 벼랑 끝에 서서야 비로소 이해가 갔다. 안전장치 하나 없이 발아래 맞닿아 있는 것은 870미터 깊이의 골짜기였다. 초록의 양털처럼 빈틈없이 들어찬 수풀과 저지대의 소담한 마을을 사이에 끼고 주름진 수십 개의 골짜기가 바닥을 향해 거칠게 흘러내리고 있었다. 위태로워 보이는 한 평 땅 위에서 세상 끝에 선 듯한 위엄이 벅차게 다가왔다. 정녕 진정한 아름다움은 세상의 끝에 서야만 만나지는 것이었던가.

골짜기 아래에서 구름이 몽실몽실 피어오르기 시작했다. 온도가 오르고 있었기 때문이다. 구름이 모여 정상까지 오르는 데 얼마나 걸릴까. 바쁠 것도 없는 그들은 아마 천천히 수증기를 모아 상승하며 물기가 닿지 않는 나무의 가지가지와 잎새 하나까지 적시며 거대한 숲과 고원을 어루만질 것이다.

- 샤말랄이 싸온 도시락

▪ 월드엔드 풍경

- 입구로 돌아나오는 길

때로는 비로 내려 땅 위의 것들을 살아 숨쉬게 하고, 때로는 강물이 되어 왈라웨로도 합쳐질 것이다. 발아래 구름 속으로 풀썩 뛰어내리고 싶어질 만큼 골짜기는 왕성한 생명의 기운을 뿜어냈다.

그곳에 더 오래 머물다가는 정말 발을 헛디뎌 골짜기 아래 구름 속으로 뛰어들게 될 것만 같아 길을 재촉했다. 조금 더 내려가 미니 월드엔드를 보았지만 이미 높은 지대에서 충분히 감동을 맛본 뒤라 특별한 감흥은 없었다.

입구로 다시 나오니 뭉게구름이 하늘의 중턱까지 올라와 있었다. 한발만 늦었더라면 세상 끝의 위태롭고도 아름다운 장관을 만나지 못할 뻔했다.

실론티를
만드는
사람들

Haputale

하푸탈레 II

하푸탈레로 돌아오니 갓 지어낸 따뜻한 밥이 우리를 기다리고 있었다. 샤말랄의 숙소에 사흘을 머물며 매일 아침저녁으로 먹은 몇 끼의 식사는 집밥처럼 소담하고 맛깔스러웠다. 가격은 꽤 비싸서 다른 곳에서 3백 루피면 먹을 수 있는 밥을 평균 1천2백 루피씩 주고 먹었으니, 비싼 밥값과 그곳의 더할 나위 없이 아름다운 풍경을 맞바꾼 셈이다.

숙소가 외진 곳에 있어서 외부 식당을 찾을 수 없는 점이 단점이기는 했지만 식사 이후에 따라 나오는 디저트가 또 기가 막혔다. 매콤한 '데빌드 치킨'(스리랑카에서 맵게 양념한 닭튀김을 일컬음)을 먹은 날은 꿀을 얹은 달콤하고 고소한 커드가 준비되었고, 흰 쌀밥에 커리 반찬으로 배를 채운 날은 쫀쫀한 식감의 그린망고 칵테일이 식탁에 내어졌다.

하루에도 몇 번씩 제공되는 홍차는 욕심껏 마시고 싶었지만 카페인 때문에 한밤의 숙면을 위해 자제해야만 했다. 그럼에도 사흘간 하루에 네다섯 잔씩 연거푸 마셨으니 태어나서 홍차를 그리 많이 마신 것은 아마 그때가 처음이었을 것이다. 그를 계기로 나는 홍차의 달콤쌉쌀한 매력에 푹 빠져버렸다. 녹차보다 두껍고 커피보다 둥글며, 캐러멜보다 맑고 오렌지보다 짙은 빛을 지닌 홍차가 몹시 사랑스러웠다.

처음 스리랑카 여행을 다녀왔을 때, 가족과 지인들은 거기가 어디냐며 내가 달나라에라도 다녀온 것처럼 신기해했다. 스리랑카가 인도양 한가운데 떠 있는 섬인지 모르는 것은 물

립톤시트 가는 길의 풍경. 차밭 가운데 인가가 옹기종기 모여 있다

론이고 스리랑카를 싱가포르나 파키스탄과 혼동하는 친구도 여럿 있었다. 그런 이들에게 단번에 스리랑카를 인지시킬 수 있는 비장의 카드가 있었다. 그것은 '실론티'라는 단어였다. 실론이라는 말을 꺼내놓는 순간, 모두 '유레카'라고 외치듯 무릎을 치며 "아, 실론티"라는 똑같은 반응을 보였다. 적어도 실론티의 존재를 모르는 사람은 없었다.

그렇다. 홍차의 대명사처럼 불리는 실론티의 '실론', 그곳이 바로 스리랑카이다. 영국의 식민지가 되기 이전까지 스리랑카는 '실론'으로 알려져 있었다. 실론티의 고장 스리랑카의 고산 지역은 온통 차 재배지여서 기차를 타고 이동하는 내내 질리도록 차밭을 보게 된다. 하지만 그것으로는 부족했다. 실론티가 생산되는 차밭 사이를 직접 거닐며 찻잎을 만져보고 손에 묻어나는 향도 맡아보고 말겠다는 신념으로, 식사가 끝나자마자 '우바'(하푸탈레의 차밭이 집중되어 있는 지역, 세계 3대 홍차 생산지 중 하나) 지역의 명소 '립톤시트'와 '담바텐느 차 공장' 견학에 나서기로 했다.

버스를 이용할 경우에는 하푸탈레 시내에서 승차하여 담바텐느 차 공장 앞에서 하차한다. 공장을 둘러보고 립톤시트 꼭대기까지는 여유롭게 걸어 한 시간 정도면 올라갈 수 있는데, 맑은 공기를 맡으며 차밭 사이를 걷는 낭만을 만끽하기에 딱 적절한 거리이다. 툭툭으로 하푸탈레 시내에서 립톤시트 꼭대기까지 오가는 데 대략 2천 루피의 교통료를 지불하게 된다. 왕복 35킬로미터의 거리이니 그 정도면 적정 가격이다.

우리는 낭만 대신 일신의 안위를 택해 샤말랄의 툭툭에 몸을 맡겨 립톤시트까지 올라갔다. 해가 중천에 떠올라 이른 아침처럼 한기가 몰려들지는 않았지만, 툭툭 안에서 맞는 바람은 여전히 차가웠다. 샤말랄의 배려로 군데군데 내려 차밭을 멀리서 또는 가까이서 구경할 수 있었고, 가는 길에는 담바텐느 차 공장에도 들렀다.

스리랑카의 고산 지대와 우바에는 수많은 차 공장이 있다. 그중 우리가 택한 곳은 담바텐느 홍차 공장이었다. 입장료 250루피를 주고 20여 분 정도의 시간을 투자해서 한 번쯤 돌아볼 만한 가치는 충분히 있었다. 차의 제조 과정에 대한 안내자의 재치 있는 설명과 함께 공장 내부를 가볍게 둘러보았을 뿐인데도 차 문화를 이해하는 데 큰 도움이 되었으니 말이다.

홍차를 제조하기 위해서는 크게 '채엽, 위조, 유념, 건조'의 네 단계를 거친다. 담바텐느 공장에는 하루에 2만 킬로그램의 찻잎이 들어온다. 수분 함량이 40퍼센트가 될 때까지 열풍을 가해 찻잎을 인위적으로 시들게 하는 '위조'는 보통 열여섯 시간 정도 걸리는데 이것은 홍차 제조에만 포함되는 과정이다. 녹차를 제조할 때는 오히려 찻잎이 산화되는 것을 방지하기 위해 찻잎을 덖거나 쪄서 열에 약한 찻잎 내의 산화 효소를 파괴해 버리는 반면, 홍차를 제조할 때는 위조 처리의 발효 과정을 통해 홍차의 떫은맛과 짙은 홍색의 찻물 빛이 나도록 한다.

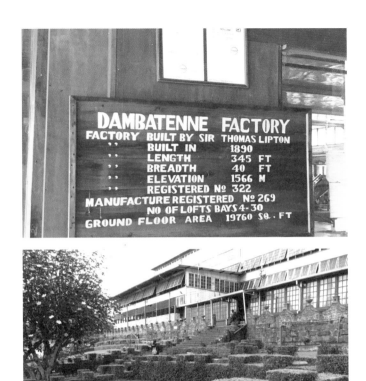

▪ 담바텐느 차 공장

담바텐느 차 공장의 홍차 제조 과정

'유념'은 비비는 과정을 말하는데 담바텐느에는 석 대의 롤링 기계가 동시에 작동하고 있었다. 각 기계당 3백 킬로그램의 찻잎을 30분씩 비벼내는 과정을 스무 번쯤 반복하여 매일 2만 킬로그램의 찻잎을 유념 처리한다고 했다. 그 과정에서 찻잎이 진한 갈색으로 변해 뭉쳐지면 그것을 다시 풀어서 컷팅 기계를 통과시킨 뒤, 찻잎을 크기별로 분류한다. 적당한 온도와 습도 아래 짧게는 30분, 길게는 1백 분 정도 발효시켜 수분이 5퍼센트 이하로 떨어질 때까지 건조하면 홍차가 완성된다. 이것을 시프팅룸에서 품질별로 다시 한 번 분류하는데 최종 포장은 콜롬보에 있는 립톤 본사에서 하게 되며 '실버 팁'(차나무의 가장 윗이파리로 만든 고급차)의 경우 킬로그램 당 4천 루피의 고가로 판매한다고 했다. 차 공장 안에 머무는 동안 기분이 좋았다. 그러고 보니 공장 안에서 만난 사람들도 모두 유쾌해 보였다. 찻잎이 발효되면서 발하는 진한 향 때문이었다. 공기 중을 떠돌다 코끝에 닿은 향기는 온몸의 감각을 깨어나게 했다.

립톤시트는 해발 1천8백여 미터 산 위에 있다. 담바텐느 공장에서도 7킬로미터의 언덕길을 올라가야 하는데 고도가 높아질수록 경사가 심해져서 툭툭이 힘을 다해 엔진에 박차를 가했다. 오른쪽 아래 골짜기에는 장난감 블록처럼 알록달록하게 줄지어 선 농가들도 보였지만 그 외에는 모두 차밭이었고 왼쪽 언덕으로도 차밭뿐이었다.

초록의 사막 같은 차밭 한가운데에서 만난 오아시스 같은 사람들. 그들은 차밭 사이사이에 간격을 두고 서서 희한한 방식으로 머리에 걸어놓은 부대 속으로 찻잎을 따 집어넣고 있었는데, 작업에 열중하면서도 그들 주위를 서성이는 우리를 향해 미소를 짓는 센스를 잊지 않았다. 수줍어하면서도 기꺼이 마음 한편을 내어주는 사람들의 순수한 모습에 가슴이 벅찼다.

스리랑카 고산 지대에서 일하는 사람 대부분은 타밀인이다. 19세기 초 영국이 스리랑카에 대규모의 커피 플랜테이션 농장을 만들면서 인도 남부의 타밀인들을 농장의 노동자로 대거 이주시켰기 때문이다. 얼마 지나지 않아 병충해로 커피나무가 전멸하다시피 하자 영국 정부는 서둘러 커피 농장을 차 농장으로 전격 교체했다. 결국 그 전까지 커피 농장에서 일하던 타밀인들이 지금은 차 농장에 주된 노동력을 제공하게 되었다.

그때가 1867년이었으니 스리랑카의 차 재배 역사는 그리 오래지 않다. 그럼에도 현재 스리랑카는 전 세계 홍차 소비량의 50퍼센트에 해당하는 30만 톤 이상을 매년 생산해 내고 있다. 따뜻하면서도 아침저녁으로 차가운 날씨와 비와 안개로 인한 적당한 습도, 경사가 져서 배수가 용이한 지대 그리고 찻잎을 하나하나 수작업으로 채취하는 데 드는 값싼 노동력 등 모든 조건이 충족되어 가능한 일이었다.

▪ 찻잎을 따는 사람들

기록에 따르면 차 문화는 기원전 11세기 무렵 중국에서 시작되었다. 하지만 그것이 네덜란드의 동인도회사를 거쳐 유럽에 상륙한 뒤, 19세기 이후로는 홍차 최대의 소비국이 영국으로 바뀌었다. 사실상 중국의 아편전쟁도 영국의 차 소비와 관련해 발발한 사건이었으며, 영국의 식민지였던 인도와 스리랑카가 최대 차 생산국의 지위를 갖게 된 것도 영국의 차 수요를 뒷받침하려는 배경에서 빚어진 결과였다. 지금도 인도, 스리랑카에서 생산된 최고급차는 거의 전량을 영국이 수입한다고 하니 스리랑카의 차 산업을 영국이 좌지우지하고 있다고 해도 과언이 아닐 것이다. 그런데 사실은 네덜란드를 통해 처음 유럽으로 건너간 것은 홍차가 아닌 녹차였다. 녹차를 이송하던 중 찻잎이 배 안에서 발효되어 색이 검게 변해버렸다. 막대한 양의 찻잎을 포기할 수 없었던 무역상들이 울며 겨자 먹기로 검은 찻잎을 끓여 마셨는데, 그것이 의외로 떫으면서도 깊은 풍미를 풍겨 그들의 취향을 자극했다. 그런 아슬아슬한 해프닝으로 홍차의 기원이 시작되었다. 물색으로는 붉은빛이 도는 홍차를, 유럽에서는 '블랙티'라고 부르는 것도 발효되어 검어진 찻잎의 빛깔 때문이다.

어쨌거나 그런 사연으로 현재 스리랑카 우바 지역은 인도의 다즐링, 중국의 기문과 함께 세계 3대 홍차 다원으로 꼽힌다. 스리랑카 우바의 홍차가 사랑받는 이유는 맑은 오렌지색의 찻물빛과 장미꽃 향기를 품은 듯한 산뜻한 풍미 때문이라고 하는데, 그것은 우바 지역의 해발고도와 관련이 깊다.

홍차는 고도에 따라 해발 6백 미터 이하에서 생산되는 '로우그로운 티'와 해발 6백 미터에서 1천2백 미터 사이에서 생산되는 '미들그로운 티' 그리고 해발 1천2백 미터 이상의 고지대에서만 생산되는 '하이그로운 티'로 구분된다. 고도가 높을수록 차나무의 생장 속도가 느려서 '하이그로운 티'가 낮은 고도에서 빠르게 성장한 찻잎보다 더 은근하고 깊은 풍미를 지닌다. 고산지대인 누와라엘리야나 딤불라 같은 데서 나는 '하이그로운 티'가 고급차로 분류되며, 그중에서도 하푸탈레의 '우바' 품종은 세계 3대 다원의 지위에도 올라 있다. '미들그로운 티'로 대표적인 품종은 '캔디', '로우그로운 티'를 대표하는 것은 남부의 '루후나'이다.

차의 품질은 찻잎에 의해서도 좌우된다. 작고 어린 찻잎으로 만든 차일수록 맑은 빛깔을 띠면서도 풍미가 좋아, FOP Flowery Orange Pekoe라 불리는 차나무의 꼭대기 한 잎 새순이 최고의 상품이다. 다음은 그 아랫잎인 OP Orange Pekoe 그리고 P Pekoe, PS Pekoe Souchon, S Souchon 순으로 등급이 매겨지며, 일반적으로 통잎으로 만든 차가 잘게 부수어 포장한 제품보다 더 고가이다.

우바 지역의 다원에서 생산되는 차 중에는 '골든 팁' 내지 '실버 팁'이라고 불리는 제품이 있는데, 이것은 FOP 잎으로 만든 차를 통으로 가공하기 때문에 매우 고가이며, 전체 차 생산량의 3퍼센트밖에 되지 않아 시중에서는 거의 찾아보기 어렵

- 립톤시트에서 내려다본 하푸탈레 풍경

다. 그중에서도 8월에 생산된 것을 최고의 상품으로 친다.

립톤시트Lipton's Seat는 문자 그대로 '립톤의 자리'를 뜻한다. '립톤'은 영국의 홍차 제조사인 립톤 사를 설립한 사업가 토마스 립톤을 칭하며, 립톤시트에는 그를 기리는 기념비가 서 있다. 기념비 옆에 마련된 긴 의자에는 립톤이 온화한 얼굴로 기대어 앉아 2천 미터 고지에서 아래로 내리꽂히는 광대한 다원을 내려다보고 있다. 예사롭지 않은 꿈을 꾸듯 말이다.

스코틀랜드의 가난한 가정에서 태어나 어린 나이에 경제활동을 시작했던 그는, 영국의 유통구조에 환멸을 느끼고 아메리카 대륙으로 건너가 새로운 도전에 뛰어들었다. 10대 어린 나이에 그런 용기를 내다니 대단했지만, 낯선 세계에서 소년이 겪었을 고통은 상상 이상이었을 것이다. 하지만 현실에 안주하지 않는 사람은 열정에 불타기 마련이고, 고생 따위를 핑계 삼지 않은 법이다. 산전수전을 겪은 뒤 영국으로 돌아간 그는 '립톤마켓'이라는 유통회사를 세워 성공가도를 달렸고, 경제인으로서는 당대 최고의 지위에 올랐다.

하지만 립톤은 도전을 멈추지 않았다. 그는 주가를 올리던 홍차 산업에 눈을 돌려 차를 연구하기 시작했다. 당시 영국에서는 원산지 인도의 두 배 가격으로 차가 유통되었고, 대량으로만 판매되어 일반인이 합리적인 가격에 차를 소비하기 어려웠다. 립톤은 그런 상황을 개선하고자 스리랑카 우바 지역의 차 농장을 대거 매입하여 차밭 경영에 도전했다. 그리고 품종 개량에도 힘써 1890년에는 차 경매에서 우바 홍차를 최고 가로 판매함으로써 우바 지역을 세계 3대 다원으로 만드는 데 혁혁한 공을 세웠다.

위대한 사업가 립톤 옆에 가만히 앉아보았다. 그리고 발아래 펼쳐진 드넓은 다원을 그와 함께 나란히 내려다보았다. 도무지 끝이 보이지 않는 차밭 한가운데에서 그는 무엇을 꿈꾸었을까. 오르막길을 헐떡이며 오르면서도 이상만을 떠올렸을까.

그의 시간 위에 좌충우돌하며 살아온 나의 시간을 겹쳐보았다. 한순간도 꿈꾸는 삶을 포기한 적이 없기에 두 어깨에 올라탄 버거운 삶더러 저리 좀 가라고 소리치고 싶을 때를 만나기도 했다. 하지만 아무리 숨이 차올라도 꿈꾸지 않는 것이 꿈꾸는 것보다 백 배는 더 어려웠다. 아직도 언덕을 오르기 위해 바둥거리는 시간을 면치 못하고 있지만 언젠가는 곁에 앉은 립톤처럼 여유롭게 미소 지을 날을 맞고 싶다.

하늘에는 공간 한가운데에 선을 긋고 구름의 무리가 그 위에 올라타 있었다.

●

**밀림 속
아홉 개
아치**

Ella
엘라

외국인 관광객의 사랑을 받는 '엘라'는 아담한 소도시이다. 중심 거리는 스리랑카의 여느 도시와도 분위기가 사뭇 달랐다. 지나는 사람들은 저마다 가벼운 원피스 또는 핫팬츠에 민소매 차림을 하고, 이미 바닷가를 거쳐왔는지 살갗이 새빨갛게 익어 있었다. 산악지대를 막 거쳐와 청바지에 운동화로 꽁꽁 싸맨 나와는 너무도 대조적이었다. 자유 관광지역이라도 되는 것 같은 날씬한 분위기의 거리 양옆으로는 식당 간판들이 질세라 서로 고개를 내밀고 밤을 기다리고 있었다. 네온사인을 켜고 음악 소리를 한층 키우고서 말이다.

그렇게 한껏 흥으로 고조된 관광지의 모습 외에도 엘라는 열대 고원의 무성한 자연과 트레킹 코스로도 매력 있는 곳이

- 엘라 시내

다. 엘라에는 성산 스리파다에 뒤지지 않을 만큼 아름답다는 '리틀 아담스피크'와 멀리에서보다 가까이에서 그 장엄함에 더 압도되는 '라와나 폭포'가 있다. 엘라에 짐을 풀고 아기자기한 장소를 기웃거리며 사나흘쯤 초록초록한 매력에 푹 빠져 지내보고 싶지 않은가.

나는 스리파다에 이미 다녀왔으니 '리틀 아담스피크'는 생략하기로 했다. 라와나 폭포는 도로에 접해 있었는데, 중심가에서 차를 타고 남쪽으로 10여 분 정도 이동하니 오른쪽으로 웅장한 물줄기가 보였다. 현지인들이 라와나 폭포를 부르는 진짜 이름은 '라와나 엘라'이다. 예상대로 '엘라'는 폭포를 가리키는 싱할라어였다. 그래서 현지인들은 라와나 폭포가 있는

▪ 엘라의 찻잎 판매점

그 지역을 줄여서 '엘라'라고 부른다.

라와나 폭포의 시원은 호튼플레인스이다. 해발 2천 미터 높이에 있는 광대한 고원, 호튼플레인스의 대지를 휘감고 돌다 벨리훌오야로 모여들었던 물이 한꺼번에 수직 낙하하며 만든 것이 라와나 폭포이다. 그러니 라와나 폭포는 길가에서 마주칠 만큼 친근하지만 실상은 규모로 스리랑카에서 다섯 손가락 안에 드는 곳이다.

'나비의 계곡'이라고 불리는 라와나 폭포의 낭떠러지에는 흥미로운 이야기들이 전해진다. 물론 신화와도 관련이 있다. 스리랑카의 신화에 자주 등장하는 '라와나'와 관련된 이야기에는 폭포를 '라와나 엘라'라고 부르게 된 내력이 담겨 있었다. 구름에 닿을 듯한 장신에 열 개의 머리와 스무 개의 팔이 있고, 어떤 두려움도 느끼지 않는 것이 실론의 주인, 라와나였다. 그런데 비슈누의 화신인 라마가 실론을 공격하여 라와나가 진노했다. 그는 단숨에 인도로 날아가 라마의 부인 시타를 납치해 왔다. 그리고 라와나 폭포 벼랑에 그녀를 감금했다. 다소 무모해 보이기도 하지만 용감무쌍하지 않은가. 엘라의 사람들은 그런 라와나의 명성에 기대어 그들의 폭포가 좀 더 근엄하고 신비롭게 부각되기를 바랐던 것 같다.

또 다른 이야기는 '나비의 계곡'이라는 이름의 내력에 관한 것이다. 폭포의 낭떠러지가 생의 마감을 위해 스리파다로 가는 수천수만의 나비 떼가 스스로 택하는 죽음의 길목이라는

- 라와나 폭포

역설적인 이야기였는데, 생을 마감하려고 죽음을 무릅쓰다니 문학적이었지만 매우 쓸쓸하게 들렸다. 자연이 빚어내는 성스럽고 비장한 장면을 비루한 나의 눈으로도 목격할 수만 있다면, 나는 기꺼이 한 달이라도 엘라에 머물며 기회를 엿볼 마음의 준비가 되어 있다.

계곡에서는 물길을 따라 현지인이며 여행객 할 것 없이 물놀이가 한창이었다. 라와나 폭포는 여러모로 사람들을 즐겁게 해주는 곳이었다. 하지만 폭포 가까이 다가갔다가는 부서지는 포말에 발을 담그고 싶어질 것 같았고, 그렇게 놀다가는 '나인아치스브리지' 위를 지나가는 기차를 놓칠 것이 뻔했다.

나인아치스브리지는 계곡 위를 가로지르며 엘라에서 데모다라를 연결하는 철로가 놓인 다리이다. 캔디에서 출발하여 종착지인 바둘라까지 가는 산악기차는 이 다리를 건너지 않고는 초록의 밀림을 결코 벗어날 수가 없다. 기차는 페라데니야나 하푸탈레 같은 천상의 경치를 지나온 것만으로는 부족해서, 바둘라 역에 정차하기 직전 가늘고 긴 포물선을 그리며 나인아치스브리지 위를 질주하며 여정을 절정으로 이끈다.

하루에 두 번, 바둘라행 기차가 이 다리 위를 통과할 때면 열대우림만 무성하던 데모다라 계곡이 반짝 깨어난다. 나인아치스브리지 주변으로 툭툭이 하나둘씩 모여들고 평소에는 인적도 없을 산중에 킹코코넛이나 생수 등을 파는 좌판이 설치된다. 툭툭이 실어온 수십 명의 관광객이 기찻길 옆에 진을 치

데모다라의 나인아치스브리지

고 잊지 못할 사진 한 장을 남기기 위해 저마다 차례를 기다리는 모습도 장관이다. 그런 장면을 놓치지 않으려면 데모다라 계곡까지 부지런히 가야 했다. 게다가 기차 시간도 일정치 않고 들쭉날쭉했으니 기차가 늦게 온다면 모를까 설령 일찍이라도 지나간다면 몹시 아쉬울 일이었다.

라와나 폭포에서 데모다라 계곡까지는 툭툭으로 30분쯤 걸렸다. 다리의 난간 위에 또는 계곡의 이쪽저쪽을 차지한 관광객들이 눈에 띄었다. 다행히 기차 시간까지는 여유가 좀 있어서 나도 차례를 기다려 몇 장의 사진을 찍고는 그늘진 곳에 서서 기찻길을 떠받치고 있는 교각의 아홉 개 아치와 그것을 둘러싸고 있는 데모다라 계곡의 경치를 홀린 듯 바라보았다.

곁에 있던 현지인 가이드가 그가 데리고 온 독일인 관광객에게 다리에 관한 이모저모를 안내하기 시작했다. 엿들을 생각은 아니었지만, 기왕 들리는 소리를 안 들을 이유도 없었다. 다리가 영국의 유명 건축 디자이너와 스리랑카 건축가의 합작으로 지어졌다는 것, 곧 개통 1백 주년을 맞이한다는 것, 나인 아치스브리지 덕분에 데모다라에 1년 내내 관광객의 발길이 끊이지 않는다는 것 등은 굳이 가이드가 아니었어도 알고 있는 내용이었다. 하지만 다리가 강철 없이 시멘트와 벽돌만으로 지어졌다니. 그것은 금시초문이었다. 1백 미터 가까운 길이의 다리가 밀림을 뚫고 25미터 높이로 솟아 있는데, 철로 외에는 강철을 어디에도 사용한 바 없다니 믿어지지 않았다.

엘라

사연은 이러했다. 나인아치스브리지는 영국 식민지 시대에 스리랑카의 내륙, 특히 차 생산지가 집중된 고산지대를 철도화하는 프로젝트의 일환으로 기획되었다. 그런데 착공할 무렵 유럽에서는 1차 세계대전이 발발했고, 영국은 전쟁에 쓰일 무기 제작을 위해 식민지에서 강철을 거두어들였다. 그 바람에 다리 건설 현장에 배당되었던 강철들이 영국으로 회송되어서 다리는 어쩔 수 없이 시멘트와 벽돌만으로 지어지게 되었다고 했다.

그런데 의문이 하나 생겼다. 만약 그 말대로 다리 건설에 강철을 사용하지 못하게 된 것이 그렇게 갑작스러운 일이었다면, 처음 설계했던 다리 디자인도 변경되었어야 하지 않나? 시멘트와 벽돌만으로 제작될 돌다리에 강철을 골자로 만들어질 철교와 같은 방식을 적용할 수는 없었을 테니 말이다. 하지만 그 내력에 관한 이야기는 어디에서도 찾아볼 수 없었다. 소문은 그저 소문일 뿐이리라.

당시 스리랑카의 뛰어난 건축 기술을 고려하면, 나인아치스브리지는 처음부터 시멘트와 벽돌로만 지어질 계획이었다고 추정하는 것이 더 합리적일 것이다. 그렇지 않다면 교각을 쓸데없이 아홉 개씩이나 되는 아치로 떠받치는 구조로 설계했을 리가 없다. 이미 6세기에도 뛰어난 건축 기술로 시기리야같이 높은 바위 위에 완벽한 왕국을 건설한 사람들인데, 그 정도 규모의 다리쯤 강철이 없다고 못 지어낼 바 아니었다. 아마도 가이드가 전한 이야기는 당대 식민 지배자에 대한 스리랑카인들의 반발심이 어느 정도 바탕이 된 것이 아니었을지.

어느덧 기차를 기다린 지 한 시간이 지났다. 그런데 어찌된 일인지 기차가 나타날 기미가 없었다. 하지만 아무도 늦어지는 기차에 짜증을 내거나 조바심을 내지 않았다. 사람들은 철로 근방을 배회하며 여유롭게 그 시간을 즐길 뿐이었고, 심지어 어떤 이들은 기차가 기적을 울리며 지나오게 될 터널 안을 아무렇지 않게 드나들기까지 해서 정말 기차가 오기는 하는 것인지조차 의심스러웠다.

2시 50분. 드디어 데모다라의 터널 저편으로 철로가 진동하며 기차가 다가오는 기척이 났다. 기적이 울리자 주변에 흩어져 있던 사람들이 일제히 자리를 박차고 일어나 기찻길 옆으로 모여들었다. 얼굴에는 오지 않는 기차를 기다린 시간만큼의 열망을 가득 담은 채 그 장면을 놓치지 않으려고 제각각 카메라와 휴대폰을 어깨보다 높이 치켜들었다.

기차가 터널을 막 통과해 다리를 향해 곧게 뻗어왔다. 그렇게 달려온 기차는 가슴팍에 작은 회오리를 일으켰다. 그러고는 초록의 물결을 가르며 나인아치스브리지 위를 전속력으로 질주해 지나갔다. 그 순간에는 밀림마저도 숨을 죽이는 듯했다. 딱 그것이었다. 단 10초를 위해 그곳에 모인 사람들이 애타게 기다린 시간은 기차와 함께 주마등처럼 지나가버렸지만, 그것은 말로 다 못할 환희와 열망을 남겼다. 대여섯 살 꼬마

아이들이 기차놀이 장난감에 열광하는 마음과 그것이 뭐가 다를까. 아마도 사람들은 기차가 꼬리를 물고 눈앞을 지나갈 때 그 시절의 순수함으로 돌아가는 짜릿함을 느끼고 있었을지도 모른다.

기차가 떠난 뒤 덩그러니 남겨진 터널과 철로. 영화 〈박하사탕〉의 마지막 장면이 기억 속에서 슬며시 떠올랐다. 나인아치스브리지의 풍경이 영화의 미장센과 묘하게 겹쳐졌다. 제천의 터널을 뚫고 주인공을 향해 질주하던 기차의 아슬아슬했던 기적 소리가 귓가를 울렸다. 그와 함께 들려오는 대사 한 문장, '나 다시 돌아갈래.' 순수했던 과거로 돌아가겠다고 외치는 주인공의 절규는 아이러니했지만, 누군가의 말처럼 우리 삶이 가능한 것만을 꿈꾸어야 하는 것은 아니지 않은가. 실현 불가

능할지언정 짧은 순간만이라도 기다림과 열망을 품을 수 있다
면 그것으로도 꿈꾸는 것의 의미는 충분할 테니 말이다.

밤낮으로
기도가
멈추지 않는 곳

Kataragama

카타라가마

'카타라가마'는 스리랑카의 최남단, 심지어 해안도 아닌 내륙에 위치하고 있어 해안도로로 이동하기도 참 애매한 곳이다. 그래서 꼭 가보고 싶었지만 찾아갈 길이 막막해 몇 번을 고민만 하다 방문을 포기했었다. 그러다 마침 엘라에 간 김에 카타라가마로 가볼 용기를 냈다.

엘라는 해발 2천 미터 높이의 산간 고지대이다. 그래서 그곳을 벗어나 버스로 이동하는 길은 만만치 않았다. 버스에 오른 지 한 시간쯤 지나자 속이 메슥거리고 울렁거렸다. 겨우 진정했는가 싶었는데 평지 가까이 내려서고 카타라가마에 가까워지니 그때는 또 버스정류장마다 오르내리는 호객꾼들이 귀찮게 굴었다. 이미 예약이 다 되었노라 단호히 거절해도 그들은 툭툭 기사보다 더욱 집요하게 자기들이 가진 카드가 얼마나 비상한 것인지 말하기를 멈추지 않았다. 버스가 출발했는데도 하차할 생각이 없는 그들에게 차삯을 요구하지 않는 차장도 모두 한통속 같았다.

사실 여행사를 통해 밴이나 전용 택시를 이용하면 편히 여행할 수도 있다. 스리랑카에서는 기사를 포함한 차량 전세 비용이 그다지 비싸지 않기 때문이다. 편한 방법을 마다하고 굳이 난감한 상황에 직면할 수 있는데도 버스나 기차 여정을 고집한 이유는, 그때는 그 과정을 통과의례처럼 생각해서였던 것 같다. 단군신화의 웅녀처럼 거칠고 지루한 여정을 대가로 치러야만 다음 목적지에서 기대의 8할이라도 채울 수 있으리라는 맹목적인 믿음을 가지고 말이다.

카타라가마는 밀림 속 고요한 도시였다. '사막'이라는 의미의 '카타라'라는 이름에 어울리지 않게 도시의 입구에는 풀과 나무가 무성했다. 카타라가마의 상징인 매닉강이 도시를 이편의 마을과 저편의 사원으로 가르고 있었다. 따라서 사원으로 들어가려는 사람은 누구나 매닉강을 건너야 했다. 현지인들은 매닉강을 '스리랑카의 갠지스'라고 불렀는데, 바라나시의 갠지스처럼 매닉강이 그들을 치유할 생명수가 되어줄 것이라는 믿음 때문이었다.

강 위로 놓인 사원으로 향하는 다리는 폭이 어찌나 좁은지 반대편에서 툭툭이 다가오자 보행자들이 일제히 다리 난간에 붙어 서야 했다. 그렇게 길을 내주면서도 사람들은 불편한 기색을 내비치지 않았다. 그것이 바로 '평화와 나눔의 도시'라고 불리는 카타라가마의 본모습인 것 같았다. 그렇다면 혹시 길 위의 보행자들은 이방인인 나를 그들의 아름다운 땅으로 안내하러 마중 나온 신의 사자가 아니었을까.

콜롬보의 한 호텔에 머물 때였다. 지배인으로 일하던 프라사드 씨는 매년 '에살라 페라헤라'에 카타라가마를 찾는다고 했다. 자기는 대중교통으로 그곳을 방문하지만, 스리랑카 최북단인 자프나에서 카타라가마까지 480여 킬로미터를 도보 순례로 걸어 내려가는 신자들도 있다고 했다. 그 말을 듣고 두 귀를 의심했다. 두 줄의 끈이 달렸을 뿐인 허술한 슬리퍼 차림으로 스리파다를 올라가는 사람들처럼 그들도 그런 차림으로 긴 여정을 나설 것이기 때문이다.

사실 그때부터였다. 언젠가 카타라가마에 꼭 가봐야겠다는 마음을 품었던 것이. 도대체 어떤 믿음으로 순례자들은 땡볕의 더위를 무릅쓰고 근 한 달을 길 위에서 기도하고 숙식하는 극한 고통의 시간을 보내는지 몹시 궁금했다. 내가 그간 스리랑카에서 불편하고 고된 여행을 기꺼이 감수한 것과 비슷한 이유에서일까. 만약 그렇다면 그들은 극도의 고행을 통해 소망을 이루겠다는 나와 같은 발상을 지녔을 것이 분명했다.

사원의 진입로로 들어섰다. 가로수들이 갓 여름을 맞은 상록수처럼 무성하게 잎을 매달고 있었다. 사원 출입구 양옆으로는 겨자색 칠을 한 담벼락이 이어졌다. 강 위에 놓인 소담한 다리를 건너 초록의 가로수길을 지나 샛노란 담장까지 마주하고 나니, 카타라가마 성지 안에 오즈의 마법사가 살고 있을 것 같은 생각이 들었다. 하지만 나는 잠시 후, 노란 담장 위 곳곳에 초록 꽁지깃을 활짝 펴고 둘러앉은 수백 마리의 공작들을 보았다. 오즈의 마법사라니 어림도 없는 소리였다.

공작은 시바의 둘째 아들이자 전쟁과 승리의 신, 무르간(여섯 개의 얼굴과 열두 개의 팔을 가지고 공작을 타고 날아다니는 힌두 신)을 모시는 영물이다. 그러니 공작들이 벽을 겹겹이 둘러싸고 있는 카타라가마 사원은 두말할 것 없이 그들의 주인 무르간의 성전이었다. 다시 말해 무르간이 진정한 카타라가마의 수

▪ 카타라가마 사원의 출입구

호신, 데비요이다. 스칸다, 카티르카맘 등으로도 부르지만 스리랑카에서는 성전 그 자체와 동일시하여 아예 '카타라가마'라 칭하고 있었다.

그런데 어째서 불교의 나라 스리랑카에 힌두교의 신인 무르간이 성전을 갖게 되었을까. 신화에서는 악신에게 점령당해 가뭄과 가난으로 병들고 고통받던 카타라가마를 무르간이 되찾아 재건했기 때문이라 전하고 있다. 이후 카타라가마뿐만 아니라 스리랑카 사람들 모두 무르간을 높이 기려 카타라가마에 그의 성전으로 세우는 데 동의했다. 현재 카타라가마는 스리파다와 어깨를 나란히 하는 스리랑카의 2대 종교 성지이다.

안으로 들어서자마자 정면으로 무르간을 모신 작은 사원 '마하 데왈라야'가 보였다. 명성에 비해 소박했지만 마하 데왈라야 건물의 안팎은 매우 분주했다. 안에서는 신도들의 푸자가 끊임없이 이어지고, 순서에 따라 신에게 공물 바구니를 바치려는 사람들이 문밖까지 길게 줄지어 있었다.

푸자와 함께 바친 공물 바구니 속 과일은 일부를 제외하고 나머지를 밖에 있는 사람들에게 나누어주었다. 곳곳에 구부리고 앉아 손을 내민 사람들뿐만 아니라 내게도 과일 몇 개가 주어졌고, 사원에 상주하는 코끼리들에게 대부분 음식이 돌아갔다. 가난한 사람들은 공물 바구니를 봉헌하기 위해 몇 달 동안이나 돈을 모아 카타라가마를 찾는다고 하는데, 그렇게 해서 바쳐진 것 또한 나눔의 대상이 되었으니 카타라가마를 평화와 나눔의 도시라 부르는 진정한 이유가 그런 데 있었다. 있는 자든 없는 자든 가진 것을 아낌없이 내놓고 서로 나누며 신에게 기쁨을 봉헌하는 것, 그것이 카타라가마 푸자의 본질적인 의미였다.

사원 안에는 마하 데왈라야 외에도 남인도 양식을 따라 지어진 '시밤 코빌'(코빌은 앞서 말한 대로 힌두교 사원)과 부처님과 가네샤(시바의 첫째 아들로 코끼리 형상으로 알려진 힌두 신)를 함께 모신 작은 사당도 자리하고 있었다. 그 곁에는 아누라다푸라의 보리수 사원에서 가져다 심었다는 보리수가 신성한 자태로 그늘을 만들고 있었다. 출입구의 반대편으로 난 문을 지나 큰 길로 나오면 기원전 6세기의 마하세나 왕이 조성한 불교 사원인 '키리 위하라'를 만나게 된다. 게다가 길의 끝에는 이슬람

▪ 마하 데왈라야 사원 앞 보리수(위)와 사원에 상주하는 코끼리(아래)

- 시밤 코빌(위)과 부처님과 가네샤를 함께 모신 사당(아래)

사원인 모스크까지 자리하고 있으니 카타라가마 성지 안에는 무르간만 모신 것이 아니었다.

　신도들의 차림새도 다양했는데, 아누라다푸라나 캔디의 불교 사원에서 만난 신자들이 하나같이 흰옷을 정갈하게 차려입었던 것과 달리 이곳에서 만난 신자들은 각양각색의 옷을 입고 있었다. 옷 색깔을 보며 그들이 가진 신앙을 짐작할 수 있었다. 주로 흰옷을 입은 사람들은 싱할라인 불교 신자, 색깔 있는 셔츠에 청바지나 주름치마를 입은 사람들은 스리랑카 타밀인 힌두교 신자, 때로 조금 튀는 느낌의 사리를 입은 사람들은 인도의 타밀나두에서 온 힌두교 신자들이었다. 하지만 카타라가마 성지 안에서는 그들이 따르는 신이 누구인지 그다지 중요하지 않았다. 위대한 마법사 오즈를 만나기 위해 노란 벽돌길에 닿아 있는 에메랄드 시를 찾은 도로시처럼, 카타라가마를 찾은 열성적인 신자들은 노란 담장 안에 사는 무르간을 죽은 자의 소원까지 들어줄 위대한 마법사로 믿으며 찾았을 뿐이다. 그렇게 종교를 막론하고 카타라가마는 모든 이들에게 굳센 믿음과 희망의 원천이 되고 있었다.

　카타라가마에서 이틀을 머물렀다. 카타라가마를 방문하는 사람들은 주로 '팃사마하라마 사원'과 '얄라 국립공원'을 함께 방문한다. 하지만 나는 카타라가마와 무르간에 관심이 집중되었던 터라 이틀 내내 카타라가마 사원만 밤낮으로 드나들었

다. 사원은 현지인에게는 물론이고 외국인에게도 무료로 개방되어 입장에 부담이 없었고 밤에도 불을 훤하게 켜놓아 혼자 돌아다니기에도 안전했다.

휴가철이 아니었는데도 사원 안은 순례객으로 붐볐고 마하 데왈라야 앞에서, 보리수 아래에서 또는 키리 위하라 앞에서 기도하는 사람들의 발길이 끊기지 않았다. 모두 저마다 간절한 소망을 품고 이어달리기라도 하듯 밤새 기도를 이어갔고, 사원 구석구석 불빛이 신도들의 머리 위를 환히 밝히고 있었다. 불빛은 순례자들의 눈과 발이 되어주느라 밤새도록 꺼지지 않았다.

기도가 끝나고 나가는 길에 순례자들은 마하 데왈라야 사원 뒤뜰에 꼭 들렀다. 무엇을 하나 유심히 보니 뜰 한가운데에 있는 우물처럼 생긴 작은 공간 안으로 코코넛을 힘차게 던져 넣고 있었다. 코코넛이 시원하게 반으로 갈라지면 다 같이 함성을 질렀는데, 그것은 영험한 신 무르간이 코코넛을 반쪽 낸 자의 소원을 무조건 들어주리라 믿기 때문이었다. 그 장면은 은근히 중독성이 있어서, 줄지어 코코넛을 깨는 사람들에 한참을 몰입하고 서서는 코코넛이 깨질 때마다 나도 그들과 함께 탄성을 질렀다. 코코넛이 깨지고 안 깨지고의 여부는 숙성 정도에 따른 것일 뿐 전혀 과학적 근거가 없을 텐데도 말이다.

밤이 깊어지자 어디선가 요란한 음악 소리가 들려왔다. 소리 나는 쪽으로 고개를 돌리니 시밤 코빌 쪽에서 한 무리의 사

키리 위하라의 밤 풍경

람들이 다가오고 있었다. 그들은 물결처럼 움직이고 있었는데, 그것은 대여섯 명의 악사를 따라 제각각 무엇인가를 손에 들고 신들린 듯 춤추는 여인들 때문에 그리 보인 것이다. 그들은 전문 무희 같아 보이지 않았으나 최선을 다해 춤에 몰입하고 있었다. 한 여인이 입에 거품을 물고 혼절했는데도 주변 사람들은 아무렇지도 않게 여인을 부축하여 멈추지 않고 춤을 추며 마하 데왈라야 사원을 뱅뱅 돌았다. 그 여인은 이내 깨어났지만, 쓰러진 여자를 쉬게하기는커녕 질질 끌고 다니면서까지 의식을 계속하는 그들에게서 광기가 느껴졌다. 마치 원시의 세계 한가운데로 들어선 듯 으스스했다. 옆 사람에게 눈길을 주며 무슨 영문인지 물었다. 그는 춤을 추다 혼절하면 접신

▪ 밤에 사원 안에서 춤을 추는 사람들

▪ 사원 안에서 춤을 추는 사람들

으로 여겨 사람들이 오히려 반긴다고 했다. 그리고 에살라 페라헤라 때는 카타라가마 사원 안에서 그런 사람들을 수도 없이 보게 된다고도 했다. 2주간의 축제 동안 그렇게 떠들썩하게 의식을 치른다면 에살라 포야의 밤에는 절정에 달할 것인데 그 자리에 있다가는 혼이 빠지기 직전에 이르지 싶었다. 카타라가마의 에살라 페라헤라가 아무리 캔디만큼 성대하다고 할지라도 그 광경을 보고 나니 차마 카타라가마 축제 기간에 그곳을 방문하진 못할 것 같았다.

카타라가마는 지금껏 보았던 다른 사원과 확연히 달랐다. 아누라다푸라와 폴론나루와 같은 역사 유적지가 불교 문화만으로 스리랑카의 과거를 간직한 곳이라면, 불교와 힌두교, 심지어 이슬람 사원까지 한 장소에 모여 있는 카타라가마는 스리랑카 대중 종교의 현주소를 대변하는 곳이 아닐까 싶다. 종교의 경계를 가르며 서로를 배척하기보다는 성스러운 장소를 사이좋게 공유하고, 영험한 신의 자비와 은총을 함께 나누며 평화롭게 공존하려는 스리랑카 사람들의 바람이 오늘의 카타라가마를 만들었으리라. 무르간의 강한 힘과 지혜를 믿으며 카타라가마를 방문하는 순례자들의 소원이 코코넛 깨지듯 시원하게 이루어졌으면 좋겠다.

5. 남부 해안과 콜롬보

흰긴수염고래의
우아함

Mirissa
미리사

스리랑카 남부 해안의 도시들은 동쪽 끝에서 서쪽 끝까지 하나같이 휴양지로 이름나 있다. 동쪽의 '아루감 베이'를 시작으로 서쪽의 '벤토타'까지 모두 인도양에 맞닿아 눈부시게 푸른 해변을 자랑하니 어디도 사랑스럽지 않은 곳이 없다.

동쪽 끝의 아루감 베이는 전 세계 요가 수련자들에게 유명한 곳이고, 거기서 서쪽으로 이동하면서 만나게 되는 '함반토타'는 거대한 염전과 이슬람 모스크로 유명한 지역이다. 14세기 말레이반도에서 건너온 이슬람교도들이 정착하면서 번창한 함반토타는 지중해의 하얀 마을 같은 분위기로 관광객의 이목을 끌고 있다. 조금 더 서쪽으로 가면 해양리조트의 도시 '탕갈라'가 있고 다시 그 서쪽으로는 콜롬보에서 출발한 고속도로와 철로가 끝 지점을 맞는 곳, '마타라'가 있다. 마타라는 남부에서 가장 번화한 도시이다.

그리고 마타라에서 서쪽으로 12킬로미터를 더 가면 남부 해안에서 가장 핫한 도시 '미리사'가 나온다. 이름의 매끈한 어감처럼 미리사는 영혼의 에너지가 흐르는 통로를 시원히 뚫어준 곳이다. 그곳에서는 인도양을 바라보며 해변에 풀어져 있거나, 물속에 들어가 파도 소리에 귀를 기울이는 것만으로도 하루가 그냥 지나갔다. 배가 고프면 해변에 줄지어 선 레스토랑을 기웃거리다 마음에 드는 곳에 들어가 배를 채웠다. 더 늘어지고 싶을 때는 아유르베다 마사지를 받았다. 따뜻하게 데워진 오일 줄기가 서서히 이마에 닿았다가 정수리로 흘러내

리면 단전 끝에 봄날의 아지랑이가 일었다.

　미리사에서는 그렇게 숨 고를 자리를 마련했다. 어린아이가 앓다 깨어나기를 반복하며 성장해 가듯 우리의 내면도 아무것도 하지 않고 그저 숨죽이고 있다가 문득 자라날 때가 있다. 바쁜 일상 속에서는 주머니는 불어날지 몰라도 영혼이 자라기 쉽지 않다는 것을 요 몇 년, 일을 그만두고 깨달았다. 딱히 바쁜 일정을 만들지 않고 가만히 있으며 내면과 소통했으니 그 무엇보다 미리사로 간 것은 매우 잘한 일이었다.

　미리사는 매번 들를 때마다 할 일이 무궁무진했다. 그곳에서는 단 한 번도 같은 일을 해본 적이 없다. 해 질 무렵 코코넛 나무가 그림자를 드리운 바닷가를 산책할 때였다. '패럿 록'이라고 불리는 작은 바위섬을 보았다. 패럿 록은 해안에서 그리 멀지 않은 곳에 있어서, 밀물 때라 하더라도 수심이 무릎 높이 밖에 되지 않았고, 썰물 때는 섬까지 바닷길이 열렸다. 마침 썰물이라 그곳으로 건너갔다. 석양 무렵 패럿 록에 올라서니 사방이 절경이었다. 대양 쪽은 붉은빛을 품은 광활한 인도양이, 해안 쪽은 커다란 새처럼 활개를 펼친 해안선이 펼쳐져 한눈팔 틈을 주지 않았다.

미리사는 서핑의 천국이기도 했다. 성수기의 파도는 전 세계 서퍼들의 심장을 뛰게 한다고 한다. 실제로 곳곳에 세워진 서핑보드와 서핑보드를 메고 가는 외국인 남녀 그리고 어깨가 아이언맨처럼 떡 벌어진 현지인 서퍼들을 2초마다 한 번씩 만났다. 그런 서퍼들 덕에 미리사 해변은 생기로 가득했다.

미리사 서쪽의 '웰리가마'나 '우나와투나'로 이동해 '스틸트 피싱'을 관람하기도 했다. 스틸트 피싱은 해안의 바닷물 속에 긴 장대를 세워놓고 그 위에 올라가 물고기를 낚아 생계를 유지하던 스리랑카의 전통 어업 방식이다. 현재는 보여주기식의 관광상품으로만 남아 있을 뿐이지만, 장대 위에 올라가 낚싯대를 잡고 포즈를 취하려는 관광객에게는 2천 루피씩을 받으니 그편이 고기잡이 수입보다는 훨씬 나을 것 같았다. 단지 구경만 하고 사진 찍는 것은 무료라기에 진지하게 구도를 잡아가며 카메라에 스틸트 피싱의 장면을 담아왔다. 그런데 이후 알고 보니 그들의 낚싯대에는 낚싯줄이 없었다. 그 감쪽같은 연기에 속아 높은 파도에 허리까지 적시며 셔터를 눌러댔

패럿 록(위)과 우와나투나의 스틸트 피싱(아래)

코코넛나무 포토존

던 것을 생각하면 지금도 헛웃음이 난다.

미리사에서 가장 좋았던 것은 인도양 복판을 헤치고 고래를 만나러 나갔던 일이다. 선장 프라나바스 씨를 비롯한 선원들이 이미 출항 준비를 하고 있었다. 그들의 환영을 받으며 제일 먼저 탑승하여 여객선 2층 맨 앞자리를 차지했다. 승객들이 다 타기를 기다리는 동안 주위가 환해졌다. 이른 아침의 태양 빛을 받은 항구가 한 폭의 그림처럼 빛나자 설레기 시작했다. 고래를 만날 수 있을지 어떨지는 알 수 없었다. 대양 한가운데서 고래와 마주치는 운을 기대하기에는 어린 시절 보물찾기의 트라우마가 너무 컸다. 나는 늘 빈손이거나 꽝을 집어 올리곤 했으니 말이다.

드디어 출항의 순간이 왔다. 구명조끼를 입고 손에 아침거리와 생수병과 알약 한 알을 비장하게 받아들었다. 알약은 멀미 방지용이었지만 수면제가 아닐까 의심스러웠을 만큼 알약복용 후 몇 차례나 까무룩 잠에 취했다 깨어나곤 했다. 덕분에여섯 시간 이상 배 위에서 파도를 탔지만 멀미를 하지는 않았다.

한 시간 반쯤 바다로 나갔을까. 갑자기 갑판 위가 분주해졌다. 열 명 남짓 승선한 선원들이 선미에서 선수로 빠르게 이동하는가 하면 커다란 렌즈를 장착한 카메라맨들이 선수에 자리를 잡기 시작했다. 뭔가 나타나는가보다 싶어 사람들의 시선이 향하는 곳으로 나도 고개를 돌렸다. 돌고래 한 무리가 은빛 물보라를 만들며 배의 옆구리 쪽을 따르고 있었다. 배가 파도

출항 전 항구

배의 측면을 따라오던 돌고래 무리

에 출렁거려 몸을 제대로 가누지도 못하면서 바다가 준 뜻밖의 선물에 연거푸 탄성을 질렀다. 수족관에서 자주 보았던 돌고래였지만, 생명체는 자연 속에서 만날 때 더 열광하게 되는 것 같다.

이후로도 돌고래 무리는 뱃길을 안내하듯 수차례 선수에 나서기도 하고 배의 양옆을 가르며 따르기도 했다. 그러다 어느 순간, 기대했던 고래와의 만남이 그렇게 끝나버리는 것은 아닌지 의심스러워지기 시작했다. 관광객은 그렇다 치고 선원들이야 배를 타고 나오기만 하면 볼 수 있는 돌고래일 텐데, 혹시 그날의 주인공인 고래를 만나지 못할 사태에 대비해 선수를 치느라 분위기를 과장하고 있는 것은 아닌가 하는 합리적인 의심 말이다.

하지만 얼마 지나지 않아 선원들의 얼굴에 전보다 더 강한 긴장감이 드러났다. 우리의 시선을 유도하려 그들이 손가락으로 가리킨 곳에 뚜렷이 나타난 검고 부드러운 자태. 얼핏 보고는 뒤집힌 배인가 생각했는데, 글쎄 그 거대한 물체가 슬그머니 앞으로 움직이며 커다랗게 물 분수를 뿜어내는 것이 아닌가. 그것은 정녕 고래였다. 물을 뿜어낸 뒤 포물선을 그리며 물속으로 모습을 감췄다가 다시 올라올 때는, 어디쯤 있는지를 찾기 위해 한참을 두리번거려야 했을 만큼 고래는 성큼성큼 몇십 미터씩 이동해 모습을 드러내곤 했다. 그런 엄청난 속도의 자유로운 항해에서 시선을 뗄 수가 없었다.

배는 줄곧 고래의 측면에서만 움직였다. 고래 구경에 허용된 배는 고래를 중심으로 반경 1백 미터 안으로 접근할 수 없었고, 고래의 진행 방향을 가로막거나 후미를 쫓지 말아야 했다. 당연히 먹이로 고래를 유인해도 안 되고, 그들의 유영에 변화를 줄 만한 행위를 취하는 것도 금지였다. 실제 어떤 선장도 그런 규칙을 어기지 않는다고 했다. 그것은 고래의 생태 보존의 문제일 뿐만 아니라 승객들의 안전과도 직결된 문제이기 때문이다.

그리고 코끼리 사파리 같은 육지 관광객과 달리, 바다의 관광객은 누구도 고래 쪽에 더 가까이 가자는 등의 무리한 요구를 하지 않았다. 멀리서만이라도 자연이 만들어낸 거대하고 신비한 생명체를 만날 수 있다는 것에 감사한 평화롭고 행복한 시간이었다.

'블루웨일'이라 불리는 그 고래는 한국어로 '흰긴수염고래'라 한다. 한반도 근해에도 나타나곤 하니 우리와 매우 친근한 종이다. 한국에서는 고래를 구경하러 바다로 나간다는 생각을 해본 적이 없어서 포경의 실태를 고발하는 다큐멘터리로나 흰긴수염고래를 보았던 것이 다였는데, 바다 한복판에서 고래의 실물을 보고 있다니 실감이 나지 않았다.

집단생활을 하는 고래들은 보통 스물다섯 마리 정도가 한 그룹을 이룬다. 그날 선원들이 추정한 고래의 개체 수는 서너 마리 정도. 선원들은 바다 여기저기에 멈춰선 선박들을 보면서 고래의 위치와 개체 수를 추정했다. 그러나 그들도 고래가 움직이는 경로는 쉽게 예상치 못했다. 흰긴수염고래는 몸길이 28미터에 물을 뿜는 높이가 최대 12미터에 달할 만큼 지구상에서 가장 큰 동물이다. 그들이 자맥질하다 순간 잠수해 버리면 물속에서는 엄청난 속도로 움직이기 때문에, 아무리 고래의 생태에 익숙한 선원이라 해도 그가 다시 모습을 드러낼 곳을 짐작하기 쉽지 않다.

그래서 고래들은 잠수 직전, 길이길이 기억될 장면을 우리에게 선사하고 물속으로 사라지는 것인가 보다. 그것은 그들이 완벽한 개인기를 펼치는 순간이자, 고래와의 만남의 하이라이트였다. 고래를 직접 만나보기 전에는 왜 사람들이 고래 구경 투어에 환호하는지 미처 몰랐다. 나는 그저 고래를 보게 된다면 태곳적 향기를 품은 시간으로 거슬러 간다거나 바다의 여신을 만나겠다는 막연한 공상을 했을 뿐인데, 흰긴수염고래는 생각지도 못한 놀라운 개인기로 나를 현실 세계의 환희에 꼭 붙들어 두었다.

흰긴수염고래가 잠수를 위해 몸통을 끙하고 들어올렸다. 코끼리 스물다섯 배 무게의 거대한 몸집이 입수하는 모습도 장관이었지만, 몸통이 물속에 잠긴 뒤 그 끝에서 꼬리지느러미가 서서히 치켜 올려지던 순간은 평생 가질 열망을 모두 쏟아부을 만큼 명장면이었다.

물 밑에 감추어졌던 보물섬이라도 떠오르고 있던 것처럼 선원과 관광객이 하나가 되어 "쇼 미 더 테일!"을 외쳤다. 그러자 고래는 관객의 환호에 이미 익숙한지 '너희가 기다리던 것이 바로 이것이냐'라고 하듯 꼬리를 힘껏 세워 올렸다. 그러고는 곧 물속으로 유유히 헤엄쳐 들어갔다.

국내 한 가수의 노래에서처럼 하얀 꼬리가 아니어도 좋았다. 새까만 꼬리를 우아하게 치켜세우고 대양으로 사라진 고래에 대한 여운은 한동안 가슴 깊이 머물렀다.

●

마덜두와,
뜻밖의
행운

Koggala

콕갈라

'콕갈라'는 미리사와 갈레의 중간쯤 위치한 평화롭고 고요한 도시이다. 관광지로 이름난 곳은 아니지만, 콕갈라에는 남부에서 규모가 제일 큰 호수와 '마틴 위크라마싱허'라는 작가의 문학관이 있다. 그래서 호수 안에 있는 '마덜두와'라는 섬과 문학관 기행을 위해 현지인 학생들이 단체여행으로 콕갈라를 찾곤 한다. 외국인에게는 잘 알려지지도 않은 콕갈라를 방문하게 된 데는 길고긴 사연이 있었다.

스리랑카에 한두 번 다녀와서 그 매력에 빠져 지내던 즈음, '시빌 웨타싱허'라는 스리랑카 동화 작가를 알게 되었다. 스리랑카에서도 내로라하는 신문사에서 일했던 유명한 일러스트레이터 출신의 작가는 90세가 훨씬 넘은 현재까지도 왕성하게 활동 중이다. 우리나라에도 번역, 소개된 《우산 도둑》과 《달아난 수염》은 국제적으로도 잘 알려진 그의 대표작이다.

이후 우연히 들른 콜롬보의 대형 서점에 시빌 웨타싱허의 동화 작품만 모아놓은 단독 코너가 있는 것을 보고, 그의 고향 '긴토타'행 기차를 탔다. 긴토타에서 작가의 생가나 그를 안다는 사람을 만나 시빌 웨타싱허가 그런 깜찍한 이야기와 일러스트를 창작한 배경이 무엇이었는지 다짜고짜 묻고 싶었다. 하지만 안타깝게도 긴토타에서 그런 흔적은 찾지 못했고, 대신 긴토타 역의 역장에게서 '마틴 위크라마싱허'라는 작가의 생가와 문학관 주소가 적힌 쪽지를 얻었다. 역장은 내 손에 쪽지를 쥐어주며 마틴 위크라마싱허를 스리랑카 최고의 국민 작

긴토타 역(위)과 마틴 위크라마싱허의 생가(아래)

가라 소개했지만, 그때 내 머릿속은 시빌 웨타싱허에 대한 생각뿐이어서 사실 그의 말에 흥미를 느끼지는 못했다. 그러나 실망스럽던 차에 뭐라도 대신해야겠다 싶어 울며 겨자 먹기로 콕갈라행 기차에 올랐다.

그리고 "때로는 잘못 탄 기차가 우리를 목적지까지 데려다주기도 한다"는 어느 영화의 유명한 대사처럼 나는 그날 얼결에 방문한 콕갈라에서 정말 갖고 싶었던 보석을 발견했다. 그 일이 일어나기 전까지는 작가의 생가도 대강, 그 곁에 마련된 민속박물관도 건성으로 들여다보았다.

역시나 하는 심정으로 터덜터덜 돌아 나오는 길에 출구 옆에서 작가의 문학전시관을 만났다. 소박한 시설 안에 작가가 살아생전 남겼다는 1백여 편 가까이 되는 작품들이 전시되어 있었다. 그것들은 소설 등의 문학에만 한정되지 않고 불교문화, 역사, 철학, 인류학까지 인문학의 다양한 분야를 넘나들며 집필한 서적들이었다. 갑자기 허를 찔린 것 같았다. 스리랑카에서 마틴 위크라마싱허라는 작가가 차지한 위상이 대단해 보였다. '스리랑카 판 정약용 선생인가'라고 생각하며, 책 판매 창구로 가 직원에게 추천받은 책 한 권을 사들고 나왔다.

그것이 바로 내가 발견한 스리랑카의 다이아몬드, 마틴 위크라마싱허의 《마덜두와》라는 작품이었다. 알고 보니 1947년 작인 《마덜두와》로 인해 작가는 일약 대작가 반열에 올랐고, 그 작품은 유럽 여러 나라에도 번역, 소개되었다. 스리랑카

Madol Doova, a story of youthful vitality in the enchanting background of a southern Sri Lankan village. Has sold over a million copies in nine languages.

ᐧ마틴 위크라마싱허 문학관

ᐧ《마덜두와》 표지

사람들 모두가 사랑했고, 중학교에서는 그것을 국어 교재로도 쓴다고 하니 《마덜두와》는 싱할라어의 표본이자 스리랑카를 대표하는 문학 작품으로 손색이 없었다.

　이제 막 목소리가 패기 시작한 소년들이 벌이는 기상천외한 사건과 그 때문에 생겨나는 마을 안의 갈등 그리고 주인공들이 가출하면서 펼치는 모험과 정신적 성숙을 다룬 모험기이자 성장 소설이 《마덜두와》이다. 여느 모험기에서처럼 지나친 장난기에도 불구하고 주인공 우팔리와 그의 '망고프렌드'(어린 시절을 함께해 온 죽마고우를 칭하는 스리랑카식 표현) 진나는 사랑스러웠고, 그들이 만들어가는 일화에는 남부의 생활상과 열대의 향토색이 생생히 드러나 있어 작품 탐독 후 스리랑카에 대한 흥미와 이해의 폭이 훨씬 커졌다. 만약 작품을 영어가 아닌 싱

- 마틴 위크라마싱허

할라어 원문으로 읽게 된다면 훨씬 더 실감날 것 같았다.

작품의 제목이자 배경이 된 '마덜두와'는 콕갈라 호수 입구의 작은 섬이다. 실제로도 사람이 살지 않지만, 소설 속에서도 덩굴로 뒤덮인 무인도로 설정되어 있다. 왠지 아무도 살지 않는 곳이어야만 무지개 너머처럼 무한한 모험과 상상이 펼쳐질 것 같음을 부인할 수 없으니 그것은 매우 그럴듯한 문학적 장치였다.

마덜두와가 실존하는 장소라는 것은 한참 뒤에야 알았다. 정기적으로 섬을 오가는 배편은 없지만, 강가에 사는 어부들에게 약간의 삯을 내면 배를 띄워 섬으로 데려다준다는 것이다. 귀가 번쩍 뜨였다. 언제나처럼 섬에 가고 싶다는 생각을 떨칠 수가 없었다. 그것은 심지어 소설 《마덜두와》의 배경이 된 곳이 아닌가. 하지만 혼자서 무인도에 들어갈 자신은 없었다. 그래서 우데시의 가족에게 섬에 함께 가자고 제안했다.

그런데 사실 우데시와 함께 섬을 찾은 것은 마덜두와가 처음이 아니었다. 우데시 가족을 만나기 전 해에 파라푸두와 섬의 사원으로 스님께 초대를 받은 적이 있었다. 폴론나루와의 갈 위하라에서 만났던 스님 일행이 바로 우데시 집 근처 파라푸두와 섬의 사원에서 수행하는 분들이었다. 그때 얼결에 섬 안에서 나룻배를 저어 마중 나오지 않으면 함부로 들어갈 수 없는 파라푸두와 섬에 발을 들여놓았고, 스님께《담마경》을 선물 받고 섬에서 나오는 길에는 말로 표현하지 못할 만큼 아름다운 보랏빛 노을을 보았다. 그에 대해 감사의 표현을 하고 싶어서 그 다음 해에 스님께 드릴 관세음보살상(그곳에는 없는 것을 드리고 싶은 마음이었으나 불상이었으면 더 좋았을 뻔했다)을 한국에서 준비해 갔는데, 그만 사원의 전화번호와 주소가 적힌 쪽지를 집에다 두고 갔다. 그 바람에 사원에 들어갈 방법을 알 만한 사람을 수소문하러 그 주변을 헤매다녔고, 그러다 만난 것이 우데시 가족이었다. 그때 그의 아버지가 섬으로 연락을 취해주었고, 우데시가 파라푸두와 섬 안까지 동행해 주었다.

우데시 가족은 이방인인 나를 처음부터 집으로 들여 살뜰히 대접했고, 나도 스리랑카에 갈 때면 우데시네를 꼭 들렀다. 방문 일정을 알리면 우데시의 아버지는 마당에 열린 킹코코넛과 파파야 등의 과일을 따서 부엌 한쪽에 놓고 익히며 '산자나

▪ 우데시(왼쪽에서 두 번째)와 엄마 그리고 동생들

를 위한 것이니 절대 건드리지 마라'라고 하며 우데시의 다섯 남매에게 단단히 주의를 시켰다고 한다. 그런 대접에 민망하기도 했지만, 그렇게 하며 기뻐하는 순수한 마음을 딱 잘라 거절할 방법도 없었다. 그런 우데시 가족을 위해 언젠가 정성을 다한 선물을 마련하고 싶었는데, 그것이 우데시와 함께 두 번째 섬, 마덜두와를 방문하게 된 이유였다.

드디어 마덜두와로 소풍가는 날이 되었다. 가는 길에 마틴 위크라마싱허의 생가와 문학관에 한 번 더 들렀다. 《마덜두와》를 읽은 지 1년 만이었다. 다시 방문한 그곳은 더이상 건성으로 지나칠 수 있는 장소가 아니었다. 보다 진지하게 생가를 둘러보았으며 방명록에 무엇이라 적기도 했다.

우리 돈으로 1만 원 남짓 되는 금액으로 우데시의 온 가족과 함께 배를 탔다. 현지인인 그들에게는 뱃삯이 무료였다고 해도 과언이 아닐 정도로 적은 금액이었지만, 엄마 쉐린은 그렇게 배를 타고 섬으로 가보는 것이 처음이라면서 기회를 마련한 내게 무척 고마워했다. 하지만 내가 베푼 호의보다 그곳으로 함께 가면서 우데시 가족에게 내가 받은 도움이 더 컸다. 콕갈라까지 가는 툭툭을 우데시 아버지가 마련해 주었고, 어부들이 사는 마을을 수소문해 배를 찾고 가격을 흥정하는 모든 과정이 우데시와 동생 지나의 도움으로 이루어졌다. 선착장이 있는 마을을 찾아가는 것은 둘째치고, 그곳의 현지인들과 의사소통 자체가 안 되어서 혼자 갔으면 눈물을 머금고 돌아섰을 것이 뻔했다.

어쨌거나 우리는 마침내 배에 올랐고 마딜두와에 가야겠다고 그렇게 안달하던 나도, 처음으로 모두 함께 뱃놀이를 즐기게 된 우데시의 가족도 섬으로 가는 내내 콧노래를 흥얼거렸다. 하늘은 맑았고 햇빛은 적당히 따가웠다. 섬 가까이 다가가니《마딜두와》에서 읽은 대로 섬의 가장자리가 물속에 뿌리내린 맹그로브 나무들로 빽빽이 둘러싸여 있었다. 어부가 용케 배를 댈 곳을 찾아 우리를 내려주었다.

배에서 내려 우팔리와 진나가 된 기분으로 섬 탐험을 시작했다. 덩굴이 우거진 입구를 보자 두 소년이 땅을 개간하기 위해 덩굴을 걷어내던 장면이 떠올랐고, 나뭇가지들이 터널처럼

마딜두와 섬에서

지붕을 드리운 길을 지나 섬 반대편의 물가로 나서자 깊은 밤 희미한 불빛과 함께 나타나 우팔리와 진나를 오싹하게 한 배를 탄 여인이 그려졌다. 이쯤은 소년들의 개 다도리아가 코브라를 뒤쫓던 곳, 이쯤은 그들이 감자를 경작하고 바나나와 캐슈넛을 수확했을 곳 등.

한창 이야기 속 상상에 빠져 있을 때였다. 쉐린과 지나가 다급하게 우데시의 이름을 부르고 있었다. 우데시가 보이지 않는다고 했다. 엄마의 걱정을 알 리 없던 우데시는 잠시 후 나무 위에서 깜짝쇼를 하며 멀쩡히 나타났다. 순간 나는 '네가 바로 우팔리구나'라며 웃음을 터트리고 말았다. 진정 소설 속 마덜두와로 장소를 옮겨간 느낌이었다.

《마덜두와》 출간 뒤 130년이나 흘렀지만 스리랑카 남부 사람들의 모습은 소설 속 인물들과 별반 다르지 않았다. 파라두와 섬 근처에 살던 우데시가 그랬고, 히카두와의 이레시가 그러했다. 그들은 여전히 자연이 준 모습 그대로, 자연의 본성을 따르며 살았다. 돌아 나오는 길에 청바지를 적셔가며 일부러 물속을 걸어가는 우데시의 뒷모습에서 우팔리와 진나가 멀지 않은 곳에 있음을 다시 한 번 실감했다.

'세렌디피티serendipity'라는 단어가 있다. 우연히 발생한 이상 현상에서 뜻밖의 결과를 도출했을 때, 그 놀라운 발견을 자축하며 과학계가 종종 사용하는 말이다. 세렌디피티라는 말을 처음 사용한 사람은 18세기 중엽의 한 영국인이었다. 지인에게 보낸 글에 '우연한 발견이나 뜻밖의 행운'이라는 의미를 부여해 사용한 단어, 세렌디피티는 페르시아의 《세렌딥의 세 왕자》라는 우화에서 착안했다고 한다. '세렌딥'이란 아랍인들이 스리랑카를 부르던 옛 이름이었고, 아랍에서는 스리랑카를 행운의 섬 내지는 보물섬으로 인식하고 있었으니, 영국의 작가는 우화 속 세 왕자가 거머쥔 행운을 대단한 우연에서 비롯한 것으로 생각했던 것 같다.

그렇게 해서 만들어진 세렌디피티라는 단어로밖에 표현되지 않을, 뜻밖의 행운의 최대 수혜자는 다름 아닌 내가 아니었을까 생각해 보았다. 때마침 나의 여행지는 스리랑카, 즉 세렌딥이기도 했으니 말이다. 정말 세렌디피티의 대단한 우연이 아니었다면, 엉성하게 시작했던 여행 일정이 그만큼 풍성하게 채워질 수는 없었을 것이다. 가는 곳마다 좋은 사람들과 함께 했고, 그들의 도움으로 풀리지 않는 매듭을 풀어가듯 여행해 왔다.

스리랑카에서의 여행이 편하고 여유로웠다는 뜻은 아니다. 세 왕자의 우화에서도 세렌디피티는 아무것도 하지 않고 쉽게 잡은 우연으로 묘사되지는 않는다. 일부러 힘든 길을 찾아다니면서 수행자처럼 그 과정을 묵묵히 받아들였기에 우연히, 아주 우연히 지도에도 나오지 않는 섬에도 가고, 아주 특별한 인연을 만났으며, 다이아몬드 같은 문학작품도 알게 되었다고 믿는다.

채송화로
목걸이를
엮어요

Galle
갈레

잠에서 깨어나니 거센 빗소리에 섞여 여자아이들의 합창이 들려왔다. 창가로 다가가 귀를 기울이니 옆 건물에서 나는 소리였다. 잘 녹음된 음반에서 흘러나오듯 경쾌하고 흐트러짐 없는 목소리가 오르간 반주에 딱딱 맞아떨어졌다.

숙소 바로 옆 건물은 갈레 구시가지의 여학교였다. 여섯 살부터 5년간의 초등교육과 열한 살부터 4년간의 중등교육, 열다섯 살부터 4년간의 고등교육이 통합적으로 이루어지는 학교인지 창문 너머로 본 교실마다 다양한 나이대의 아이들이 있었다.

고나가마의 딜레카와 라시파바가 떠올랐다. 고나가마는 시골이라 더 나은 학습 환경을 위해 두 친구는 그 지역의 중심지인 쿠루네갈라로 고등학교를 진학했다. 딜레카의 집에 머물며 보니 딜레카는 새벽 4시에 일어나 직접 교복을 다려 입고 등교하곤 했는데, 그 친구들도 옆 여학교 아이들처럼 한목소리로 교가를 제창하고 일과를 시작하는지 문득 궁금해졌다.

아침식사를 하는 중에 비가 그쳤다. 새벽부터 몇 시간을 한꺼번에 쏟아붓더니 빗물도 동이 났는지 하늘이 쨍하게 갰다. 밖으로 나서니 2~3백 명쯤 되어 보이는 아이들이 몰려나와 있었고, 곳곳에 모여든 구경꾼까지 가세해 시끌벅적했다. 남부 지역 여학교의 연합행사가 '갈레 성채' 한쪽 공터에서 치러지는 모양이었다. 그래서 앞서 옆 학교 아이들이 수업 대신에 국가와 교가를 열창하고 있었나보다. 길 한쪽에는 붉은 색깔의 사

리를 차려입고 장구 비슷한 악기를 어깨에 건 여자아이들이 공연을 위해 열을 맞춰 대기하고 있었다. 붉은 천으로 몸을 감싼 까무잡잡한 피부의 아이들이 루비처럼 어여뻤다. '라투매니커'('붉은 다이아몬드'라는 뜻의 싱할라어)를 길에 뿌려놓은 듯 머리에 붉은 꽃장식을 꽂은 아이들이 햇빛 속에 반짝반짝 빛났다.

스리랑카의 교육제도는 상당히 선진적이다. 교육 과정의 마지막에 '어드밴스드 레벨'(A, 한국의 고3에 해당함)을 두어, 대학 진학을 목표로 하는 아이들이 각자 자신이 선택한 분야의 세 과목씩을 심화 학습하게 하고, 시험에 합격하면 대학 입학과 동시에 모든 교육 과정이 무상으로 제공된다. 불합격하면 대학에 들어갈 기회가 없다. 열악한 경제 상황에도 그처럼 교육제도가 잘 정비된 것은 영국의 영향이다. 안타깝게도 그것이 지배와 피지배의 불편한 관계, 즉 식민의 역사 속에서 자리 잡은 것이기는 하지만 말이다.

갈레는 스리랑카에서 서구 열강이 가장 먼저 침탈한 곳이다. 1505년, 포르투갈 함대가 갈레 항에 닻을 내리자 원주민들이 격렬하게 반발했다. 갈등이 잦아지면서 포르투갈 함대는 현지인들이 아예 넘나들지 못하도록 자신들이 주둔해 있던 갈레 반도 입구에 단단한 벽을 세워버렸다. 결국 갈레 반도의 원주민은 모두 쫓겨났고, 땅을 사이에 두고 주객이 전도되면서 식민지 역사가 싹을 틔웠다.

이후 1640년에는 네덜란드가 포르투갈에게 지배권을 빼앗으면서 갈레 성채를 재정비했는데, 기존의 성벽을 무너뜨리고 새롭게 성채를 쌓았다. 그때는 현지인만이 아니라 외부에서 침입할 세력까지 대비해야 했으므로 갈레 반도 전체를 둥글게 둘러싼 형태로 성채가 만들어졌다. 그것이 바로 파란 바다 곁에서 호박빛을 발하며, 스리랑카로 나를 유혹하던 '갈레 성채'였다. 하늘에서 내려다본 갈레 성채는 눈부시게 아름다웠는데, 막상 그 내력을 알고 그곳을 방문하니 마냥 즐거울 수만은 없었다. 인도양을 배경으로 펼쳐진 이국적인 풍경으로 1988년 세계문화유산으로 등재된 이후 관광객에게 더 많은 사랑을 받게 되었으니 그나마 다행이다.

갈레 여행은 깊은 내력을 품은 성채를 둘러보는 것이 핵심이다. 비가 다시 쏟아지기 전에 산책을 끝내려면 조금 서둘러야 했다. 라투매니커들의 공연이 펼쳐질 공터를 등지고 주출입구 쪽 반대 방향으로 걷기 시작했다. 주출입구의 시계탑을 기점으로 올드게이트, 병원 거리, 등대길 순서로 산책하는 일반적인 방법 대신 정반대 방향에 있는 '트리톤 요새'와 '깃발 바위' 쪽을 먼저 가보기로 해서였다.

그쪽은 인적이 드물어 관광지라기보다는 한적한 바닷가 마을 같은 분위기를 풍겼고, 한가롭게 산책하기에 딱 좋았다. 그럴싸한 건물이나 기념비가 없어서인지 트리톤 요새는 관광객보다는 현지인들의 차지였다. 조깅을 하는 사람이 있는가 하면, 둔덕에 앉아 햇살을 즐기는 노인들도 간간이 보였다. 요

⌐ 전문 사진사를 대동해 사진 찍는 연인

트리톤 요새

새나 성벽 안 움푹 팬 곳은 연인들의 차지였고, 전문 사진가를 대동하고 스냅 사진을 찍는 연인들도 만났다. 드넓은 인도양을 보며 산책을 하고 연애를 하고 그것을 배경으로 사진 찍기를 일상으로 할 수 있는 현지인들이 부러웠다.

성벽 위에서 내려다본 갈레 반도의 시가지들은 바둑판 위의 흑돌, 백돌처럼 구획을 맞춰 정리되어 있었다. 네덜란드 시대에 지어진 고풍스럽고 이국적인 모습의 가옥들이 쭉 뻗은 골목을 따라 길 양쪽에 늘어선 가운데 조금 이질적으로 보이는 건축물, 이슬람 모스크가 나타났다. 14세기에 갈레를 드나들던 아랍 상인들이 만들었다고 하는데, 오랜 세월이 지났음에도 유난히 흰 외벽 때문인지 빛바랜 오렌지빛 지붕의 가옥

▸ 이슬람 모스크

사이에서 이질적으로 보였다.

그 바로 앞에 갈레의 랜드마크 중 하나인 등대가 코코넛 나무들 사이에 우뚝 솟아 있었다. 1848년 영국인들이 세웠다는 스리랑카 최초의 등대로, 지금 것은 1958년에 재건축된 것이다. 등대 내부로 진입은 불가했다. 그것도 모르고 혹시 내부에 전망대가 있을까 하여 주변을 서성거리다가 등대지기의 의혹 가득한 눈빛을 받기도 했다.

조금 더 앞으로 직진해 '병원 거리'라 불리는 곳에 도착했다. 네덜란드 통치 때 병원 건물이 있던 곳이라 그런 이름이 붙었겠지만, 2004년 쓰나미 피해 이후 병원은 자리를 옮겼고 지금은 식당가와 쇼핑몰로 이용되고 있다.

▪ 1848년 건축된 스리랑카 최초의 등대

그럭저럭 한 시간쯤 지나자 남국의 뜨거운 태양 아래 살갗이 빨갛게 익어버렸다. 잠시 더위도 식힐 겸 주스나 한잔 마실까 하여 성벽에서 내려가 시가지로 들어섰다. 구시가지의 가옥들은 대부분 식당가나 숙소 또는 아기자기한 기념품 가게로 변신해 있다. 그중에서 '오델'과 '베어풋'이 내가 가장 선호하는 곳이다. 오델은 온갖 물건을 다 파는 잡화점이고, 베어풋은 스리랑카 전통 직물로 만든 수백 가지 제품을 파는 매장인데, 콜롬보의 오델 백화점이나 베어풋 매장이 훨씬 크지만 나는 갈레의 오델 매장과 베어풋을 더 선호한다. 너무 큰 장소는 들어서기 무섭게 눈앞이 아찔해지면서 오히려 눈에 들어오는 물건을 찾기가 더 어렵다. 하지만 갈레 매장에서는 어물쩍대도 두 시간이면 전체를 둘러보며 원하는 것을 골라낼 수 있으니 쇼핑하기에 그만한 장소도 없다.

하지만 뭐니 뭐니 해도 스리랑카에서 가장 유명한 것은 차와 보석 아니겠는가. 구시가지 안에서 가장 많은 수를 차지하는 것도 보석 가게들이다. 특히 사파이어와 루비 등의 유색 보석은 질적으로나 가격 면으로나 스리랑카를 찾은 관광객의 취향을 사로잡기에 손색이 없다.

처음에는 보석에 관심이 없었기 때문에 오델과 베어풋 쇼핑 후 두리번거리며 주스나 마실 카페를 찾고 있었다. 그러다 모하메드라는 사람을 만났다. 그의 영어가 너무 유창해서였을까. 인상이 그다지 좋은 사람은 아니었는데 어쩌다 그의 가게를 따라 들어가게 되었고 그 안에서 꽤 오랜 시간 동안 이야기를 나누었다.

그로부터 갈레에서 콜롬보 근교의 '카데와터'까지 가는 고속버스가 있다는 것을 알게 되었고, 바닷가나 관광지에서 뼈가 굵은 현지인들은 때로 위험할 수 있으니 조심해야 한다는 당부를 수차례 들었다. 스리랑카의 관광 역사가 그리 오래되지는 않았지만, 그사이에 관광객의 성향도 변했고 15년 전쯤엔 러시아인과 독일인 위주였던 관광객이 최근 5년간은 중국인들로 대거 바뀌었다는 것도 그에게 들어 알게 되었다.

그러다 어느 순간 우리 돈으로 4만 원쯤 하는 사파이어 반지와 동생에게 줄 사파이어 목걸이를 사고 있었다. 그의 화려한 말솜씨에 넘어가서 쇼핑목록에 없던 보석을 충동 구매하고 말았지 뭔가. 내가 산 것들은 작은 아이템에 불과했으나, 다이아몬드와 사파이어가 박힌 백금 반지는 2천 달러나 되었고 색색의 사파이어가 박힌 목걸이도 1천2백 달러를 웃돌았다. 하지만 사파이어, 다이아몬드 가격이 그 정도는 되려니 하고 선뜻 구매했다가는 크게 후회할 수 있다. 적정선을 알 수 없는 것이 그곳의 보석 가격이기 때문이다. 사파이어만 하더라도 빛깔이나 모양에 따라 헐값에서 고가까지 가격이 천차만별이라 일반인의 눈으로는 구별하기 어렵다.

그곳에 더 있다가는 아무래도 지갑이 다 털릴 것 같아 서둘러 근처 카페로 자리를 옮겼다. 자리에 앉자마자 최애 메뉴,

파파야주스를 주문했다. 스리랑카에서는 주스를 주문하면 무조건 생과일주스가 나온다. 얼음은 안 넣어주지만, 설탕이나 물을 섞지 않은 순수 생과일로만 주스를 만들어주니 3백 루피쯤을 주더라도 마셔볼 만하다.

밖을 내다보니 유명 박물관의 그림 한 점을 가져다 놓은 듯한 전망이 눈앞에 펼쳐졌다. 파란 하늘과 맞닿아 인도양의 바다가 더 새파래 보였다. 오렌지빛 너와를 얹은 지붕들 사이에 고개를 삐죽이 내밀고 선 등대는 마치 일부러 그곳에다 세워놓은 듯 그림 같은 풍경을 완성하는 데 감초 역할을 했다. 바닷바람까지 불어오니 땀이 식으면서 마음이 한결 여유로워졌다.

카페를 나와 향한 곳은 '올드게이트'였다. 사진에서 보았던 호박빛의 벽, 그 한가운데로 난 문을 통해 성채 밖으로 나서니 거기에 새로운 세계가 펼쳐졌다. 과거의 시간을 따라 구시가지를 걷다가 올드게이트라는 타임머신을 타고 현재의 생생한 삶의 현장으로 뚝 떨어진 느낌이었달까. 벽 하나를 사이에 두고 안팎의 풍경이 달라도 너무 달랐다.

성채 밖에는 항구와 어시장이 있었다. 커다란 챙모자에 꽃무늬 드레스를 입고 셀카봉을 든 관광객들 대신, 평상복을 입고 삼삼오오 좌판에 모여 물고기를 사고파는 사람들이 보였다. 내가 다가서자 한 어부가 커다랗게 웃으며 다랑어인지를 번쩍 들어올려 포즈를 취해주었다. 좋은 가격에 주겠다며 문어나 새우를 들고 사람 좋게 웃고 있는 상인들도 있었다.

▪ 올드게이트

어시장 풍경

그 와중에 뒤통수에서 "따라란따라 따라란따라." 시끄러운 음악 소리가 들렸다. 돌아보니 사람 대신 빵을 잔뜩 실은 툭툭이 눈앞에 서 있다. 창유리에 20, 25, 60 등의 숫자가 새겨져 있었는데, 그것은 빵의 가격이었다. 믿을 수 없는 가격이었다. 그러나 의외로 맛있어서 은근히 계속 찾게 되는 것이 스리랑카의 빵이다.

툭툭에 'ㅇㅇㅇ 베이커'라는 이름까지 새긴 이동식 빵집을 현지인들은 '쭌빵'이라 불렀다. 빵은 포르투갈에서 온 말 그대로 빵이고, 쭌은 '재미있다'는 의미를 지닌 싱할라어 속어이다. 그러니 쭌빵은 아침, 저녁으로 자신의 등장을 알리며 스리랑카 전역의 빵차가 다 똑같이 커다랗게 틀고 다니는 음악 소리, '따라란따라 따라란따라' 때문에 이동식 빵차에 붙은 별명이다. 거기에는 "계란이나 달걀, 달걀이나 계란." 하고 동일한 톤으로 똑같은 말을 반복하며 골목을 돌아다니던 한국의 계란

▪ 쭌빵

트럭과 비슷한 레트로 감성이 있었다.

갈레 성채의 하이라이트는 주출입구 쪽 요새들이다. 성채 안에서 출입구를 바라보며 오른쪽에 있는 것이 '해 요새', 왼쪽 '시계탑'과 함께 있는 두 개의 요새가 '달 요새'와 '별 요새'이다. 해, 달, 별 요새 외에도 갈레 성채에는 총 열한 개의 요새가 있다. '오로라'나 '아이올로스'(바람의 신)처럼 하늘에 존재하는 것들로 이름을 붙였고, 이름보다 아름다운 풍광이 관광객의 발길을 꼭 붙들었다. 그곳에 올라서면 동서로는 바다가, 남쪽으로는 갈레반도의 황톳빛 구시가지가 삼면을 둘러싸고 푸르고 노랗게 시선을 압도한다. 그래서 가장 운치 있는 장면이 연출되는 시계탑과 달, 별 요새 쪽은 항상 관광객으로 북적인다.

숙소로 돌아오는 길에 성벽 아래에 피어 있는 채송화를 보았다. 스리랑카에서 채송화를 보게 될 줄이야. 어린 시절 채송화는 내게 선망의 대상이었다. 꽃밭의 정중앙도 아닌 가장자리에 슬그머니 고개를 내밀고 있다가 어느 무더운 날 문득 꽃을 피워내는 것이 몹시 사랑스러웠다. 어린 마음에 흰색과 빨간색, 노란색에 자주색까지 한데 어울려 있는 꽃송이들이 보석처럼 보였던 것 같다. 그래서 어떤 날은 여름볕이 뜨거운 줄 까맣게 잊고 한참을 쪼그리고 앉아 꽃 무더기를 내려다보기도 했다.

고백하자면, 사실은 모하메드 씨 보석 가게에 진열되어 있던 형형색색의 사파이어 목걸이에 정신이 잠깐 팔렸었다. 살까

갈레 성채

말까 몇 번을 갈등했다. 파란 사파이어 사이사이에 색색의 보석들이 화려하게 박힌 그것이 가슴 중앙에서 반짝거리면, 어린 시절 마음을 사로잡던 채송화 무더기가 내 안에 불쑥 피어날지도 모른다는 억지스러운 공상과 함께 말이다.

하지만 결국 나는 산책길에 만난 사람들과 함께 만든 세상 하나뿐인 목걸이로 사파이어를 대신하기로 했다. 사리를 입고 장구를 멘 아이들의 어여쁜 빨강과 아침 햇살을 쬐며 둔덕에 앉아 있던 노인들의 살짝 빛바랜 노랑과 성채 곳곳에서 사랑을 속삭이던 연인들의 자줏빛 미소와 기념품 가게의 점원들과 보석 세공사들과 어시장 사람들과 쭌빵 툭툭 사장님의 성실한 흰빛이야말로 길모퉁이에서 나를 반기던 채송화처럼 수수하면서도 최고로 사랑스러운 꽃이 아니었을지.

안녕,
캐스바

Hikkaduwa

히카두와

스리랑카에는 두 개의 해상국립공원이 있다. 하나는 동부 트링코말리 근방의 파라위두파타, 피전 아일랜드이고, 다른 하나가 남부의 '히카두와' 해변이다. 두 곳 모두 수십 종의 산호초와 그곳에 깃들어 사는 바다거북이 같은 해양생물 덕분에 유명 관광지가 되었다.

　그중 히카두와에 더 많은 관광객이 방문하는 이유는 접근의 편리함 때문이기도 하지만, 무엇보다 주된 이유는 그곳만의 힙한 문화 때문이다. 한때 '히피의 천국'이라 불렸던 히카두와에는 열대기후를 지닌 해안 지역의 고유한 문화와 외국인 배낭 여행객이 들여온 다양한 문화가 십수 년간 어우러져 만들어진 독특한 분위기가 있다. 그런 독특하고 감각적인 분위기 때문에 해마다 고정적으로 히카두와를 찾는 여행객까지 있을 정도이다.

　성수기인 12월부터 2월에는 해수욕이나 보트 투어를 하려는 방문객과 스노클링, 다이빙, 서핑 등의 해양 스포츠를 즐기려는 사람들로 발 디딜 틈이 없다. 아이러니하게도 나는 그런 점 때문에 선뜻 히카두와를 찾지 못했다. 수영에 서투니 해양 스포츠로 유명한 바닷가 휴양지가 크게 흥미로울 리 없었다. 때마침 스리랑카에 방문하겠다고 안내를 부탁해 온 두 제자가 아니었다면 히카두와는 내게 영영 미지의 영역으로 남았을지도 모른다.

　히카두와 방문을 앞두자 며칠 전부터 설레기 시작했다. 처음으로 마련해 본 스노클링 장비로 과연 물속 세상을 구경할 수 있을지 몹시 궁금했다. 하지만 기대에 차서 갔다가 실망하게 될까봐 망설이던 끝에 결국 물놀이 도구를 챙기지 않은 채 히카두와로 갔다. 그런데 웬걸, 버스에서 내려서 만난 거리의 첫인상부터 다른 곳과 달랐다. 젊고 활기찼다. 상가들 사이로 난 골목을 헤치고 바다 쪽으로 나서니 코코넛나무가 그늘을 드리운 해변 안쪽으로 스노클링 장비 대여업체들이 즐비했다. 그 바로 앞 얕은 바다에는 해수욕과 스노클링을 즐기는 사람들로 장사진을 이루었는데, 가까이 가보니 바닥까지 훤히 비치는 물속에서 색색의 열대어들이 물결을 따라 떼 지어 오가는 것이 아닌가!

히카두와 해변

　순간 숙소에 두고 온 최신식 스노클링 장비가 눈에 삼삼했다. 숙소는 긴토타 근방이라 버스로 20분을 오가야 했지만, 당장 물속 신세계를 들여다보겠다는 생각뿐이었으므로 그쯤은 문제도 아니었다. 동행한 두 제자는 다음 날 히카두와에 다시 오겠다고 해서 어쩔 수 없이 스노클링을 도와줄 만한 현지인을 찾아 시간 약속을 하고 숙소에서 수영복이며 장비를 챙겨서 부지런히 히카두와로 다시 갔다.

　그런데 막상 바다에 도착하니 1천5백 루피에 스노클링을 도와주기로 했던 현지인이 보이지 않았다. 점심을 먹고 배탈이 나서 약속했던 시간보다 한 시간 늦게 나간 건 나인지라 누구를 탓할 수도 없었다. 금액을 미리 치르지 않은 것만으로도 다행이라 생각했지만, 혼자서는 도저히 물에 들어갈 용기가 나지 않아 물가에서 그저 머뭇거리고 있었다. 그때 눈이 딱 마주친 또 다른 현지인 하나, '이레시'라는 친구였다. 이레시는 꼬불거리는 긴 머리에 서글서글한 눈빛을 하고 저쪽에서부터 뭘 원하느냐고 소리치며 다가왔다.

그리하여 마침내 시작된 스노클링. 숨을 깊이 들이마셔라, 마스크 안으로 머리카락이 딸려 들어가지 않도록 주의해라, 산호초를 밟고 서거나 만져서는 안 된다 등의 주의를 경청하고, 떨리는 마음으로 구명조끼와 스노클링 마스크를 착용했다. 바닷물에 들어가는 일이 그리 두려울 일이었을까. 처음 치과에 가던 날처럼 다리가 덜덜 떨렸다. 하지만 긴장감은 물속 세계에 대한 호기심을 넘어서지 못했다. 깊이 숨을 들이쉬고 입수했다. 신장비의 효과 때문이었는지 신기하게도 머리를 물에 깊이 담그자 물 위로 몸이 떠올랐다.

가장 먼저 물 밖에서 보았던 열대어들이 눈에 들어왔다. 군무를 추듯 오른쪽과 왼쪽으로 방향을 바꿔가며 단체로 유영하는 그들이 어찌나 사랑스러워 보이던지…… 점점 물속으로 빨려 들어가는 것 같다고 생각하던 와중에, 갑자기 이레시가 손짓을 하며 좀 더 깊은 곳으로 이동하자고 했다. 나는 무슨 자신감에서였는지 잠깐의 고민도 없이 힘차게 발차기를 하여 해안을 등지고 바다를 향해 방향을 틀었다. 깊은 곳에는 확실히 수심이 얕은 곳에서 보았던 물고기와는 전혀 다른 종들이 살고 있었다. 단 몇 분 만에 노랗고 파란 줄을 몸에 두른 열대어

히카두와 바닷속 산호와 물고기

부터 색은 검지만 화려한 지느러미를 가진 열대어 등 각양각색의 물고기를 만났다. 이레시가 손으로 집어 올린 멍게와 개불을 보았고, 양 갈래로 머리를 펼쳐놓은 것같이 다리를 쫙 벌리고 바닥에 붙어 있다가 우리를 보자 소스라쳐 벌떡 일어선 문어와 마주치기도 했다.

처음 본 물속 세계에 감탄하느라 그렇게 멀리까지 나간 줄도 몰랐다. 실제로는 그렇지 않았을지도 모르지만, 수영 초보자인 내게는 분명 깊고 멀었다. 바다에서 수영해 본 적이 없다고 한 나의 말을 허투루 들었는지 그 무모한 안내자는 나를 그곳까지 잘도 끌고 들어갔다. 덕분에 난생처음 바다 수영이라는 것을 하였으니, 엄청난 경험이었다.

잠시 후 내가 거기까지 갔어야 하는 진짜 이유를 알게 되었다. 설마 볼 수 있으려나 했던 바다거북이 눈앞에 떡하니 나타났다. 그들은 우리가 이미 알고 있던 사이이기라도 한 것처럼 저쪽에서 곧장 헤엄쳐와 한순간 이레시와 나를 둘러쌌다. 그리고 주변을 유유히 맴돌았다. 순간 얼이 빠져서는 심호흡하는 것을 까먹고 말았다. 숨이 가빠지면서 잠깐 몸이 균형을 잃어 아찔했다. 하지만 발이 바닥에 닿지도 않는 깊은 물에서 정신줄을 놓을 수는 없었다. 심지어 나를 찾아온 거북이들과 함께이지 않았던가.

다행히 이레시의 도움으로 평정을 되찾고 스노클링 마스크 밖으로 보이는 광경에 집중했다. 거북들은 몸집이 2인용 식

▪ 이레시와 바다거북

탁만 했다. 그렇게 큰 거북이들에 둘러싸여 있자니 머리칼이 서고 소름도 끼치고, 맨살을 물리지는 않을지 두렵기도 했다. 그들이 왜 우리 주변에서 한참 머물렀는지 알 수 없었지만, 금세 그들에게 익숙해져서 거북을 징그러운 파충류로 여기던 선입견에서 놓여날 수 있었다. 10여 분을 그들과 함께 헤엄쳤다. 한 거북은 내가 수면으로 얼굴을 내밀 때 함께 수면으로 머리를 내밀어 숨을 들이쉬기도 했는데, 그 장면을 절대 잊지 못할 것 같다.

그날 오후 숙소로 돌아가 스노클링으로 만난 놀라운 세계를 감격에 찬 목소리로 두 동행에게 전했고, 우리는 다음 날 다시 바다를 찾았다. 하지만 아쉽게도 그날은 나도 제자들도 거북을 만나지 못했다. 바다거북은 오전 시간에는 썰물과 함께 깊은 바다로 여행을 떠나는가 보았다. 아쉬움 때문에 전날의 일이 오히려 더 꿈만 같았다.

만약 내가 약속한 시간에 맞춰 나갔더라면 바다거북들과 조우하는 억세게 운 좋은 경험을 할 수 있었을까. 어느 SNS에서 바다를 향해 열린 하얀 문틀이 매력적인 카페를 보고 일정에 히카두와를 넣지 않았더라면, 그리고 그 카페에서 하고많은 메뉴 중 문어를 선택하지 않았더라면, 게다가 그것을 먹고 배탈이 나지 않았더라면, 그래서 지각하지 않았더라면 그와 같은 순간이 내것이 되었을지 알 수 없는 일이다.

다음 날 두 제자를 서울로 떠나보내고 거북에 대한 여운이 남아 다시 히카두와로 향했다. 그때 처음 바다거북보호소를 알게 되었다. 보호소에는 한 구덩이에 1백 개 남짓 거북 알이 묻혀 있는 모래밭과, 알에서 깬 지 사흘 된 새끼 거북이부터 한두 달쯤 된 거북이까지 성장 속도에 따라 그들을 분리해 보호하는 여러 개의 수조가 있었다. 다리나 등딱지에 상처를 입은 거북이를 보호하고 있는 수조도 수십 개나 되었다.

스리랑카의 남부 해안에는 그런 거북이보호소가 여러 곳 있다. 멸종 위기에 놓인 거북이의 개체 보존을 위해 자연적인 위험 요소로부터 그들을 보호하기 위한 목적이다. 하지만 듣자 하니 태평양이나 인도양 연안의 현지인 중에는 바다거북의 고기를 특별 영양식으로 생각하는 사람들도 있다고 한다. 물론 그것을 즐기러 일부러 찾아다니는 미식가들도 있고. 과거에야 바다거북이 해안에 살던 원주민들의 단백질 공급원이 되

▸ 거북 알이 묻혀 있는 모래밭

었을 수 있다. 하지만 지금처럼 육류가 흔한 세상에 멸종 위기에 처한 동물까지 탐낼 필요는 없지 않을까. 나와 함께 수면으로 머리를 내밀던 거북이의 모습이 아련히 떠올랐다. 마하트마 간디는 한 나라의 위대함과 도덕적 진보가 그 나라의 동물이 받는 대우로 가늠된다고 했다. 인류가 흠잡을 데 없을 만큼의 도덕성을 갖추게 될 날은 아직도 요원한가 보다.

'터틀 비치'라 불리는 곳에서 걸음을 멈췄다. 터틀 비치는 해안선에서 약 2백여 미터 나간 곳까지 수심이 얕고 수초가 많아, 해질 무렵이면 수초를 뜯기 위해 해안 가까이 헤엄쳐 온 거북이들을 매일 만날 수 있는 곳이다. 석양과 함께 나타나는 바다거북 만나기는 그곳을 찾는 관광객들을 들뜨게 하는 특별한 경험이었다. 그들은 마치 반려동물처럼 해초를 손에 든 사람들 곁을 맴돌았다. 스노클링에서 만난 바다거북이 왜 그렇게 가까이까지 다가왔는지 알 것 같았다. 그들은 이미 사람들과 충분히 친근했고, 아마 그날 함께 갔던 이레시가 자기들의 친구임을 알았을 것이다.

보호소에서 만났던 거북의 종 이름을 하나하나 기억하기는 어려웠지만, 전날 바다에서 마주친 것과 같은 종의 거북은 '그린 터틀'로 가장 흔한 종이었다. 스리랑카어로는 바다거북을 '캐스바'라고 하는데, 애니메이션에 등장하는 꼬마 유령 '캐스퍼'가 떠올라서 저절로 입꼬리가 올라갔다. 그날 물속에서 캐스바를 만났을 때 움츠리지 않길 잘했다. 어깨를 펴고 호흡

- 터틀 비치의 석양

을 차분히 가라앉혀서 균형을 되찾지 못했다면 이레시에 의해 당장 물 밖으로 끌려 나왔을 것이고, 스노클링은 두려운 기억으로만 남았으리라. 그랬다면 다른 해변은 물론 트링코말리의 피전 아일랜드를 방문했을 때도 멀뚱히 물가만 맴돌았을 것이다. 호흡에 내가 딸려가는 순간은 늘 손해를 보곤 했다. 생각과 의지로 호흡을 조절해야만 몸과 마음이 건강하고 안정되어 원하는 것에도 비교적 쉽게 다가설 수 있다. 어깨를 펴고 호흡을 잘 붙들자.

오,
마이
스리랑카

Colombo
콜롬보 I

흔히들 '콜롬보'를 스리랑카의 수도로 알고 있지만, 사실 스리랑카의 정식 수도는 '스리자야 와르데네푸라코테'라는 곳이다. 기억은커녕 한 번에 읽기조차 어려운 이름이다. '영원한 승리의 도시'라는 진취적 의미를 지녔으나, 너무 길어서 스리랑카 사람들도 '코테'라 줄여 부른다. 한복판에 스리랑카 국회가 자리 잡고 있어 누가 봐도 코테는 입법을 담당하는 지역이다.

한편 사법과 행정에 관한 업무는 주로 콜롬보에서 이루어지는데, 상업과 교통의 중심지 역할도 콜롬보가 담당하고 있다. 그래서 콜롬보에는 행정 처리에 관한 모든 기관과 국제기구가 들어서 있고, 높은 빌딩과 대형 백화점, 쇼핑센터뿐만 아니라 '콜롬보 포트'라고 불리는 대규모 버스터미널과 중앙역

◦ 콜롬보 중앙역

이 있다. 그러니 스리랑카의 다른 곳들과 달리 콜롬보의 시간은 바쁘게 돌아갈 수밖에 없고, 길이나 버스 안에서 만나는 사람들의 표정은 메말랐다. 교통체증과 먼지와 매연, 드물지 않게 만나게 되는 관광객을 등치려는 사람들까지, 생각만으로도 콜롬보는 숨이 막힌다.

그래서 웬만하면 콜롬보는 피해 다니는 편인데, 그래도 콜롬보에 가야 할 이유는 몇 가지 있다. 쇼핑센터와 고급 레스토랑 또는 5성급 호텔 때문이 아니라, 콜롬보에서만 찾아볼 수 있는 특별한 장소들 때문이다.

콜롬보는 주로 국제공항이 있는 니곰보에서 오가게 되는데, 두 도시는 30여 킬로미터 떨어져 있어 국도로는 한 시간

▪콜롬보 중앙역 탑승 통로

남짓, 고속도로로는 40여 분쯤 걸린다. 고속도로를 이용할 때 택시 기사를 대신해 통행료 3백 루피를 지불해야 하지만, 체증이 심한 국도에서 먼지와 소음에 시달리지 않고 니곰보 라군의 파란 물빛을 여유롭게 즐기며 이동할 수 있다는 훨씬 큰 장점이 있다.

콜롬보에 들어서 첫 번째로 찾은 곳은 '강가라마야 사원'과 그에 부속된 '시마말라카야 명상센터'였다. 도심 한복판에 있는 강가라마야 사원은 규모가 무척 크고 많은 사람이 드나드는 곳이다. 입장료는 3백 루피인데, 입장료를 내면서 받은 통행증처럼 생긴 표를 잘 가지고 있어야 시마말라카야 명상센터까지 무사히 입장할 수 있다.

▬ 강가라마야 사원

시마말라카야 명상센터는 강가라마야 사원에 딸린 수상 사원으로, 사원에서 3백 미터쯤 떨어진 베이라 호수 위에 세워져 있다. 19세기에 처음 지어졌지만 1970년대에 물속으로 가라앉았다고 한다. 지금처럼 아름다운 사원으로 재건될 수 있었던 것은 한 무슬림 사업가 덕분이다. 그는 죽은 아들을 기리기 위해 사원 재건을 시작했는데, 결과적으로 모두에게 행복과 평화를 전하는 장소로 자리 잡았으니 공공의 선이 된 셈이다. 게다가 시마말라카야 명상센터를 설계하고 건축한 사람이 '제프리 바와'('열대 모더니즘'이라는 건축 분야를 개척한 스리랑카의 대표 건축가. 20세기 아시아 건축에 영향을 끼침)이니, 지금처럼 물과 바람 속에 자연스럽게 세워질 사원을 기대하기에 그보다 적합한 건축가는 없었을 것이다.

명상센터의 입구에서 바라보면 나무다리 건너편에 세 개의 플랫폼이 나란히 물 위에 떠 있고 그 위에 사원이 한 채씩 올려져 있다. 사원은 물빛보다 하늘빛보다 새파란 지붕을 모자처럼 눌러쓰고 그 안에 부처님과 시바, 비슈누, 무르간과 가네샤를 각각 모시고 있다. 세 개의 사원은 다리로 연결되어 있다. 원래는 중앙의 법당만 개방하고 양쪽 사원으로 이동하는 것은 허용하지 않았는데, 최근 왼쪽 사원을 큰 강당으로 개조해 그 안으로 드나들게 했다.

사원을 감싸고 있는 테라스 난간을 따라 다양한 무드라(불교에서 사용하는 인장법, 부처님의 깨달음이나 행위를 상징적으로 나타내

▪ 시마말라카야 명상센터

기 위해 양쪽 손가락으로 취하는 모양)를 취한 40여 기의 불상이 본
당을 둘러싸고 있다. 호수 건너편으로 보이는 빌딩으로 빽빽
한 도심의 풍경에도 불구하고 편안한 표정의 불상에 둘러싸여
있으니 도심 속 휴양지에 들어선 듯 턱 밑까지 차올랐던 숨이
차분히 가라앉았다.

　햇볕에 달궈진 나무다리의 온기를 맨발로 느끼며 시마말
라카야 사원과 작별하고, 다음 장소인 '국립박물관'으로 향했
다. 스리랑카에는 콜롬보를 비롯하여 캔디, 자프나, 갈레 등 총
열 곳에 국립박물관이 있는데, 아이러니하게도 그것을 가능케
한 인물이 영국 식민지 시대의 총독이었던 윌리엄 헨리 그레
고리였다고 한다. 콜롬보의 박물관 건물 앞에 세워진 동상의

- 콜롬보 국립박물관과 윌리엄 헨리 그레고리의 동상

주인공이 바로 그이다.

그레고리 경은 박물관 사업에 관해 혁혁한 업적을 남겼다. 그는 영국에 있던 수많은 문화재를 스리랑카로 반환해 오고, 문화재를 전시할 박물관을 세우는 데도 앞장섰다. 박물관 건물은 제프리 바와보다 1백 년 앞선 시대의 인물인 '와프치 마리카바스'라는 건축가가 1876년 완공했고, 현재는 확장 공사를 거듭해 유물관뿐만 아니라 인류학관, 자연사관, 민속학관 등으로 내부가 나뉘어 있다. 하지만 다른 나라에서 보았던 국립박물관의 규모와 비교할 정도는 아니어서 전체를 꼼꼼히 돌아본다 해도 반나절이면 충분했다.

불교 문화에 기원한 나라인 만큼 전시품 대부분은 불상을 비롯한 불교 문화재이다. 그 외에도 비슈누나 시바, 가네샤의 신상이나 회화 등 힌두교 관련 유물들도 많다. 싱할라 왕조의

- 타라 여신상 모조품

유물이나 왕실 소장품도 화려하게 전시되어 있고, 당시에 발달했던 세밀화나 뛰어난 직조 기술을 엿볼 수 있는 양탄자와 벽걸이 등을 전시한 방도 따로 마련되어 있었다.

2층까지 모두 돌아보고 1층 로비로 내려오자, 입장하면서는 그냥 지나쳤던 아름다운 조각상 하나가 눈에 들어왔다. 9세기에 제작된 '타라'(해방의 여신이라 불리며 일과 성취를 상징)라 불리는 불교 유물이었다. 원통형의 머리 장식과 몸을 따라 흐르는 선으로 여성성이 잘 표현된 작품이었는데, 전시된 것은 모조품이고 진품은 여전히 대영박물관에 있다고 했다.

국립박물관 뒤편에는 '국립 아트갤러리'도 있다. 두

건물 사이에는 소담한 카페가 있어서 가는 길에 주스 한 잔을 마시며 무거워진 발걸음을 잠시 쉬어갔다. 갤러리에 걸린 그림을 다 보는 데 적어도 서너 시간은 걸릴 거라는 생각으로. 그런데 아무리 둘러보아도 갤러리 입구가 보이지 않았다. 본관이 따로 있나 싶어 주변을 몇 번이나 왔다 갔다 하며 입구를 겨우 찾기는 했지만 적잖이 당황했다.

그곳은 내가 찾던 갤러리가 맞나 의심하게 될 만큼 규모가 너무 작았다. 20평 정도의 방 하나에 1백여 점이 채 안 되는 작품이 덩그러니 전시되어 있었는데, 그림이 담긴 액자마저 심하게 낡아 그 작품들이 스리랑카 현대 미술을 주름잡은 유명 예술가의 것인지 짐작조차 할 수 없었다. 게다가 입장하면서 받은 한 장짜리 유인물은 작품 이해에 전혀 도움이 되지 않았다. 미술 문외한이 낯설기까지 한 스리랑카 미술 작품 앞에서 길을 잃었다고나 할까. 답답한 마음에 관리인에게 다가가 작가와 작품에 대해 넌지시 물었다. 그가 작가의 이름과 대표작, 내력 및 작가의 관계에 대해서까지 상세히 설명해 주어 깜짝 놀랐다. 적어도 그는 자신이 관리하는 곳에 무한한 애정을 가진 사람이었던 것 같다.

특히 오랫동안 시선을 끈 작품이 있었는데, 그것은 '아난다 사마라콘'을 그린 초상화였다. 그는 스리랑카의 국가인 〈스리랑카 마타(나의 조국 스리랑카)〉를 작사, 작곡한 음악가이다. 그 노래는 얼마 전 갈레에 머물던 날 빗소리에 섞여 들려온, 소녀

- 국립 아트갤러리 전시장(위)과 아난다 사마라콘의 초상화(아래)

들이 부르던 바로 그 노래이다. 그때 내가 들었던 〈스리랑카 마타〉는 단순한 선율과 변주를 반복하며 부드럽고 강하면서 명쾌한 느낌을 주는 곡이었는데, 그런 곡을 만든 사람의 얼굴이라 하기에 사마라콘의 표정은 너무 무겁고 슬퍼 보여서 발길이 떨어지지 않았다.

수많은 히트곡을 남겼고, 그림에도 능해 열한 차례나 전시회를 열었을 만큼 다재다능했던 예술가. 차고 넘치는 예술적 감수성 때문에 사마라콘은 인생의 매 순간이 버거웠다고 한다. 하필이면 다섯 살배기 외아들의 죽음을 겪으며 심약해진 와중에 자신의 곡이 스리랑카의 국가로 채택(영국에서 독립한 직후인 1946년)되었다는 소식을 듣는다. 역사적인 일이었지만, 본인의 의지와 관계없이 원곡의 제목과 가사가 변경되어 극도의 스트레스를 받았고, 이를 극복할 여력이 없던 그는 자살을 택했다. '기쁨' '행복'을 뜻하는 '아난다'로 이름을 바꾼 보람도 없이 비운을 맞은 사마라콘의 행적을 듣다 울컥하고 말았다.

스리랑카를 오가는 길에 인도에 들러 몇 달간 요가 수련을 한 적이 있다. 쉽게 상처받고 지나치게 예민한 마음을 내려놓고 싶어서였다. 신기하게도 매일 명상하고 차분히 호흡하며 심신을 수련하니 현재에 대한 쓸데없는 걱정이 사라졌다. 미래가 불안하지도 않았다. 너무 서두르지 않고 내 걸음의 속도에 삶의 속도를 맞추면 된다고 생각하니 안심이 되었다. 누구나 사마라콘처럼 살얼음 위를 걷듯 살아가는 순간에 놓일 때가 있다. 그럴 때 얼마나 조심하게 되는가. 숨도 죽여야 하고 발걸음도 조심조심 옮겨야 한다. 하지만 생각해 보면 그럴수록 크게 숨을 들이마시고 나와 나의 시간에 대해 애정을 갖고 천천히 앞으로 나아가야 한다. 어차피 지나가야 할 길이라면 용기와 희망을 품고 말이다.

비록 아난다 사마라콘의 삶은 어두웠지만, 그의 작품 〈스리랑카 마타〉는 스리랑카 국민에게 밝고 아름다운 노래로 기억되고 있다. 갈레의 숙소에서 처음 접했던 그의 곡은 나에게도 특별한 선물이었다. 스리랑카 여행 후 그곳이 그리울 때면 오르골의 뚜껑을 열듯 그의 노래를 들으며 위로받았다. 그의 여린 마음을 다독여줄 기회는 이미 사라졌지만, 그의 곡 〈스리랑카 마타〉에 대한 애정으로 그에 대한 위로를 대신한다.

오래
또
같이

Colombo

콜롬보 II

2017년 2월, 스리랑카인 카타빌라 니말 씨는 경북 군위군의 한 화재 현장에서 불길에 뛰어들어 90대 노인을 구했다. 대한민국 국민의 생명을 보호한 공을 인정받아 그는 스리랑카인 최초로 대한민국 영주권을 취득했다. 한국에서보다 스리랑카 방송에서 떠들썩하게 그 사실을 보도하는 바람에 당시 스리랑카에 체류 중이던 내가 쓸데없이 바빴다. 한국인인 나에게 직접 진위를 확인하고 싶은 스리랑카 친구들의 전화와 문자가 쇄도해서였다.

사실을 확인한 스리랑카인들은 니말 씨의 일을 자기 일처럼 기뻐했다. 그리고 한편 니말 씨를 몹시 부러워했다. 일자리를 찾기도 어렵지만, 한 달 내내 열심히 일해도 2만 루피(110달러 정도)가 채 되지 않는 임금을 받기 일쑤인 스리랑카 사람들은 일자리를 찾아 외국에 가기를 원한다. 자국에서 힘들게 버티기보다는 가족이 그립고, 음식과 날씨에 적응하기 힘들지라도 외국에서의 돈벌이만 한 것이 없기 때문이다.

그래서 남녀노소를 막론하고 스리랑카인들은 나만 보면 한국행에 대해 물었다. 나빈도 그랬고, 우데시도 그랬다. 심지어 우데시의 엄마는 본인이 우리 집의 가사 도우미 역할을 해 주면 안 되겠느냐고 묻기도 했다. 물론 내게 가사 도우미도 필요 없었지만, 그들의 취업을 돕는다 하더라도 어떤 경로를 통해 도움을 줄 수 있는지 잘 모른다. 그리고 한두 명도 아니고 스리랑카인들을 다 도울 자신도 없다. 그래서 나는 딱 잘라 말하곤 했다. 한국은 물가도 비싸고 인심도 예전과 많이 달라져서 적응하기 힘들지 모른다고. 그리고 그것은 사실이지 않은가. 섣불리 나섰다가 그것이 불법 취업 알선이라도 되면 피차 난감함을 넘어 범법자가 될 수도 있는 일이다.

우리나라가 1960~70년대에 그랬던 것처럼 스리랑카도 많은 수의 사람들이 자국을 떠나 외국에서 일하고 있다. 한국이나 일본, 싱가포르 같은 아시아 말고도 두바이나 사우디아라비아, 이탈리아, 독일 등 중동과 유럽으로도 진출했다. 실제 이탈리아에서는 곳곳에서 스리랑카 사람들을 만나기도 했다. 고나가마의 딜레카 아버지는 20년 이상을 일본에서 일하고 있으며, 한국에도 3만 명 넘는 스리랑카인들이 평택, 안산, 서산, 여수 등에 머물며 플라스틱 제조공장, 김치 공장 등에서 일하거나 농업과 어업의 부족한 노동력을 충당하고 있다.

하푸탈레에서였다. "한국 사람이에요?" 하고 밝게 인사를 건네던 청년이 있었다. 너무 자연스럽게 발음해서 어떻게 그리 한국말을 잘하는지 물으니 한국에서 5년간 일했다고 했다. 한국말을 그렇게 잘 배운 것이 신기하고 놀라웠다. 그는 스리랑카에 6개월 머문 뒤 다시 5년간 한국으로 일하러 갈 거라고 했다. 그렇게 10년까지가 외국인에게 정식으로 허용되는 취업 비자 기간이다.

처음에는 한국에서 일하다 왔다는 청년을 똑바로 쳐다볼 수가 없었다. 한때 우스갯소리처럼 유행했던 '사장님 나빠요'

라는 말이 떠올라서였다. 혹시 한국에서 나쁜 처우를 받지 않았을지 내심 걱정이 되어 어깨가 움츠러들었다. 조심스럽게 한국의 근로환경이 어땠는지 물었는데 놀랍게도 그는 매우 만족해하고 있었다. 그 후 캔디나 콜롬보, 시기리야 등에서 만났던 한국 근로자 출신의 가이드들에게도 같은 이야기를 들었다. 취업을 위해서는 한국대사관에서 주재하는 한국어 시험을 치러야 하는데, 금액은 비싸도 시험에 합격하고 공식적인 취업 알선 기관을 통해 한국에 들어오면 법적 보호망 안에서 근로하게 되므로 부당한 대우를 받지 않는다고 했다.

무례한 질문이었겠으나 월급은 얼마나 받았는지 슬며시 물어보았다. 그는 코리안 드림에 들뜬 듯한 표정으로 기꺼이 대답해 주었다. 기본급은 월 2백만 원쯤이나 야근과 휴일근무 수당까지 더하면 많을 때는 3백만 원까지 받은 적도 있다고 했다. 어차피 가족들이 곁에 없으니 특별히 아프지 않고서는 휴일에도 쉬지 않고 일했을 것이 뻔했다. 그렇게 벌어서 한 달 생활비 20만 원만 남기고 모두 스리랑카로 보냈다고 했다. 스리랑카에서 가족들이 그 돈으로 집도 짓고 생활비도 충당하니 고생하는 것이 오히려 즐겁다는 말도 빠뜨리지 않았다.

그 친구처럼 무사히 건강하게 본국으로 돌아올 수 있으면 다행이지만, 안타깝게도 상해를 입고 귀국하는 경우도 종종 있었다. 스리랑카 친구들에게 사례를 들었고 실제 그런 사람을 만나기도 했다.

‒ 평택의 마하 위하라 법당(임시 건물)

　‘마하 위하라’(한국 내 스리랑카 불교 사원)가 평택에 가건물로
있을 때였다. 한국에 체류 중인 스리랑카인을 만나고 싶어서
당시 마하 위하라에 계시던 왕기사 스님을 찾아 평택으로 갔
다. 그런데 안타깝게도 그날은 평일 오전이라 사원이 매우 한
적했다. 스리랑카인은커녕 주지 스님도 외출 중이어서 두 시
간 남짓이나 운전해 간 보람도 없이 그냥 돌아오려던 참이었
다. 그때 한 사람이 찾아왔다. 그는 법당 안으로 들어오다가 왕
기사 스님과 함께 있는 나를 보더니 오른손을 뒤로 슬쩍 감추
었다. 얼핏 보기에 붕대가 감겨 있어 단순한 상처일 거라 여겼
는데 알고 보니 공장에서 일하다가 오른쪽 손가락 세 개가 잘
려나갔다고 했다.

어쩔 수 없이 한국에서의 일을 정리하고 스리랑카로 돌아가게 된 그는 부처님과 스님께 인사를 드리러 왔다고 했다. 상해보험 처리가 되어 적지 않은 돈을 받고 가족에게로 돌아가는 것이니 불행 중 다행이었지만, 우리나라에 와서 일하다가 돌이킬 수 없는 신체 상해를 입은 그의 사연에 먹먹해졌다. 게다가 그는 보상을 받아 기쁜 것보다 아직 3년이나 남은 기간을 마저 채우지 못하는 데 더 아쉬움을 느끼고 있었다.

과연 스리랑카 정부는 국민들이 그렇게 힘들게 벌어들여 온 외화를 합리적으로 잘 쓰고 있는지 의문이 들었다. 하지만 현지인들은 하나같이 입을 모아 말했다. 현재 스리랑카에서 진행되는 대부분의 건설 사업이 실은 불리한 조건으로 빌려온 외국 자본으로 진행되고 있다고 말이다.

콜롬보 베이라 호숫가에 건설된 350미터 높이의 송신탑만 해도 그랬다. '넬룸쿨루나'(싱할라어로 '연꽃 탑'이란 뜻)라 불리는 탑은 콜롬보의 전망대이자 레저센터로 이제 막 문을 열었다. 연꽃 모양이니 불교 국가인 스리랑카에 잘 어울리고 상징적 의미도 갖추었다. 하지만 중국에서 빌린 1억 4백만 달러의 건축비가 사용되었다는 것에 불안해하는 국민들을 만나고 나니 그것을 볼 때마다 심경이 불편했다.

'갈레페이스그린'에서 이루어지고 있는 간척사업 또한 비판의 목소리가 높았다. 원래 갈레페이스그린은 아라비아해의 아름다운 석양을 볼 수 있는 곳으로 유명했다. 하지만 요즘은

넬룸쿨루나 송신탑(위)과
간척 사업이 진행되고 있는 갈레페이스그린 해안(아래)

그 북쪽에서 진행되고 있는 인공섬 프로젝트로 과거의 아름다움을 잃어버렸다. 그 프로젝트에도 또한 중국 자본이 투입되었다.

2017년 '제프리 바와 11번가'(콜롬보 도심에 있는 제프리 바와의 저택. 지금은 박물관과 호텔로 운영)에 방문했다가 친구가 된 로하나를 오랜만에 만나 갈레페이스그린의 해안 공원을 같이 걸었다. 1년 반 만에 만난 로하나는 여전했다. 18세 이후로 장장 20년을 같은 곳에서 일하며 그사이에 결혼도 하고 두 자녀를 두었지만, 제프리 바와 박물관에 상주하며 그곳 일을 돌보는 것이 그의 일이라 고작 두 시간 거리에 떨어져 살면서도 가족들과는 1년에 두세 번밖에 만나지 못한다. 로하나의 삶이 외국으로 나가 근로하는 사람들과 뭐가 다를까. 그래도 그는 제프리 바와의 저택과 유품을 관리하는 자신의 직업을 자랑스럽고 감사히 여겼고, 다른 스리랑카 사람들처럼 열심히 일했다.

- 로하나

방파제 위에서 내려다본 파도가 너무 거셌다. 2년 전만 해
도 그렇지 않았는데, 북쪽에 들어서고 있는 인공섬 때문에 자
연환경이 변하고 있다고 로하나가 한숨을 쉬었다. 가족이 그
리워지는 석양 무렵에는 갈레페이스그린을 산책하는 것이 유
일한 낙이라는 로하나. 그가 갈레페이스그린을 산책해 온 세
월은 최소 20년이다. 로하나야말로 급속도로 변해가는 그곳의
모습을 가장 안타까워할 사람이다.

　　석양을 받으며 회상에 젖어 있던 로하나가 한 빌딩을 가리
키며 그리로 가보자고 했다. 그의 손끝을 따라 시선을 옮기니
최근 지어진 높은 빌딩들 사이에서 예스러운 자태 그대로 은
은하게 불빛을 밝히고 선 건물이 보였다. 1864년, 스리랑카에
최초로 들어선 '갈레페이스 호텔'이었다.

　　허술한 옷차림으로 5성급 호텔 안으로 들어서는데도 막아
서는 사람이 없었다. 마음 편히 들어가 입구를 장식하고 있는
미술 작품들을 살펴보았다. 오랜 전통을 자랑하는 호텔인 만
큼 내부에는 스리랑카의 문화양식이 깊이 있게 드러난 조형물
과 회화가 곳곳에 전시되어 있었다. 한 그림 앞에 서더니 로하
나가 싱글벙글하며 제프리 바와의 오랜 친구이자 호주 출신
화가인 '도널드 프렌드'의 그림이라고 했다. 20여 년을 제프리
바와 박물관에서 일한 사람이라 역시 뭔가 달랐다. 그 그림 앞
에서 두 딸에게 보여주라고 그의 사진을 찍어주고 호텔 내부
의 레스토랑과 역사 전시실에도 들렀다. 과거 갈레페이스그린

▪ 갈레페이스 호텔의 건물(위)과 실내(아래)

과 호텔의 모습이 담긴 자료 사진들을 보니 갈레페이스 호텔의 역사와 성쇠가 주마등처럼 머릿속을 스쳤다.

호텔 밖으로 나왔을 때는 이미 노을빛이 물속으로 다 가라앉은 뒤였고, 어둠 속에 높은 건물들의 조명만이 화려하게 빛나고 있었다. 그 후 다시 1년이 흘렀다. 로하나는 여전히 제프리 바와 박물관에서 일하고 있고, 1년에 단 두세 번 가족이 사는 라트나푸라로 휴가를 떠난다.

오래된 것일수록 사랑스럽다는 것을 깨달은 지 얼마나 되었을까. 우리 집의 10년도 넘은 서랍장과 책장은 오히려 빛이 바래면서 더 애틋해졌고, 오랫동안 써온 주방의 그릇들은 세월의 물때를 입어 더욱 은은해졌다. 로하나는 20여 년을 같은 자리에서 일하면서 전문 인력으로 성장했고, 갈레페이스 호텔은 150년이 넘는 세월의 흔적을 남기며 급변하는 콜롬보의 한복판에서 과거를 향한 이정표처럼 빛을 밝히고 있다. 부디 갈레페이스그린이 본래의 모습을 크게 잃지 않고 스리랑카 사람들의 마음속에 아름다운 일몰의 장면을 오래오래 남겨주기를 기원한다.

연둣빛 봄 같은
이별을
맞이합니다

Negombo
니곰보

스리랑카에 산다면 어디가 좋을까. 외로울지 모르니까 고나가마 가까운 쿠루네갈라에 살까. 쿠루네갈라는 대도시이니 살기 편하고 폴론나루와나 시기리야에도 가깝지. 그런데 그런 혼잡한 도심에 살려면 차라리 한국이 나을 것 같고. 그러지 말고 밤마다 별빛 세례라도 받게 하푸탈레로 갈까. 쌀랑해지는 밤이면 담요를 두르고 포근하게 잠자리에 들 수도 있고 드넓은 차밭을 내려다보며 멍하니 있는 시간은 더 편안할 테니 샤말랄에게 집 한 채 구해달라고 부탁해 볼까. 하지만 거기는 공항까지 너무 멀어 갑자기 한국에 갈 일이 생기면 어떻게 하지?

그렇다면 수영 몸치라도 면하게 히카두와는 어때? 히카두와 강가에 작은 집 하나 짓고 살며 매일 요가 수련하면서 서핑을 배우고, 오후에는 바다거북이랑 놀다가 석양을 보며 귀가하는 삶도 괜찮을 것 같은데. 서둘러 밥을 짓고 두세 가지 반찬을 만들어 강가에 내놓은 테이블 위에 상을 차려 오물오물 씹다가 흐르는 강물도 바라보다가 심심하면 음악을 듣는 것도 운치 있겠지. 더워야 나랑 친하니 참을 만할 테고, 가끔 소나기가 쏟아지면 마당으로 뛰어나가도 좋겠다. 고속도로를 타고 공항으로도 금세 갈 수 있고, 마을은 작아도 있을 것은 다 있으니 그 정도면 살기 딱 좋을 것 같아. 그래, 그렇다면 히카두와로 하자.

이것은 스리랑카에 처음 다녀온 이후 주문처럼 끝없이 중얼거린 내 마음속 말이다. 스리랑카가 그렇게 좋아질 줄 몰랐

니곰보 바닷가의 석양

고, 살고 싶어질 줄은 더욱 몰랐다. 그런데 얼마 전 그런 마음을 잠깐 주춤하게 한 사건이 스리랑카에서 일어났다. 그 일로 나보다 가족과 친구들이 걱정을 더 많이 해서 주변 사람들을 불안하게 하면서까지 스리랑카에 살겠다는 무리수를 둘 필요가 있을까를 잠시 고민했다.

그 사건으로 콜롬보 북쪽에 있는 '니곰보'라는 도시가 가장 큰 피해를 입었다. 니곰보는 반다라나이커 공항이 있다는 사실 말고는 조그만 항구와 어시장이 있는 평범한 해안 도시일 뿐이다. 심지어 여행객 대부분이 공항이 위치한 곳을 콜롬보로 오해하고 있어서 2019년 4월 21일, 부활절 아침에 발생한 폭탄테러가 아니었다면 니곰보가 지금만큼 주목받는 일은

━ 니곰보 바닷가에서 생선을 말리는 사람들

없었을 것이다.

사건 당일 나는 현지인들의 보호를 받으며 안전한 곳에 머물고 있었다. 하지만 뉴스를 통해 시시각각 사상자의 수가 정정 보도되고 폭탄테러가 일어난 곳이 추가되었기에 한국에서는 귀국하라는 연락이 빗발쳤다. 콜롬보 갈레페이스그린의 특급호텔 세 군데와 마운트라비니아의 5성급 호텔 하나, 바티칼로아의 교회 하나와 니곰보의 성당 두 군데에서 사망자 290명, 부상자 5백 명이 발생했다. 한 종교 조직이 일부러 부활절을 겨냥해 사건을 터트렸는데, 그 치졸한 소행에 분노가 치밀었다.

전소된 성당 중 한 곳은 나도 이미 방문한 적이 있는 니곰보의 '성 세바스티안 성당'이었다. 그곳은 스리랑카에서 보았던 가장 아름다운 성당이다. 본당 건물 양쪽에 두 개의 첨탑을 세워 안정감을 주고, 외벽에는 특별한 장식을 하지 않고 단아하게 마무리한 소박한 건물이었다. 성당 내부를 옅은 레몬색으로 페인트칠해 화려한 벽화나 스테인드글라스 없이도 봄을 맞은 언덕처럼 세련되고 화사했다.

다른 성당이었더라도 부활절 아침의 폭탄테러 같은 사건은 충격적이었겠지만, 하필 전소된 성당이 성 세바스티안 성당이라니 할 말을 잃고 말았다. 그 사건으로 성당 안에서 미사를 보던 2백 명 이상의 신자가 사망했다. 테러 발생 직후 성당을 찾은 외신기자들이 찍은 사진을 보았다. 폭발로 인해 성당의 아름다운 모습은 완전히 사라져버렸고 처참했던 테러의 흔

● 전소되기 전 성 세바스티안 성당의 모습

적만 남아 있었다. 다만 무너져버린 천장을 통해 빛이 쏟아져 내리고 있었는데, 그것이 천국에서 내리는 빛 같아 더욱 안타까웠다. 재건축되겠지만 과거 같은 모습을 기대할 수는 없을 것이다.

스리랑카는 전체 인구 중 70퍼센트가 불교 신자이고, 나머지 30퍼센트는 힌두교와 이슬람, 가톨릭 신자 등으로 구성되어 있다. 가톨릭은 150여 년간 스리랑카를 지배했던 포르투갈에 의해 스리랑카에 정착했고, 성당은 주로 그들이 주둔했던 해변 도시에 집중적으로 건축되었다. 그중에서도 니곰보는 스리랑카 가톨릭 교단에서 매우 중요한 위치를 차지하는 곳이다.

니곰보 인구의 90퍼센트가 가톨릭 신자이고, 니곰보 안에는 50여 개가 넘는 성당이 있다. 스리랑카 교구의 대다수 주교님이 니곰보 출신이고, 유일하게 추기경을 배출한 곳이 니곰보이기도 해서, 니곰보 가톨릭 신자들은 남다른 신앙심과 자부심을 가지고 있다. 버스에서 만난 '럭키 페레라'라는 분은 가족, 친지가 모두 가톨릭 신자였고, 본인도 모태 신앙을 가졌다고 했다. 그 역시 니곰보 사람이었으니 니곰보를 '리틀 로마'라 부르는 이유가 그런 데 있을 것이다.

흥미로운 것은 가톨릭 신자의 텃밭인 니곰보에도 도심 한가운데에 눈에 띄는 불교 사원이 자리하고 있다는 점이다. '보디라자라마야마하 위하라'라 불리는 사원은 불교 교육과 관련해 중요한 역할을 담당하는 사원이어서 해마다 수많은 신도가

- 보디라자라마야마하 위하라

정규 교육을 받기 위해 그곳을 찾는다. 지어진 지는 70년밖에 되지 않아서 스리랑카의 전통 사원과는 분위기가 조금 달랐다.

입구로 들어서자 주황색 가사를 걸치고 디야나 무드라를 취한 채 선정 상태에 든 부처님의 좌상이 보였다. 부처님을 모신 전각 뒤쪽으로는 여느 사원과 마찬가지로 커다란 보리수가, 전각의 오른쪽으로는 다게바가 건물 위에 올려져 있었다.

전각 뒤에는 부처님의 생애와 부처님의 자카타(부처님의 탄생과 운명에 대한 기록)를 조각으로 만들어 전시한 공간이 마련되어 있다. 마르코 폴로의 천장벽화 〈천국과 지옥〉의 입체판을 보는 듯한 느낌의 부조나 열반하신 부처님의 발아래에 머리를 감싸고 괴로움에 빠진 아난다 존자의 조각상들까지 모든 작품이 기대 이상으로 화려하고 아름다웠다.

다게바를 떠받친 건물은 유럽풍으로 지어져 다른 불교 사원들과는 사뭇 다른 분위기를 풍겼다. 하지만 중세 유럽의 저택 같은 느낌을 주는 외관과 위용을 자랑하며 입구에 떡 버티고 선 사자 두 마리가, 내부에 전시된 벽화들의 주인과 잘 맞아떨어지는 느낌이었다. 벽화에는 초대 비자야 왕부터 마지막 스리비크라마라자싱허 왕까지 싱할라 왕조 170명 왕들의 전신상을 실물 크기로 그려놓았다. 이름과 통치 기간도 함께 표기되어 있었지만, 영어 안내가 없어서 외국인의 눈으로는 이해 불가였다.

이렇듯 니곰보는 가톨릭의 위세가 대단한 곳이면서도 불

▪좌불상(위)과 와불상, 그 발아래에서 머리를 쥐고 있는 아난다 존자 조각상(아래)

교 국가로서의 스리랑카다운 모습이 공존하며 다양한 종교가 한데 어우러진 모습을 상징적으로 보여준다. 얼마 전 발생한 니곰보의 폭탄테러가 포용을 기본 덕목으로 품고 살아야 할 종교인들을 갈등하게 하는 불씨가 되지 않았으면 좋겠다.

폭탄테러가 발생하고 한 달쯤 뒤, 스리랑카를 찾은 네덜란드인 부부를 만났다. "카린과 룩"이라고 자신들을 소개한 그분들은 믿을 수 없을 이야기를 들려주었다. 그들이 스리랑카에 처음 방문한 것은 2004년 12월, 열 살이 채 되지 않은 네 명의 자녀들을 데리고 연말 휴가를 보내기 위해서였다. 크리스마스 다음 날 카린과 룩은 그들의 삶을 송두리째 흔들어놓은 엄청난 사건에 맞닥뜨렸다.

쓰나미였다. 인도네시아 수마트라 부근에서 발생한 9.0 규모의 강진이 거대한 쓰나미를 일으켜 인도양 근방을 발칵 뒤집어놓았다. 그것으로 인도네시아 등 동남아시아를 비롯해 인도, 스리랑카, 멀게는 아프리카의 소말리아에까지 상상치도 못할 인명 피해가 발생했다. 이때 남부 해안이 거의 휩쓸려갔다 해도 과언이 아닐 만큼 스리랑카도 막대한 피해를 입었고, 스리랑카에서만 4만 명이 목숨을 잃었다.

그때 카린과 룩은 우나와투나의 바닷가에서 아이들과 시간을 보내고 있었다. 평화롭기 그지없었으나 문득 이상한 기미를 느꼈고 카린과 룩은 아이들 둘씩을 양 겨드랑이에 끼고

- 네덜란드인 부부 카린과 룩

- 쓰나미로 죽은 사람들을 추모하며 꽃을 바다에 띄우는 카린과 딸

미친 듯 달렸다. 옆을 돌아볼 여유는 없었다. 그리고 살아남았으나 지난 15년을 지옥 속에서 살았다고 했다. 내가 만난 카린은 밝고 강한 여성이었다. 하지만 지난 세월 카린은 웃음을 잃었고, 그날을 되새기게 될 것이 두려워 사람들과 만남도 꺼려왔다고 했다. 스리랑카 해안을 두루 방문하며 쓰나미가 남긴 흔적들을 이미 충분히 목격한 뒤라, 그들이 당시 남부 바닷가에 있었다는 첫 마디에도 온몸에 소름이 돋았다. 격앙되어오는 감정을 누를 수가 없던 나와 달리 카린은 그들의 이야기를 담담하게 이어갔다.

그후 15년 만에 스리랑카를 다시 찾은 카린과 룩은 스리랑카 전 지역을 석 달간 순례하며 두려움과 죄책감으로 고통받던 시간을 내려놓을 수 있었다고 했다. 순례의 마지막은 성인이 된 딸아이와 함께 우나와투나로 가는 것이었다. 카린의 가족은 꽃과 과일을 바다로 띄워 보냈다. 배를 타고 바다로 나가

니곰보

기까지 얼마의 용기가 필요했을지는 감히 상상조차 할 수 없었다. 듣다못해 나는 목 놓아 울어버렸지만, 카린은 미소를 지으며 그런 나를 힘껏 안아주었다. 자기는 이제 충분히 치유되었으니 다만 희생자들의 넋이 자신의 푸자로 위로받았기만을 바란다고 하면서 말이다. 살아남아 고통받던 카린 가족의 아픔이 씻겨나간 자리가 이제는 부디 그리움과 애틋함만으로 붉고 아름답게 채워졌으면 좋겠다.

해 질 무렵 바닷가는 다소 분주했다. 하루 동안 거두어들인 물고기를 그물에서 털어내고 그것을 담은 통을 창고로 옮기는 어부들의 손과 발이 바삐 움직이고 있었다. 엄마의 작업이 끝나기를 기다리던 소녀는 집으로 돌아갈 준비를 하며 우물가에

- 해 질 무렵 그물에서 물고기를 거두어들이는 어부들

서 소금기 달라붙은 얼굴을 씻어냈다.

스리랑카가 가진 매력이었다. 숨을 헐떡거리며 부산을 떨지 않아도 다들 파닥이며 생명감을 뿜어냈다. 그러한 생명감으로 나를 감화시키고, 카린의 품처럼 넓고 따뜻하게 나를 품어주고는 맘껏 팔랑대도 괜찮다고 안심시켜준 곳, 기관차처럼 달려온 삶의 시간은 이제 좀 내려놓아도 된다고 위로하고 다독여준 곳. 오, 마이 스리랑카. 그것이 옳은 선택인지는 결코 알 수 없지만, 아마 그래서였나 보다. 스리랑카에서 살아야겠다고 결심하게 된 것은.

나는
스리랑카주의자
입니다